「芭蕉と其角《ばしょうときかく》」

四人の革命児たち

北村 純一
Kitamura Junichi

風媒社

芭蕉と其角

四人の革命児たち

目次

兄イと呼んだ芭蕉

まえがき

俳聖松尾芭蕉の高弟であり、

夕すずみよくぞ男に生れけり

の句の作者として有名な宝井其角《きかく》。奇角と名乗った方がふさわしいほど、その奇才によって和漢の書や能・狂言・謡曲・俗謡を駆使した。駆使したのは芭蕉も同じだが、其角には遥かに及ばない。そして悠久の自然よりも、都会の移ろいやすい人事《じんじ》の句を好んだ。畢竟《ひっきょう》芭蕉がウェットな句が多いのに対して、其角はドライな句が多い。また、其角は人事の句の中でも、当時の社会事象を詠《よ》んだ時事俳句が多い。そして、現代人には謎解きを必要とする難解な句が多いとされる。

何故であろうか。それは典拠を巧妙に隠したためというより、俳句はたったの十七文字。字数がそもそも少ない。しかも当時誰でもぴんと来たものが、現代では通用しなくなっているからだ。自然しか詠まないという主義の人はともかく、現代の俳人にとっても他人事ではない。現代俳句と言われるものも、恐らく百年二百年先には、同じ難解という形容詞を賜る運命にある。それどころか、自然が破壊され無味乾燥の人工世界が果てしなく広がる現代。環境変化の激しさ故に、その難解が進むスピードは其角の時代の比ではない。説明を極力省き十七文字に美を凝縮するという特殊な文芸、俳句の宿命といえる。その宿命に深刻なまでに逢着《ほうちゃく》したのが、この其角だった。

其角が最初に負ったその宿命。世捨て人として世を捨て、「俳諧など生涯の道の草」と述べた芭蕉はともかく、いかに豪放磊落《らいらく》な其角といえども、これには当惑しているに違いない。解り易さに徹し、この宿命をうまく擦り抜けた芭蕉の方が、一枚上手だったのだろうか。それとも旅で自然を相手にした芭蕉に、つきがあったのだろうか。これからたどる芭蕉との楽しい思い出が、この其角の当惑を少しでも和らげてくれることを願ってやまない。

兄イと角

芭蕉の神格化は、寛政五（一七九三）年の芭蕉百回忌からと言われている。「桃青霊神《とうせいれいじん》」とか、「桃青大明神」と呼ばれた。当時の俳人が滑稽のスパイスをきかせて付けた名前なら面白いが、どうもそうではないらしい。真面目なようだ。明治以降も、特に旧派の俳人は、芭蕉を神として尊崇した。芭蕉が俳聖に祭り上げられた今、もし生きていたら、さすがの其角も、芭蕉のことを「兄《あに》ィ」と呼ぶのは、おこがましいと思うかもしれない。しかし、むしろこの呼び方こそふさわしい。実際自分の句の推敲に当たって、気さくに門人に意見を求めることも多かった芭蕉である。奢《おご》る気持は、さらさらなかった。そして、芭蕉にとって其角は、「糟糠の妻」ではないが、世に出る前から苦楽をともにした門人。「角《かく》」と呼び捨てにし、何の気兼ねもなく本音で語り合える、ただ一人の門人だった。古い門人は杉風《さんぷう》はじめ他もいたが、スポンサーでもあり、なかなかすべてを晒《さら》すわけにはいかなかったからだ。

門人の中には、芭蕉と交わした問答を、俳論集として板本《はんぽん》にするものも多かった。去来の『旅寝論《たびねろん》』『去来抄』や、許六《きょりく》の『俳諧問答』、土芳《どほう》の『三冊子《さんぞうし》』が有名。もちろん其角も芭蕉から、俳論めいたものを数限りなく直に聞いた。しかし、板本は思い出話にとどめた。几帳面さに欠けていたから？　いやそうではない。そういう門人を縛る、ルールブック的なものを嫌ったからだと思われる。そしてなにより、記録すべきではないと思うほど生臭い、本音の話が多過ぎたからであろう。其角が素の芭蕉が出て好きな句がある。

いざ行《ゆか》む雪見にころぶ所まで　　芭蕉

さあ雪を見に駈けて行こう。ひっくりかえるまで。雪に子供のように弾む師の純な心。

米買いに雪の袋や投頭巾《なげずきん》　芭蕉

米を買いに出た。雪が降っているので、行きは投頭巾の代わりに、米入れの袋を頭にかぶるとしよう。師はおどけるのが好きだった。

其角は芭蕉の最も早い弟子の一人。芭蕉が畏敬し、蕪村も尊敬した其角。スケールが大きいゆえに、正体がつかめぬ怪物と言われる。当時の江戸の人々が芭蕉以上に愛した通り、実は愛らしい怪物である。イエスマンではさらさらないが、芭蕉の存命中は一貫してそばを離れることがなかった。離れることができなかったというのが正確だろう。それだけ関係が密だった。蕉門十哲《じってつ》。蕉門四天王。芭蕉ばかりか門人も、何やらありがたい名を賜っている。其角は寛文元（一六六一）年江戸の生まれ。芭蕉より十七歳も若い。年の差は親子ほどだが、俳歴は、さほどでもない。父親のルーツは滋賀県だから、江戸っ子だが、ちゃきちゃきではない。其角の名は、師の大巓《だいてん》和尚が与えたもの。中国の古典『易経』の「晋其角《しんきかく》」からきている。其の角《つの》に容赦なく進むという意味。戒めのために付けたが、実際はその号の通り猛進した。自分の俳道に徹した一生だった。わずか二十歳で、蕉門の旗揚げと言える『桃青門弟独吟《どくぎん》二十歌仙』に名を連ねている。其角を幇間《ほうかん》（太鼓もち、男芸者のこと）俳人と蔑《さげす》んだり、吉原出入りの遊び人と揶揄する輩が多かった。師が俳聖で、第一の高弟が男芸者。世評ほど好い加減なものはない。

其角はそんな安っぽい人ではなかった。次の一句を見ればわかる。

武帝には留守とこたえよ秋の凩　其角

前書に「背面達磨《だるま》を画《えが》きて」とある。後ろ向きの達磨の画を書いての賛。達磨は天竺の僧。梁の武帝に見《まみ》え問答した。武帝が仏法の根本は何かと問いただすと、「廓然無聖《かくねんむしょう》」と喝破して、江《こう》を渡って魏の少林寺に入ったという。画はその後姿《うしろすがた》であろう。廓然とは、執着のない無心の境。無聖とは、聖なるものは何もないということ。この故事を踏まえた句。秋の凩が、毅然とした達磨の頬に爽やかである。滑稽味がありながらも、高い格調を失わない好句。自由奔放はとかく下品になりがちだが、ここに悪臭はみじんもない。

其角が、座を取り持つ才気に溢れていたのは事実だ。だが、これは芭蕉も同じである。大名の方から進んで俳諧師と行き来した時代だった。備中松山藩主六万五千石の大名安藤対馬守信友は、俳号を冠里《かんり》といい其角の門人。後段でうさぎにまつわる話に登場する。其角はそういう大名・旗本などの大身の士族や、幕府出入りの札差・商人などの有力者・金持ちもいるが、妓楼主《ぎろうしゅ》や遊女にも弟子が多く、乞食とも分け隔てなく付き合った。有力者が嫌おうと、同じ撰集に自分の下僕を並べて入れている。なかなかできないことだ。

また、長ろうそくの光。三味線の音。伽羅《きゃら》の灯油《ともしあぶら》の匂い。いずれもめっぽう好きだった。しかし吉原通いといっても、遊郭は歌舞伎・相撲と並んで江戸の三大娯楽の一つ。今でこそいやらしいイメージだが、吉原は社交クラブと芸能界とが一緒になったような所。遊女はスターだった。其角の存命中に『吉原細見《さいけん》』がベストセラーになった。遊女名鑑である。遊女の特技・趣味・容貌を載せたもの。参勤交代の武家も今でいう単身赴任。遊里が繁盛したのは、江戸が男・六に対し女・四という人口構成の男性社会だったからだ。そして、連句の付けの鮮やかさをみても、むしろ芭蕉こそ恋句の名人だった。其角は意外にそうでもない。其角の方が遊び人と見えて生真面目。社会派の硬骨漢の一面がある。これは強調しておかねばならない。色んな揶揄は、其角という人間の度量の大きさと取った方がよさそうだ。

芭蕉も其角も和漢の古典にいそしみ、無類の勉強好き。お互い切磋琢磨した学友だ。さらに二人とも画や書も嗜《たしな》んだが、其角の方が上だったようだ。そして芭蕉は仏頂和尚、其角は大巓《だいてん》和尚に禅を学んだ、またともに西行の大ファン。其角は撰集名に、西行の『山家集』を慕って『新山家』と名付けたほど。飼い犬が飼い主に似るくらいだから、若い時から行動を共にする二人が似ても何ら不思議はないのだが、いろんな意味で其角が芭蕉の分身と言われるゆえんである。

芭蕉と其角がよく似ていたという点で特筆すべきことがある。それは執着ともいうべき、乞食への関心の強さだ。

まず其角のエピソード。やはり其角は薄っぺらではない。

三蔵《さんぞう》という汚い乞食が、ぼろのつぎはぎの袋から、自作の俳諧歌仙一巻を取り出した。其角に批点（評点のこと）を請うたのだ。其角はその一巻を読んで、彼の人格の高潔さに打たれた。この人こそ真の友という思い。その一巻の奥書に句を書いて与え、それから交際を深めた。其角は親思いで、「夢にくる母をかえすか郭公《ほととぎす》」の句があるが、其角三十歳の時、亡母追善のため出版した句日記が『花摘《はなつみ》』。この中に、この乞食から送られた追善句を載せている。弱者を差別しないという倫理観・社会観からだろうか。いや違う。もっと熱いものだ。その乞食の高潔な人格への敬意のもと、互いに心を豊かにし合えるという確信。それに満ちた友情からだった。乞食に身をやつした高僧の逸話を踏まえて詠んだ芭蕉の句「こもを着て誰人《たれびと》います花の春」の通りの三蔵との出会い。その喜びを追善句の後に記している。乞食という言葉は、今日差別用語になっている。しかし、芭蕉や其角は頭陀行《ずだぎょう》（衣食住の貪欲を払いのける修行）・無所住（何事にも執着しない無念無心で物事に対すること）の乞食を蔑視するどころではない。その生き方は人間が本来あるべき究極の姿、一切の煩悩を捨てた人として、一種の尊敬のまなざしをもって見ていた。

其角の撰集である『虚栗《みなしぐり》』に、発句「乞食《こじき》哉天地《かな》を着たる夏衣」がある。乞食の五態を描いた其角筆の乞食の画巻にも、賛としてこの句を入れている。裸の乞食を「天地を着たる」と表現した。実はこの乞食の姿にだぶらせて、ぼろを着た芭蕉をからかったらしい。芭蕉は、めったなことでは其角に怒ったりしない。それをよく知っている其角。言いたいことはずけずけ言い、また詠んだ。そんな仲だった。

同じ其角の撰集『虚栗』の『詩あきんど』歌仙の中の掛け合いにも乞食が出てくる。

沓《くつ》は花貧《ひん》重し笠はさん俵　芭蕉
芭蕉あるじの蝶丁《ちょうたた》く見よ　其角
腐れたる俳諧犬もくらわずや　芭蕉
鰾々《ほちほち》として寝ぬ夜ねぬ月　其角

まず芭蕉の句。米俵の丸いふたを笠がわりに頭に乗せている、物乞いの乞食。その乞食が裸足で落花の上を歩いているさまを詠んだ。次はこれへの其角の付句。荘子が夢の中で胡蝶になって楽しみ、自分と蝶の区別を忘れたという故事「胡蝶の夢」。これを踏まえ、その胡蝶になった荘子を芭蕉がたたき落とすと応じた。荘子は談林のバイブル。それを打ち負かす芭蕉の意気込みを詠んだもの。

次も芭蕉の、陳腐な談林俳諧からの決別の句だ。犬も食わないという、後年の芭蕉からは想像できない、露骨かつ辛辣な言い回しに驚く。やはり俳諧革新の思いの強さは尋常ではない。それを受けての其角。陳腐な俳諧に囚《とら》われて、悶々と寝付けないさまを付けた。血気盛んな二人の掛け合いは気持ちが良い。

最後に乞食にまつわる芭蕉の話。伊賀蕉門を代表する土芳の『三冊子』によれば、芭蕉が門人との旅行で大坂に入るというとき。折からの雨にわざわざ駕籠《かご》から降り菰《こも》（荒く織ったむしろの雨具）をまとった。その理由を門人が尋ねると。「このような大都会に入ると、とかく乞食行脚の身を忘れ、風雅の道を外れ、俳諧もできなくなる」と答えたという。自分も乞食という自覚があった芭蕉らしい。あるべき姿を問い続けた、自分に厳しい人だった。また他の門人との和解を遺言したほど、芭蕉は乞食僧の門人路通《ろつう》の詩才を愛した。最下層の人々も分け隔てしない其角だけは理解を示したが、他の門人は素行の良くない路通の破門を主張していたのだ。路通をかばう芭蕉を門人がいさめたが、全く耳を貸そうとしない。これがのち蕉門分裂の原因の一つとなった。

江戸の人々は徳川の天下泰平に飽き飽きしていたのか、奇人・変人譚《たん》を好んだ。次の三話もその類い。其角という人物がよくわかる。

一つは、其角の著作『類柑子《るいこうじ》』に載る「白兎公《はくとこう》」の一文。其角の門人で大名（のち老中）の安藤冠里公《かんりこう》に侍していた時のこと。屋敷で侯の愛玩する白兎《しろうさぎ》を籠から出し部屋に入れた。その途端兎は驚いて飛び回り、文台に上がって硯《すずり》の中に足を突っ込み、辺りが墨だらけに。侯は立腹の様子。近習《きんじゅう》の面々は叱責におびえている。これを見てとった其角。間髪を入れず言った。「硯にあふれ墨に染むこと、かのもののさが、天然筆に生まれつきたる」と。兎を『生まれつきの筆』と言ったのだ。侯も笑ってしまった。門人とはいえ社会的地位は月とすっぽん。だがこれほど気安く言える間柄だった。このきらめく高尚な才智。芭蕉はこの才智を愛してやまなかった。

二つ目は『続俳家奇人伝』に載る話。其角が自分をののしり笑うと伝え聞いた、浪人の兵《つわもの》。偶然その其角と両国橋で出会った。浪人が理由を述べ「尋常に勝負せよ」。刀の柄に手を掛けた。それに対し其角。「立腹は至極当然。相手になるので支度をしてくるから待ってくれ」と言って、裾を引き上げ、雪駄を腰に挟んで走り出した。浪人はこれを見て興ざめ追うのをやめたという。其角は町人である。相手は浪人だがれっきとした武士。土下座して謝ると思ったが。どっこい。軽くいなされた。其角の振る舞いは根っからの俳人。その粋で江戸の人々に愛された。

三つ目の話。其角は書を、元禄の有名な書家佐々木玄龍に学んだ。その弟でやはり書家の文山《ぶんざん》と遊郭に遊んだ時。揚屋《あげや》（置屋から遊女を呼んで遊ぶ家）の主人が、文山に桜の花を描いたびょうぶへの賛を請うた。文山がそれに「この所小便無用」と書く。いたずらだ。主人が怒る。その時其角が「花の山」という五文字を書き加えた。「この所小便無用花の山」という発句に仕上った。これで機嫌が直り、主人が逆に喜んでこれを家宝にした。才智は才智でも愛される才智だった。

剃髪

延宝七（一六七九）年。芭蕉三十六歳。其角十九歳。

日の春をさすがに鶴の歩みかな　　其角

芭蕉が手放しで褒めた、其角の代表句である。この当時「鶴は千年」と言われ、「千年鳥」とも呼ばれた鶴。当時の江戸郊外には、たくさんの鶴が見られた。電線や電話線がひしめきあう空ではない。明るい空があった。だが、その鶴を追いやったのは私達だ。自業自得である。

しかしさらに、その鶴や花や月を愛でる心も同時に失ってしまった。芭蕉に言わせれば、鳥獣の類に成り下がったことになる。芭蕉にも「我《わが》ためか鶴はみのこす芹《せり》の飯」の句がある。芭蕉は門人の施しで食べていた。門人が届けてくれた芹の飯に、謝意を表したもの。当時鶴は芹を好むとされ隠逸《いんいつ》のイメージがあった。其角は娘の一人を幼くして失くした時にも鶴の句を詠んでいる。

　霜の鶴土にふとんも被《かぶ》されず　其角

二人とも鶴を愛した。他を寄せ付けない、狂おしいまできりっとした白を。白米、豆腐、大根。もやしや独活《うど》などの軟白《なんぱく》も。


「あがりますよ」

いつも通りのどたどたという足音。其角とすぐわかる。

「おまえはこちらがいいと言う前に、もうあがっとる」

両足を壁に上げて仰向けに寝転がっていた芭蕉。顔だけこちら向きにして答えた。

「ウワッハッハッハ。兄ィの家は玄関入るとすぐ座敷だから。何ですか。その格好は」

「暑さしのぎに足を冷やしとるんじゃ。壁は冷やこいぞ。おまえもやってみんか」

其角も言われるまま、仲良く並んで寝転がる。壁に足裏をくっつけてみた。

「これは天国。貧乏人の考えることはまた、猫の知恵にも似て、何と素晴らしい」

「一言余計じゃ」

「このたびの万句《まんく》興行おめでとうございます」

「何や改まって。気持ち悪いやないか」

「兄ィも一人前の俳諧師か。私も早くなりたいもの」

「いよいよ勝負ぞ」

「私はだいぶ前から丸めています。もしかしたら私のまね」

芭蕉がやおら起き上がる。そったばかりのつるつる頭をなでた。

「頭はつるつるでも、心がぼさぼさではのう。ちと恥ずかしい気がするが」

其角もむっくり起き上がりながら、

「それはもしかして私に言っておるのでは」

「その通り」

「あいたた。兄ィも油断がならぬなあ。確かに、道心は世を安楽に送る方便。墨染の衣を着るのがはやっているらしい。それとも、何か悪いことでもなされたか。ウワッハッハッハッハ」

其角は幼いころから、父東順《とうじゅん》の跡を継ぐべく医術を学び、順哲と名乗った。当時の医者は、頭を丸めて法体《ほったい》となるのが普通。蕉門に入った十五歳頃には、頭をそっていたのだった。

「真面目な入道じゃ。だが出家したわけではないぞ。格好だけ。俳諧に命を懸ける首途《かどで》としてな。剃髪は俳諧師の化粧のようなもの」

「よく似合っていますよ。だけど兄ィの前の、なでつけ頭の方が好きだなあ。なんかりりしくて。しかしなぜ俗世をお離れになる」

「出家ではないと言ったはずじゃ。離れるのではない。あの偉大な西行師じゃが。立身出世の道を閉ざされたわしと大違い。北面の武士として約束されていた立身出世の道。これを敢えて捨てたのは、おまえもよく知っての通り。しかし、西行師は現世がばからしくなって、嫌いになって出家したのではない。世間が好きでたまらないからじゃ。現世におると、そのしがらみにとらわれての。よく見えなくなる。わしも西行師に近づきたいと思うてな」

「しかし、そんなにひねこびなくても」

（北面の武士は、院の御所の北面《きたおもて》にあって、院中を警護した武士。白河法皇の時に始まった）

「ある勢力が力をつけると、別の勢力がそれに刃向かう。またその両者の対立を第三の勢力が嗅《か》ぎ付け、形勢を窺う。漁夫の利を得ようと虎視眈々《こしたんたん》。あるいは、どちらにつくのが有利か洞ケ峠《ほらがとうげ》を極《き》めこむ。そのような力同士の争い。これに翻弄されるのは実に下らぬ。鳥獣の世界ではないか。どちらの方が自分に損か得か。損得で生きるほど浅ましいことはない。一体現世に快楽を求め戦う者にとってはのう。うまい酒なり、女なり、安楽な生活が至上の目的。生きる意味なのだろう。だからその酒や女や安楽を脅かす者に対しては、どんな汚い手段も厭《いと》わない。現世の快楽に執着する男の顔。その顔に浮かび出る、覆いがたい卑しさはどうじゃ。角や。そう思わんか」

「なんか私のことみたいで。耳が痛いなあ。確かに戦好きは男の性《さが》みたいなもの」

「何度もいうが、わしは世の中が嫌になって逃げだすのではない。みんなとにぎやかなのも好きじゃ。しかしそれにもまして、ひとり自問自答するのが好きでの。もともと坊主向きの心根なのじゃ。ワッハハハハ」

「兄ィが若ぶるのもいやですが、老け込むのもいやだなあ。衆愚から高みに昇った魂は孤独に罰せられる、といいますよ。その覚悟もお持ちなのですね」

「物質的なものに煩わされての。自分の自由な生き方を汚されたくない。自分の選んだ道を究める志じゃ」

「兄ィの強い気持、よくわかりました。ただ兄ィの俳諧が深まるのはいいとして、重苦しくなっては困ります。それでなくても兄ィは武士くさくて、くそ真面目。心地の良いものでなくては。「梅若菜まり子の宿《しゅく》のとろゝ汁」とか、「夏の月御油《ごゆ》より出て赤坂や」のようでないと」

蕉門を立ち上げた頃の芭蕉の、口笛を吹くような若々しさ、軽やかに弾む心を失ってもらいたくないというのが、其角の切実な思いだった。

「おまえの言う通り、品位があり深みも湛《たた》える一方で、心地よい、出会って幸せを感じてもらえる句でないとな。『桃青門弟独吟二十歌仙』は蕉門の旗揚げじゃが。信徳《しんとく》の傑作『七百五十韻』に二百五十韻を巻き『俳諧次韻《じいん》』を出せてよかった。談林から抜け出るのは至難の技。競争相手も多い。そしておまえの『田舎の句合《くあわせ》』、杉風《さんぷう》の『常盤屋《ときわや》の句合』もよい出来栄えじゃった。この勢いを大切にしよう。俳諧を和歌や連歌と同等の文芸に高める。それには俗とみなされてきたものを材料に、新しい美を作らねば。庶民の文芸じゃ」

「俗は何より好み。ぞくぞくしてきました。ウワッハッハッハ」

談林から抜け出て詩情豊かな、蕉風の始まりとも言われる『俳諧次韻』。これで漢詩文調の流れに勢いをつけ、其角の処女撰集『虚栗』はその集大成だったが、以後その流行は下火に。『田舎の句合』は、其角の五十句を「練馬の農夫」と「葛西《かさい》の野人」の二十五句ずつに分け、それに芭蕉が判詞《はんし》を付けた、コミカルな掛け合い。

「まあ、おいしいお茶でも入れたるさかいに。さっき焙炉《ほいろ》（茶を焙《ほう》じる用具）で茶葉をあぶったとこや」

こう言って芭蕉は台所に立って行った。上気して火照《ほて》った其角の顔が落ち着いた頃。芭蕉が少し大きめの器と急須、それに湯飲み二つを持って戻ってきた。湯飲みといっても御猪口《おちょこ》と余り変わらない小さいもの。器には沸かしたての熱湯が入っている。

「この暑いのに、熱いお茶ですか」

「そうや。わしは腹を壊しやすいのでな。夏でも冷たいものは一切飲まんことにしている。これで具合がいいんや。暑いときに熱いお茶。これが意外においしいんやで」

「よくわかりませんね」

「まあ、一回試してみいな。この暑さに冷たいもんで張り合おうとせず、超越する。乗り越えるのが大切や。これには同じ熱いもんでないとあかん。またおまえに線香くさいと言われるかもしれんが。先に言うとくからな。ワハハハハ」

「……」

「少し待つんやぞ。湯を冷ましてから、おいしいのを入れたるさかいに。おいしいお茶を入れる名人やで。わしは。急須に入れる前に冷ます時間と、急須に湯を入れて湯飲みに注ぐまでの時間。このころあいが難しいのでな。お湯が熱すぎても、また時間が長すぎても葉が死んでしまう。苦味が甘さを殺してしまう。父親からの直伝や。父親は下戸やったが、そのかわりお茶にはうるさかったんや」

「兄ィの親父さんは早くに亡くなられたのでは」

「十三歳やった。だから兄が父がわりやった。まあそれはともかく。小さい頃から、父親がお茶を入れるのを、そばでよう見とったし。まだ子供やのに、わしにもいつも入れてくれたんや」

「煎茶は苦くて子供にはおいしくないのでは。よく飲まれましたね」

「それが甘かったんや」

「甘いですって」

「そうや。確かに少しは苦いんやが。飲み慣れるとそうでもない」

「へえ。そんなものですか。兄ィは舌も早くから老けとったのでは。ウワッハッハッハッハ」

「あほぬかせ。お湯を冷ましてから注ぐと甘みが出る。玉露やったら言うことないのやが。高いから手が出んのでな。煎茶やから、玉露より少し熱いめのお湯にして、少し早いめに注ぐ。その湯加減がみそや。父親に教えてもろうた工夫や」

「貧乏人の工夫ですね」

「よし。もう冷めた時分や。入れるとするかな」

芭蕉はおもむろに急須に、冷ましたお湯を注いだ。

「ここでまたしばらく待たんとあかんのや。急《せ》いては事を仕損ずる」

「そんな理屈はいいので。早く飲ましてくださいよ」

「まだまだ。待つ間にお茶の葉が膨らむように期待が膨らんで、余計においしなるのや」

「少々まずくても早いのが御馳走」

「うるさいやっちゃのう。まあそろそろいいやろ」

芭蕉は急須から二つの湯飲みに、ゆっくり、交互に、最後の一滴が出き切るまでしぼった。其角は芭蕉の妙に集中した執拗な仕草に、何か大層な飲み物のように思えてきた。不思議なセレモニーだった。

「随分しぼるんですね」

「最後の一滴一滴がおいしいもとや。そうせんと葉が台無しになるしな。このしぼり方にお茶をどれだけ愛しているかが顕《あらわ》れるんや」

「そしたら飲んでみ」

「いただきます」

余りに遅い不満を込めた、元気過ぎる大きな声だった。

「どうや」

「……えーっ。驚きました。こんなにおいしい飲み物がこの世にあろうとは」

「ちょっと大げさやな」

「いいえ。本当です。兄ィが自慢するはずだ。こんなに甘いお茶は飲んだことがない。感動しました」

其角は真顔で感激した風だった。

「それは良かった。時間かけて入れた甲斐《かい》があるちゅうもんや」

「それと。この湯飲みは、何と鷹揚《おうよう》な」

「さすがよう気が付くのう。伊賀焼じゃ。古伊賀は有名じゃから、おまえも知っていると思うが。釉《うわぐすり》を使わないのが特徴でな。窯の中の水蒸気がその代りをする。天然の釉薬《ゆうやく》や」

「ゆがみもあって。おおらかな。豪放にして細心。このお茶にぴったりですね」

「豪放にして細心とは、まさにおまえの俳句ではないか。お茶の控えめな渋味と苦味の中に、ほんのりと浮かび上がる甘み。わびの特徴が一番出ていると思っとるのじゃ」

「なるほど坊さんのお経を聞いてるような味。兄ィの好きそうな味だ。ウワッハッハッハ」

大仰《おおぎょう》においしいお茶を入れてくれたこの芭蕉に、「しばの戸にちやをこの葉かくあらし哉」や「山吹や宇治の焙炉の匂ふ時」の句がある。先の句は、芭蕉が深川に隠棲した当時の句。嵐が粗末な草庵の戸や障子に木の葉を掻き寄せる、その音が茶の葉のようだという意。当時は防湿の容器、ブリキ缶などはない。茶を入れる前に、炭火で蒸した茶を焙炉《ほいろ》で焙《あぶ》って乾燥させた。耳を澄ませて、音の変化で茶葉の乾燥具合を測った。後の句は、宇治の焙炉から茶の葉が匂い立つこの時期、山吹も今が盛りだという意。宇治茶は、貴重な茶葉の中でも高級品。芭蕉は、駿河の安倍茶より京都の宇治茶を友人に所望するほどのグルメであり、茶人と呼べるほど喫茶好きだった。

利休の茶の心に風雅の極みを見ていた芭蕉だが、もともと故郷の伊賀はお茶の盛んな所。藤堂藩の開祖である高虎公は、徳川家康の茶会のメンバーだった。腹心や古田織部ら大茶人と同席する機会が多かった。のち高虎が催した茶会に二代将軍秀忠を招いたほどである。そしてこの高虎の世継ぎ高次は、遠州派の創始者で三代将軍家光の茶道師範小堀遠州と義兄弟の関係にあった。父高虎の養女が遠州の内室だったのだ。高次が伊賀焼の水指《みずさし》製作を命じ、遠州がその伊賀焼に注目。遠州七窯の一つとして、伊賀焼が台頭した。芭蕉が仕えた藤堂新七郎家には茶室が二つもあった。本家とは高虎の母の兄としての血脈につながる親しい関係にあったから、藩主が津城から伊賀に領地巡察に訪れた際は、決まって茶会が開かれた。藩士ばかりではなく城下庶民の間にまで茶が流行していた。芭蕉も小姓として主君の茶席に連なっていたはずであり、遊学中の京都も茶の盛んな土地柄、茶道に造詣を深めたことは疑いない。

貞門《ていもん》が廃れて、まるで下克上の戦国時代のような談林派のジャングル。それは芭蕉と其角がリングに上がる、またとないチャンスだった。

回想

「角や。この三日月を見ると、いつも故郷を思い出してなあ」

「三日月が、何か」

「三日月が包丁に見えてくる。あの料理に使う包丁にな」

「食いしん坊の兄ィらしい」

「奉公先の藤堂藩でな。若君の小姓と台所役を兼ねとった。ただ台所役と言っても料理人やない、食材の仕入れや帳付けの仕事やが。それでも門前の小僧じゃ」

「御馳走してくださいよ」

「持ち込んでくれる材料次第だな」

「任せてください。ほかの門人にもよく言っておきますから」

「それとなくな」

「兄ィの「影待《かげまち》や菊の香のする豆腐串」という句。どこでそんな御馳走になられたので」

「町名主の補佐、町代《ちょうだい》として上水道に関わっての。上水道は幕府直轄で、その町代は役人に近い職分。接待で舌が肥えたんじゃ」

「兄ィは根が贅沢だから」

「影待」は、料亭で一晩中酒食にふけり日の出を待つ宴会。影待の句は、秋の影待は庭の菊が豆腐の中にまで移ってかぐわしいという意。豆腐串は、豆腐を串に刺し味噌をつけて焼いた豆腐田楽。芭蕉の生地である伊賀の上野の郷土料理で、今も名物になっている。

「三日月には満月になる夢があります」

「明日がある。わしらみたいやの」


深川隠棲後の芭蕉は門人から施しを受けていたが、美食と無縁だったとは思われない。元々俳席につながる宴席も多かったはずだ。酒で墨を磨って短冊に句をしたためる酔狂もあった。しかし、後年『奥の細道』の旅で金沢に立ち寄った時のことである。宴席での二の膳付の豪華な御馳走の後の挨拶で、芭蕉から、膳が風雅とかけ離れているという指摘があった。それを聞かされてか、門人のもてなしが以後一変。芭蕉がひもじくなるほど極端に質素になって困った。こういう逸話が残るほど、芭蕉はのち贅沢を嫌うようになった。

「ところで角や。おまえは鎌倉の大巓和尚に預けられていたそうだな。随分遠いところへ。何か訳でもあったのか」

「友達が悪友ばかりで」

「うそをつけ」

「確かに私もその張本人です。親が更生のためにやったようなわけで。お恥ずかしい」

「悪い道にも早熟だったんだな。それで改心したのか」

「一応改心したようには見せましたよ。ウワッハッハッハ」

其角は胸を張って見せた。


貞享二（一六八五）年に大巓和尚が亡くなった時、芭蕉は旅先の尾張熱田から、悲嘆に暮れる其角に追悼句を送っている。「梅恋て卯花《うのはな》拝むなみだかな」。和尚の徳を象徴する梅。その香気を恋い慕っても、季節が過ぎ叶わない。同じく白い卯の花を手向けて和尚をしのび、涙をこぼすばかりと詠んだ。

「おまえの父親竹下東順《とうじゅん》殿は、わしと同じ季吟門《きぎんもん》で俳諧も巧み。藩医兼町医者。だがわし所《とこ》は違う。文芸にはむしろ縁遠かった。父親を早くに失くして兄が親代わり。兄は郷士《ごうし》やが浪人に近い。寺子屋のように子供を教え何とか生計を立てていた。わしみたいな次男坊は一生部屋《へや》住《ずみ》でいるか、他家の養子になる他ない。だからわしは早くから奉公。主君の跡継ぎの若君、蝉《せん》吟公《ぎんこう》の小姓にしてもろうた。お側勤めと言っても住み込み奉公。みじめなものやが。だが、その主家が学問や文芸を重んじる風でな。これは幸運やった。勉強相手として一緒に経書（儒学の経典『四書五経』など）を学べてな。藤堂藩の学風やった。書も蝉吟公から教わったし。しつけとして、てん茶の作法まで。その蝉吟公が無類の俳諧好きでな。このわしもとりこになったというわけや」

「兄ィにはそんな幸せな出会いが」

「その学問や文芸が珍しゅうて、面白うてな。それでいくばくかの才能があるのではと。これが勘違いの始まりや」

「人生すべてその勘違いや思い込みですよ。ウワッハッハッハッハ」

「それでとんとんと。蝉吟公は藤堂主計良忠《よしただ》で字は宗正《むねまさ》、その父藤堂新七郎良精《よしきよ》公は宗徳《むねのり》。わしの松尾忠右衛門宗房《ちゅうえもんむねふさ》という名前の、宗の字もお二人から頂戴した。蝉吟公は伊賀の俳壇を率いておられたから、その後ろ盾として認められてな。同輩の羨望の的やった。わしは侍ではない、武家奉公人やったが。そのまま行けばりっぱな侍、知行取《ちぎょうとり》も望めたんや」

「忠右衛門か。面白い。なんかねずみの親戚のようだな。ウワッハッハッハッハ」

「真面目な話だぞ」

「学問や文芸を重んじる風は、京都に近かったからでしょうか」

「それも大きいと思うな。その若君の号、蝉吟やが。あの北村季吟先生から吟という字を授けられたもの。歳はわしより二歳上やった。細やかな友情。友情というのは恐れ多いが。感謝しきれんな。若君やったが何にも偉ぶらへん。学友として対等に接してくれたんや。幸せな日々やった。深い契やった」

「深い契か。意味深だな」

「おまえの考えすぎや」

「兄ィにも若い頃があったんだ。生まれた時から老けていたように思っていましたよ。ウワッハッハッハッハ」

「それはないやろ。意外に美少年やったんやで」

芭蕉にしては珍しくすまし顔をみせた。

「まあそういうことにしておきましょう」

「その蝉吟公の父君、藤堂良精さま。藤堂藩は津が本城でな。その伊賀付五千石の侍大将。伊賀に侍大将は三人おられたんやが、お一人は七千石の城代。だから偉いんやで。このお方は武人やけど文学も愛された。漢詩や和歌のたしなみもあってな。典籍《てんせき》も数多くお持ちやった。蝉吟公もその血筋やろな。京都からわざわざ、北村季吟先生に伊賀まで足を運んでもろうて、講義を受けてたんやで」

「それはすごい。伊賀って有力な土地柄だったのですね」

「その通りや。京・大坂・名古屋何れにも近い。ちょうど真ん中にある。そしてわしだけやない、当時の文芸好きの若者を虜《とりこ》にしたのが、新興の俳諧やった。蟬吟公が二十四歳、わしが二十二歳の時、蟬吟公主催で『貞徳十三回忌追善五吟俳諧百韻』をやったくらいや。発句は蟬吟公で、脇句を季吟《きぎん》先生にお願いしてな」

当時は保守的で堅苦しい貞門俳諧全盛。松永貞徳は貞門俳諧の祖。北村季吟はその弟子。

「それも大したもの。どうしてその幸せな伊賀を出てこの江戸へ」

突然芭蕉の顔が曇った。余り見せない顔だ。

「それがあろうことか……。無情にもその蟬吟公が。翌年亡くなってしまわれたんや。わずか二十五歳の若さでな。もともと強い御身体ではなかったが。天国から地獄や。その位牌を高野山に納める使者になった。これはありがたかったんやが。わしも純心だったんやろな。蟬吟公との絆がそれだけ強かった。殉死は大げさやが、後を追って死にたい、それができへんのやったら仏門に入ってしまいたいと思うた。さらに二君に仕えるのも耐えられん。後を継いだ弟君はすでに分家されていたから、戻されてな。しかし、その弟君は俳諧など見向きもしない方やった。もっともその弟君には自分の小姓がいたやろうから、中途で割り込んでも出世は望めへんしな。その弟君も早死にされたと聞いている」

「殉死ですか。いかにも日本的。それにしても兄ィの嘆きはいかほどのものか。難しい決断を迫られましたね」

「失意のどん底や。しかし不運を嘆いているだけではな。男として不甲斐ない。いっそのこと、他国へ行って新規まき直しをしよう、自分の好きな学問か文芸で身を立てようと思うた。しかし、そのためにはその道の精進をせんとあかん。幸い京都には、蝉吟公が師と仰いだ季吟先生がおられる。わしも面識がある。更に京都には、天下の学者もそろっている」
「それでいったん京都へ」
「そうや。伊賀におっても学ぶ書籍すらないしな。一生がかかっているんや。学びに学んだでえ。万葉集、古今集、唐詩選や白氏文集、それから源氏物語、平家物語、枕草子、徒然草。手当り次第」

後に著わす『奥の細道』の引用書目は、古事記をはじめ和漢の百二十余りの書に及ぶという。その礎はこの京都遊学中、遊学というよりは書生のようなものだったのだろうが、その頃築かれたらしい。この時代の乏しき書物を狩猟しえたのは、この時期をおいてないからだ。彼の博覧強記は、貞門俳諧の最後の代表者である季吟の門下でも鳴り響いていたものと思われる。

「確かに不運としか言いようがない。その蝉吟公さえ元気でおられたら。兄ィが忠勤に励めば出世は望めたかもしれない。しかし、平凡な武士で終わったのではないだろうか。最も悲しむべき不幸が、その逆境が、今の兄ィの大望《たいもう》を導いたではありませんか」

「大望か。角は、うれしいことを言ってくれるやないか」

「つぼはおさえていますよ。ウワッハッハッハ」

「まあ。不思議な因縁を感じるな。蝉吟公亡き後、後を継いだ弟君に二度勤めを命じられたが、出仕せんかった。これは大変なことなんや」

「なぜ。辞めればいいだけでは」

「とんでもない。主従関係を壊す大罪や。許されへん。少なくとも伊賀にはおれん」

「それは厳しすぎるなあ」

「結局無断で出奔《しゅっぽん》するしかない。しかし情けの抜け道というか。当時は出奔が珍しくなくてな。出奔の理由が主君の死やから、これも多少は斟酌《しんしゃく》されたし。しかもわしは知行取《ちぎょうとり》やない、切米《きりまい》取・扶持《ふち》取にもいかん小姓《こしょう》や。幸いお咎《とが》めもなく、また出奔しても追われることはなかったんや」

「それは助かりましたね」

「藤堂家には武士退身《たいしん》の作法というのがあってな。同僚に書き置きを残したうえで出奔するというものじゃが。書き置きには二主に仕えることの割りなきことを綴った。そして兄に迷惑が掛からんように、その足で京都に向かったんや」

晩年に、故郷の伊賀でうれしい俳句の宴があった。芭蕉が藤堂家を辞した時、まだ襁褓《むつき》に包まれていた蝉吟公の子、新之助（号は探丸《たんがん》）。その探丸が家督を継ぎ二十三歳の時、屋敷で開いた花見の宴に招いてくれた。やはり父親の血を受け継いで、文学の才能が豊か。俳諧もよくした。出奔した元家臣だが、俳諧で一家をなした芭蕉を、恭しく迎え入れてくれたのだった。蝉吟公の面影がしのばれ、楽しい忘れられない宴となった。その時の歌仙で、「さまざまのこと思い出すさくらかな」の芭蕉の句に、探丸は「春の日はやく筆に暮れ行く」と付けている。紙に、さまざまの句と探丸子という名を芭蕉が書き、春の日の付句と芭蕉子という名を探丸が書いた。座興に芭蕉が茶杓《ちゃしゃく》を削って残したほど楽しい集いだった。

そして元禄七（一六九四）年、芭蕉の没年であるが、故郷伊賀上野の門人たちから生家の離れに贈られた草庵で、芭蕉生涯最後の月見の宴が催された。その時芭蕉は、手ずから月見の料理を振る舞い、招いた客人をもてなしている。

其角は、芭蕉がいつの間にかお国訛《なま》り、関西の言い回しになっているのに気付いた。故郷にいた時の話だから、懐かしさの余り自然にそうなったのだろう。なにしろ生まれてから三十年近く使っていた言葉だ。芭蕉が江戸ではそれを余り出さないようにしていたのが分かった。その関西風のまったりした言い回しは人間味にあふれ、なんか懐かしいものに出会ったような気がした。其角はこれが気に入った。女子がこれを使ったらたまらなく魅力的だろうとも思った。

「兄ィはどうしてこの江戸へ」

「頼る人といっても、結局季吟先生しかおられんかったしな。弟子にしてもろうていたから。そして京・大坂で俳諧師を目指したいと申し上げ、力添えを頼んだ。季吟先生の話では、まず京都は西山宗因《にしやまそういん》の天下で入り込む余地はない、大坂も談林派の牙城で西鶴《さいかく》がでんとおりむずかしい、江戸だけはまだ活躍の場が開けているということやった。それで江戸を勧めてくれたんや。先生の頭には日本全国の勢力地図があったんやろな」

「兄ィがいくつの時の話で」

「二十九歳の時や。故郷の伊賀の上野に菅原道真公を祭る上野天満宮というのがあってな。城下の住民は士農工商の別なく皆氏子じゃ。わしらは「天神さん」と呼んどった。子供の頃は家のほん近くやから、そこでよう遊んどったもんや。そこに自判《じはん》で三十番発句合《ほっくあわせ》やが、『貝おほひ』を奉納して、江戸での成功を祈願した。六年の長い京都遊学、いや苦学やな。満を持しての旗揚げやった。これを決めてから、発願《ほつがん》の成就のためにな、京都清水《きよみず》の音羽《おとわ》の滝の七日の水《みず》垢離《ごり》修業に身を晒《さら》したのやった」

「決死の覚悟だったのですね、その『貝おおひ』。兄ィの才能が雀躍《じゃくやく》している。それにしても名前がしゃれていますよ、練りに練った。兄ィの執着はもうこの頃からだな」

「句合」は、歌合《うたあわせ》にならって、句を二つ並べて優劣を競うもの。左右一組で一番だから、三十番では六十句となる。判詞（優劣判定の言葉）は自判、すなわち自分で書いた。「音羽の滝」は清水寺のパワースポットとして今も健在。

蛤《はまぐり》の貝殻をばらばらにして、ペアの貝殻を見つけ出すのが貝合わせ。トランプの神経衰弱に似た、平安時代からの宮廷の遊びである。貝覆《かいおお》いは、この貝合わせのことで、これを句合わせに引っ掛け撰集名とした。『貝おおひ』は、芭蕉の処女撰集であり、また芭蕉という人物を知る上でも欠かすことができない。

『貝おおひ』の九番を見てみよう。その自由に戯れる姿は、あの枯淡の芭蕉と同一人物とはとても思われない奔放さだ。

左　勝

鎌できる音やちよい〳〵花の枝　　露節

右

きても見よ甚兵衛《じんべえ》が羽織はなごろも　宗房

左、花の枝をちよい〳〵とほめたる作為は、まことに俳諧の親ゝともいはまほしきに、右の甚兵衛が羽織は、きて見て我折《がお》りやといふ心なれど、一句の仕立もわろく、染め出す言葉の色もよろしからず見ゆるは、愚意《ぐい》の手づゝとも申すべく、そのうへ左の鎌のはがねも堅そうなれば、甚兵衛があたまもあぶなくて、負に定め侍りき。

宗房《そうぼう》は芭蕉の若い頃の号。二句の後に芭蕉の判詞《はんし》（優劣判定）が続く。「左」の句意は、鎌で切るちょいちょいという音が、枝の花をほめているかのように面白く聞こえるというもの。ちょいちょいは、歌舞伎の野郎（少年俳優）へのほめ言葉で、鎌を切る刃音と掛ける。「右」の句意は、甚兵衛殿よ、花見衣《はなみごろも》に甚兵衛羽織を着こみ花見に来て我《が》を折りなさいというもの。「我を折る」は感服するの意。「来て」と「着て」を掛ける。「羽織」と「我折り」を掛ける。甚兵衛羽織は丈の短い尻の裂けた羽織。判詞では、同じ野郎のほめ言葉である「親はないか、親はないか」（この座にほめられた少年役者の親はいないか、さぞうれしかろう）から、俳諧の親（優れているの意）と言った。俳諧の親と驚嘆の「おやゝ」を掛ける。「おやゝ」は「ちよい〳〵」に照応。左の句の鎌の刃が堅そうで甚兵衛の頭が危ないので左の勝ちとすると書いた。

小唄・流行語を駆使し談林に新風を吹き込もうとする意気込み。井原西鶴の作品の持つ、あの大きな振幅と見まがう才気に満ちている。ここにはもはや小姓でもなく、ましてや出奔者でもない、堂々と天下の俳壇に勇躍しようとする自信に満ちた芭蕉がいた。

「あの『貝おおひ』は滑稽が陽気に縦横に。私もこれを読んで入門したようなものですよ」

「そういえばあの西行も、同じ二十九歳やで。陸奥《むつ》へ旅立つ決心をしたのは。角や。人皆同じやが、わしも娑婆っ気もあれば欲気もある。野心家でな。みんな何か成し遂げたいと思うわな。聖人君子でもなんでもあらへん。普通の野心家やった。もちろん立身出世も考えたし。文芸上の野心もやで。しかし伊賀で仕官の道が閉ざされたからな。もう俳諧しかなかったんや。次男坊の焦りと自由さと。少しの自負のせいかな。その飛躍のために京でいろいろ学んだんやしな」

「江戸へ出られてからどうでしたか」

「季吟先生の紹介で。江戸の名主やった小沢家の帳役（書記）にしてもろたんや。住まいも世話になった。この小沢家当主の長子卜尺《ちょうしぼくせき》が季吟先生の門人やったから、この関係でな。右も左もわからん田舎者。季吟先生の秘伝とされた『埋木《うもれぎ》』の筆写を許され、その免許みたいなものを持ってただけや。それで食えるほど江戸は甘くないからな」

「季吟先生といえば、最近幕府歌学方《かがくかた》として五百石で召し抱えられたという、あの方ですね。私も面識があります」

「そうや。俳諧師までは道遠しやった。まず食っていかんとあかん。取りあえず、神田小石川の水道工事の仕事で身を立てるつもりやった。あまり強くない身体やからな。現場ではない裏方や。食うためやったけど。頑張ったんやで。名主を代行する町代《ちょうだい》の仕事を任されるようになってな」

「兄ィはいつでもどこでも力いっぱい。それから町代の仕事。わかりますよ。知識・教養があって実務能力ある人材。江戸広しといえどもそうざらにはいませんから。しかし兄ィが水道工事とは意外も意外。想像できませぬなあ。ウワッハッハッハッハ」


江戸開府当初、将軍はじめ武家が赤坂の溜池を水道水として使用。のち神田上水や玉川上水が引かれ、町人の住区にも及ぶ。「水道の水を産湯に使った」が江戸っ子の自慢。当時はその上水工事の真っ最中だった。町代はその大工事の請負人。芭蕉は事業家として手腕があり、また世故にたけてもいた。この後必要となる蕉門掌握の力量は十分備わっていたといえる。

「笑い事ではないんやで。角。必死やった。生計を立てるためや。藤堂藩は、高虎公以来築城や水道工事で名を馳せとった。近所に西嶋八兵衛《にしじまはちべえ》という逸材もいてな。それに山口素堂《そどう》も一時水道工事を手掛けていたこともある。とにかく色々世間を知れてありがたかった。故郷の伊賀では武家奉公の狭いものやったから。人生無駄なことは何もないなあ」

「だから私もいろいろ遊び回っているわけでして。ウワッハッハッハッハ」

「どさくさに何を言うとんね。おまえは」

「兄ィはお顔に似ず色恋に詳しい。その時の経験からでしょう」

「あほをぬかせ。耳年増だけや。ワッハハハハハ。しかし、この水道工事も不幸にして不首尾というか、失敗に終わってな。千河上水《せんかわ》の堀普請やったが。結局埋められてしもうた。何をやってもうまくいかん。腕一つ身一つでこの江戸で何かやるのは並大抵のことやないと、思い知らされたんや。もう、いよいよ俳諧で食っていくしかない。その時運よく宗因《そういん》師歓迎の座に同席する機会に恵まれてな。談林派の祖と言われた方。京から江戸に出向かれてたんや。それで意志を固めた。あの免許も役に立った。それから執筆《しゅひつ》として研鑽を積んだんや」

執筆は、俳諧の座の興行で宗匠の指導のもと、連衆《れんじゅう》の句の記録と進行を図る役。西嶋八兵衛は江戸時代の高名な土木技術家。藤堂高虎に仕え大坂城修築等に活躍。芭蕉の若い頃は伊賀奉行として伊賀におり、伊賀で没した。

山口素堂は「目には青葉山ほととぎす初鰹」の句で有名。書道・和歌・茶道・能楽も修め多才。素堂と芭蕉は互いに我が友と呼び合う生涯の盟友。同じ季吟門。江戸下向中の宗因と一座した芭蕉と素堂が、『江戸両吟集』を編み江戸談林の推進者になった。芭蕉が興した新風は、素堂の助力なしには考えられない。芭蕉は手紙の宛名の下に、其角は「丈《じょう》」(歌舞伎俳優等に添える敬称)、杉風は「様」、そして素堂には「先生」と付けていたほど。

芭蕉の借家があった日本橋は、今高速道路が交差し高架橋がそびえる無残な姿だが、当時は江戸の経済の要かつ、俳諧愛好者の富裕な町人が多く住む江戸俳諧の中心地だった。芭蕉は、江戸一番の繁華街を貫き、間口当たりの税金も一番高い大通りを、「げにや月間口千金の通り町」と詠んでいる。


「一つ大事な事を聞き忘れていました」

「何や。それは」

「兄ィも小姓勤めの時は殿中の女中衆にもてたと思うなあ。美男だったかどうかはともかく。秀才で主君の寵愛《ちょうあい》を一身に集め、主君の名の一字をさえもらっていたんだから」

「まあほどほどにな」

「それがかねがねうかがっていたすてさんでは？　白状なさい」

「誰にも話すんやないぞ」

「脇は甘いが口は堅い。ウワッハッハッハ」

「子もできてしもうてな。抜き差しならんことになった。主君の奥方の侍女に手を付けてしもたんや。わしも主君の寵愛を一身に集めとって、心に緩みがあったんやろな。正式に結婚式をあげられぬ仲やった。主家にとっては不行届。一生重荷を背負うことになった。じゃが自分でまいた種は自分で刈らんとな。生涯女を絶つと誓ったのも、その罪滅ぼしや。だから重い荷を背負うての江戸行きやった。不遇の身をかこたず、このわしに付き添うてくれたすてが不憫でな。いずれ江戸へ引き取ろうとは考えてたんやが、俳諧稼業ではなあ。わしは救われることのない罪人《つみびと》なんや」

芭蕉は涙ぐんだ。花や草に涙ぐむことが多かったが、また別の大粒の涙だった。

「江戸行きの理由が一つではなかったんですね。それほど追い込まれての江戸行きでしたか。それでも兄ィは精いっぱい生きて来られたではありませんか。すてさんのことは、兄ィの生き方を左右する大きな出来事だったのですね」

すては芭蕉の妾《めかけ》と言われる。妾というと現代の我々には愛人というようなマイナスイメージであるが、当時はだいぶ異なる。当時は未婚の男性が正妻の代わりに持つもの。身分は奉公人の扱いだったが、今でいう内縁の妻であり、ごく普通のことだった。

「わしのことばかり聞かせたが。角よ。よもやおまえは、俳諧で飯を食おうなどと考えているのではなかろうな。俳諧なんぞは男子畢生《ひっせい》の仕事ではさらさらない。わしは継ぐべき仕事もあらへんし、これしかもう残された道がないから仕方なかった。しかし、おまえは藩医を継げる。取りあえずそれを継ぐことや。掛け持ちでもええやないか。これから妻子も養わねばならん。生活に追われたら、とかく汚れるもんや。おまえのよく言う詩商人《うたあきんど》にな。わしは角の汚れた姿は見とうない」

「いやです」

其角は迷いのない強い口調で言い放った。

「何も焦ることはない。待つことを知っている人間には、その時期が来ると自然に向こうからやってくるもんや」

「兄ィ。何と言われようと、わたしは藩医を継ぐ気はありません。もう決めましたから。私は見て通りの薄っぺらな人間ですが。兄ィも生まれつきの聖人とは思っていません。生まれた時は誰もが嫉妬深い俗人。欲の塊。努力してそれをいかに克服できたかで人間の値打ちが決まります。その努力の仕方、克服の方法が立派だということ。それは生涯精進を続ける求道者《ぐどうしゃ》としての日々にあります。私は兄ィのそれを見習いたいのです」

「求道者という七面倒臭い俳諧師を養ってくれる物好きがいると思うのか。わしは乞食になる覚悟で決めたんやで。おまえは一度決めたら人の言うことなんか聞かん人間やから、これ以上言わんけども。よく考えることや」

「これだけ俳諧に惚れ込んだのは兄ィがおられたからですよ。兄ィのせいや」

「困ったもんやな。わし自身は克服どころか、まだまだ煩悩の塊やけども。若い時はおまえと同じ。そこからどこまで変われるか。志にかかっていると思うとる。高い志を持てるようになるには、更によく学ぶことや。よっしゃ。まあおまえの気持ちはようわかった。一緒に頑張っていこか」

「それともう一つ」

「もうおなか一杯です」

「まあ聞け。勝ち気も大事やが、これからは慎み深くな。おまえの若くしての成功。これは成功していない人みんなに対する侮辱なんやからな。同じ豊かな才能を持ちながら、いろんな制約で集中することがかなわん人が大勢いることを忘れてはならん」

ずっとのち元禄三年に、芭蕉は同じことを別の門人にも言っている。「我に似るな二ッにわれし真桑瓜《まくわうり》」。芭蕉が京都の凡兆《ぼんちょう》宅滞在中に、大坂から之道《しどう》が訪ねてきて入門した折りの句である。真桑瓜は当時の代表的な果物。割れた真桑瓜はまさに瓜二つだが、おまえは俳諧一筋の芭蕉の真似をせず、正業に励む傍らにせよと説いた。俳諧は、とても正業といえるものではなかったのだ。

其角の『田舎之句合《いなかのくあわせ》』に、「袖の露も羽二重気にはゐぬもの也」の句がある。贅沢な羽二重などを着て衣食満ち足りた生活をしている富者には、袖を濡らす涙のような秋の哀れな情趣は理解できないという意。同じく「分限者《ぶげんしゃ》に成たくば　秋の夕暮をも捨てよ」という破調の句もある。富者になりたければ、物の哀れを解する雅《みやび》な心は捨てなさいという意。風雅と富が背反し両立しがたいことを、其角は重々承知していた。

そして国家試験のない時代。やぶ医者も多く誰でも医者になれたから、幕府や大名のお抱えの御典医ならともかく、社会的地位も高くなかった。だから芭蕉は、其角があっさりこれを捨て、俳諧師を目指していることはうすうす気づいていた。其角の意思がその俳諧ににじみ出ていたからだ。『桃青門弟独吟二十歌仙』の其角の歌仙の発句と脇句を見てみよう。

脈を東籬の下にとって本草《ほんぞう》に付すと。美子が薬もいまだうつけを治せず。
月花《げっか》ヲ医ス閑素幽栖《ゆうせい》の野巫《やぶ》の子有《あり》
　　螺舎《らしゃ》

春草のあたり大きな家の隣

前書きは、陶淵明《とうえんめい》の詩句「菊ヲ東籬《とうり》ノ下ニ采《と》ッテ」(「飲酒」)のもじり。淵明は東籬に菊を取ったが、私は脈を取る。脈を取りながら中国の薬学書『本草綱目』とにらめっこしている。医療をそっちのけで俳諧にうつつを抜かしている困りものに、つける薬はないという自嘲。発句は、鎌倉中期の作者未詳の紀行文学である『海道記』の冒頭の「白川のわたり、中山の麓に閑素幽栖の侘人《わびびと》あり」のもじり。「月花ヲ医ス」と言って、医者は人間を治療するが、俳諧師は月花を治療するとふざけた。「閑素幽栖」は隠者の生活。「野巫の子」は、やぶ医者のこと。「子」は男の意。月花を治療しながら隠者のような生活をしている、やぶ医者がここにいるという意味。螺舎は其角の別号。脇句は、そのやぶ医者の住まいの説明。春の草が生えている辺りの大きな家の隣だと詠んだ。其角は実際その大きいお屋敷の隣のあばら家に住んでいたのだろう。其角の実際の家を知っている人でないと面白みが解らない、いわゆる「楽屋落ち」の句である。

隠棲

延宝八（一六八〇）年。芭蕉三十七歳。其角二十歳。

その日、日本橋の借家を訪れた其角が見たのは、憔悴しきった芭蕉の姿だった。もともと口下手で気重な一面もあったが、こんなに落ち込んだ芭蕉は見たことがない。どうしたことだ。延宝六年に万句興行で俳諧師として華々しくデビュー。翌七年の正月の句は「発句《ほっく》也《なり》松尾桃青宿の春」。我こそは松尾桃青だと自信満々だ。自分の名前を句に入れるという自己顕示。八年の正月には「於《ああ》春々大《おおい》ナル哉春と云々《うんぬん》」の句。四月の『桃青門弟独吟二十歌仙』。八月の『田舎の句合』など。意気軒昂《けんこう》だった。今日はその欠片《かけら》もない。当時の句「櫓《ろ》の声波ヲうつて腸《はらわた》氷ル夜やなみだ」をみても分かるとおり、尋常な落ち込みではなかった。

「兄ィ。いったいどうなされた」

「角か。実は大変なことになった。ここにはもうおれぬ」

「どういうことです。話してください」

「おまえだけには訳を知っておいてほしい。あー……わしはつくづく運がない。前におまえに話した甥の桃印《とういん》。伊勢の久居にいる姉の子のことじゃ」

「何年か前、兄ィが江戸に連れて来られた」

「そうじゃ。あれほど言っておいたのに。ばかなやつ。行方知れずになったのじゃ。俳諧師にしようと、桃印という俳号まで与えたのを、裏切りよった。根っからの遊び人。極道じゃ」

「行方をくらましたのは。何か兄ィの心を傷付けたいという、心のわだかまりがあったのでは」

「そんなことがあるものか。こんなに愛情を注いできたのに」

「それが負担だったのでは。よく分かりませんが。しかしそれがどうして大変なので」

「藤堂藩の藩法《はんぽう》に背くことになるのじゃ」

「と、いいますと」

「わしもそうじゃが。他国にいる領民に厳しい決りがあっての。出国後五年目には藩に出頭せにゃならん。わしも定期的に戻っとるのはこれがため。桃印は、ちょうど今その五年目なのじゃ。違反すれば後見のわしだけではない。当主の兄半左衛門にも累が及ぶ。連座じゃ。悪くすれば死罪。江戸の藤堂藩屋敷に知られたら、もう終わり。取りあえずここは離れる。目立たぬ所に隠れないとな」

「それは大変。どうしたものか。……そうだ。杉風さんに頼もう。深川に生簀《いけす》や小屋もあったはず。あそこなら辺鄙《へんぴ》な新開地。隠れるには好都合。兄ィから杉風さんには、事情をすべて話しておかれた方がよい」

「わかった。杉風さんなら安心じゃ。そうすることにしよう」

芭蕉は少し安堵の表情をみせた。其角もほっとしたが、同時に、蕉門の前途を考えると大変なことになったと思った。

藤堂家は外様ながら藩祖高虎公以来、将軍家とは特に親密。将軍綱吉の厳格な治世を慮《おもんぱか》って領民から浮浪者を出すことを恐れ、率先して他国にいる領民に一斉帰国令を出していたのだった。

これを聞いた最古参の門人、杉風こと鯉屋市兵衛。間髪を入れず深川隠棲の手筈を整えた。さすが幕府御用商人。てきぱきした采配だった。杉風はもともと芭蕉と同じ季吟門。蕉門十哲の一人。スポンサーとして支え、師の変風にも追随。篤実な人柄で、終生支援を惜しまなかった。芭蕉は「東三十三国の俳諧奉行」とたたえた。杉風は聾者《ろうしゃ》だったので、芭蕉は生涯聾を句に詠むことがなかったという。芭蕉成功の陰には、この杉風はじめ多くの協力者がいた。支えたいという気持ちを抱かせる、不思議な魅力が芭蕉には備わっていた。

延宝八（一六八〇）年冬、芭蕉は日本橋小田原町の裏長屋から、同じ町の隅田川対岸の深川に移り住んだ。同じ町で杉風が幕府御用達の魚問屋を営み、深川元番所には生簀や番小屋もあったのである。深川は辺鄙とはいえ、日本橋の奥座敷で風光明媚。遠くには富士山が眺められ、近くには船の行き来も見えた。それに不便だが、日本橋と違って大勢でも句会を催すことができる住まいだったから、芭蕉も気に入った。当時江戸の東半分は、隅田川をはじめ水路や掘割が網の目のように張り巡らされ、ヴェニスならぬ水上交通の町だった。天和元（一六八一）年に門弟の李下《りか》から贈られた芭蕉の株にちなんで、「芭蕉庵」と名付けられた。その安住の地を得た喜びに溢れた句。

李下、芭蕉を送る
ばせを植えてまづにくむ萩の二《ふた》ば哉　　芭蕉

近くに萌え出たひときわ生命力の強い萩の双葉。その双葉が、せっかく植えた芭蕉の生育を邪魔しないか。風雅な萩を憎むほど、芭蕉がいとしく気掛かりだという意。

深川の北、隅田川東岸の本所は、「本所七不思議」の話がある程の、狐狸妖怪の出る辺鄙な所。その「本所七不思議」の一つが「置いてけ堀」。魚がよく取れるが、帰りしなにどこからともなく「置いてけ、置いてけ」という声が呼び止める。置いてゆけばよし、さもないと必ず道に迷うという話。その本所より更に辺鄙な深川である。当時の深川は陸路で行こうにも橋がない。舟でしか行けないから、隠れるには好都合だった。しかし考えれば、芭蕉の今度の隠棲は、せっかく『桃青門弟独吟二十歌仙』で旗揚げした一門を瓦解《がかい》させかねない危うい行動だ。芭蕉がそれだけ切羽詰まっていたことが分かる。芭蕉の生涯で最も苦難と言ってよい時期、隠棲から『野ざらし紀行』の旅に出るまでの四年間。門人の足が遠のく中、この深川に頻繁に通い芭蕉を支えたのが其角だった。其角には生涯頭が上がらなかったはずである。


「兄ィ。ここなら安心ですよ」

「角や。いろいろ心配かけてしもたな」

「何をおっしゃる」

「角や。最近ふと考えることがあるんやが。俳諧の「はやり」ってなんだろうのう」

芭蕉が気弱な質問を投げ掛けたのに、驚いた。其角は何とか励ます必要を感じた。

「ただの移り気。人心が楽しみを求めさまよう。真っ当な美の追求なんてものではない」

「なんか流されるだけでは虚しいのう」

「しかし無視して御飯《おまんま》は食えませんしね」

「それさのう」

「しかし、それにしても残念です。万句興行されて、まだ二年にもなりません。江戸の俳諧宗匠として立たれたばかり」

「わしは道を捨てたのではない。逆じゃ。ちっぽけとはいえ、この高雅な文芸に命を懸ける心持は変わらん。隠棲しても皆との連句の楽しみは決して捨てん。安心しておくれ」

「それを聞いて安心しましたよ。連句で兄ィに太刀打ちできる人は、まずいない。私などもまだまだ」

「負け惜しみではない。今回の出来事では、いろいろ考えさせられた。わしがかねが点取俳《てんとりはい》諧《かい》を嫌っているのは、角、おまえもよく分っていると思う。おまえの自嘲めいた句、「詩商人《うたあきんど》年を貪《むさぼ》る酒債《さかて》かな」ではないが。俳諧をやる人間が商売人になってはのう。最も忌むべきこと。主家を無断で出奔した、士族崩れのこのわしじゃ。俳諧師として食べていくため、名を成すことに汲々としてきた。しかし一度きりの人生じゃ。宗匠として人気者になるとか、金もうけを目指してきたのではない。まして、点取俳諧のようなものにうつつを抜かすために俳諧を志したのではない。今まだ主流の談林俳諧。この遊びに近い文芸を、いかに先人に恥じない物にするか。西行の和歌、宗祇の連歌と同じ高みに引き上げるか。この志を持ってやってきたのやからな」

「分かっています」

「江戸での活躍の道が閉ざされたのは残念じゃが。このたびの不幸は良い転機だと思う。ただわしだけが高みを目指すのでは決してない。わしが範となって、蕉門全体をこの志に向かわせるつもりでおる。そのためにおまえの力は欠かせぬ。わしが江戸で興行できなくなった今となっては、なおさらじゃ。江戸はおまえに頼むからな」

「私の拙い力でもお役に立てれば」

「拙いどころかおまえが頼りじゃ。蕉門を広げる力は、一枚も二枚もおまえが上じゃからのう」

「精いっぱい努めます」

「前にも言ったかもしれんが。何もかも捨て去っての。一切の力みから解放された無一物《むいちもつ》の安らかさ。庇《ひさし》の穴も、壁の崩れも、雨漏りでさえ、たまらなく美しく好ましい。世に背くことで初めて手に入れることができるものがある。これは負け惜しみではないんやで」

「私にはまだしっくりきませんが。そんなに老成ぶって急に枯れなくても」

「平たく言うとな。わしにとってはの。蚤《のみ》も大名も馬も遊女も大工も俳諧師も蛙も、みな同じ。人間が立派だと考えるのが、そもそもの間違いじゃ」

「兄ィの、蚤も大名も同じというのに同感です。我々の腹の中には屎《くそ》と欲以外には何もない。公卿《くぎょう》、士農工商、生きとし生ける者皆同じ。この屎と欲を隠して冠を正し、太刀《たち》をはき、馬に乗っている」

「屎とまで言うか。おまえも意外に冷めておるな。何か夢がなくなるのう。人の一番神聖な本能。愛はどこへ行ったのかのう」

「それが悟りというものですか」

「仏頂和尚に師事してたったの二年じゃ。悟りというには程遠いが」

芭蕉が終生、あの『奥の細道』の旅にも肌身離さず持ち歩いた『荘子』。それを学んだのもこの和尚からだった。

「そして兄ィは、なぜ自身の撰集（作品集）をお出しにならないのか。あの宗因師もそうでしたが」

「この江戸へ出る前に『貝おおひ』を出したではないか」

「蕉門を確立してからの話ですよ」

「ただ金がないからじゃ。ワッハハハハ。みなに施《ほどこし》を受ける身じゃ。借金してまで出すわけにいかんわな。もともとわれがわれがという体は好まぬ」

「それは名が立ったから言えることですよ」

「かもしれん。おまえには何もかも見透かされておるな。しかし、角や。今は蕉門として優れた作品を後世に伝えることが大切じゃ。特に連句などは、作者が誰であるかなど大した事柄ではない。みんなの協同の果実。どちらにしても撰集は、おまえをはじめみながわしの分も頑張って出してくれようぞ。だから、これからもわしの名で板本《はんぽん》を出すつもりはない。世を捨てるからには、作った俳諧も捨て去るのが道理。わしは目指した風狂の道を、専ら一人のしがない方外《ほうがい》の俳諧師として歩みたいだけなのじゃ」

「恰好《かっこう》つけすぎだなあ」

隠棲《いんせい》した深川の、芭蕉庵の台所の柱に懸けてあった、魔法の瓢《ひさご》(ひょうたん)。米入れだが、減っても自然に増える。杉風以下門人がその都度補充していたのだった。また各地から門人が食べ物を持参。ある門人が真桑瓜を持参したときの句「柳小折片荷《やなぎごりかたに》は涼し初真瓜《はつまくは》」。素直に喜ぶ芭蕉がいた。其角もその頃は二十歳を超えたばかり。貧乏長屋におり、師弟ともに貧しかった。芭蕉の六物《ろくもつ》と素堂が命名した持物といえば、この大瓢のほか小瓢、文台《ふみだい》、檜笠《ひのきがさ》、菊の絵、茶羽織があるばかり。日常の衣装も門人からもらっていた。ただ酒と茶と煙草は常用していたようだ。

芭蕉は頭を丸め、庵で座禅を組んだ。のち門人の文鱗《ぶんりん》からもらった釈迦像を安置。出家はしなかったが、旅には数珠を携え、精神的には禅僧として生きようとしていた。

それでも芭蕉はただ寂しく貧しい生活を送った人ではない。俳諧という無上の楽しみさえあれば、何ら他の楽しみを求める必要がなかっただけのことである。貧乏さえ、それを演じて楽しむ、心のゆとりがあった。

芭蕉は元来陽気で積極的。現代風に言うと外向的な人間である。だから俳諧といっても、とりわけ大勢で楽しむ座の文芸、連句を好み、また大の得意とした。蕉門の拡大に必要不可欠ということもあったが、終生生きがいだった。しかし、人間の性格は片面ではない。あの其角でも豪放でいて繊細である。人一倍鋭敏な有り余る感受性に悩ませられるのが詩人。憂鬱は付き物だ。だから隠遁せざるを得ない予期せぬ禍《わざわ》い、人生の挫折を契機に、芭蕉のもう一つの内向的な性格が顕著に顕れる。もともとユーモアたっぷりの反面、慎重で学究肌。多くの門人に情熱的に語るのを常としたが、不思議に一対一の会話も好んだ。その聞き書きが俳論集になる程の含蓄ある話だった。また内省的であり、自己をありのまま見つめる自己凝視や、自己の心情を包み隠さず表現する姿勢は、俳諧の先人にはなかったものだ。

加えて、自分の志に向かう軌道の、その確認や修正を日々行うという生真面目さ。それゆえに流される類の生き方を極端に嫌い、もし門人にそういう点があれば厳しくいさめた。結果、それに耐えうる人間だけが門人として残ることになる。だから性格に陰陽はあるが、総じて強い意志と根性があり一筋縄でいかない人間が多かった。門人に罪人や罪人すれすれのものが散見されるのも、不思議なことではない。また芭蕉は融通の利かない堅物ではなかった。清濁合わせ呑むスケールの大きい人物である。芭蕉の恋句の妖艶と、わびの枯淡は同じコインの裏表だ。そして、もともと俳諧という明るい精神活動にとっては、義人も罪びともなかったのである。

ホーホケキョ

天和三（一六八三）年。芭蕉四十歳。其角二十三歳。

さらに不幸が芭蕉を襲う。修羅場が人間を成長させるというが、過酷だった。天和二年の「八百屋お七《しち》の火事」。本郷の八百屋の娘・お七が大火で焼け出され、駒込の正仙寺に避難。その際寺小姓の生田庄之助と恋仲に。だが店が立て直され、寺を引き払う。その後もお七は恋い焦がれ。店がまた焼ければ会えるという一途の思い。自宅に放火し捕えられ、鈴ヶ森で火刑に。西鶴が『好色五人女』に取り上げ有名になった。この火事で深川一帯、庵も焼失し芭蕉は焼け出された。点者《てんじゃ》としての成功を投げ出し隠棲《いんせい》を余儀なくされた、桃印の事件。これに続く苦難である。其角が『芭蕉翁終焉記』に「猶如火宅《ゆうにょかたく》の変を悟り、無所住《むしょじゅう》の心を発し」と記した通り、火に包まれた家のような苦界に世の無常を悟り、何事にも執着しない心境がさらに深まった。一時甲斐の国に疎開後、やっと江戸に戻った芭蕉を喜ばせたのは、やはり其角だった。其角編の『虚栗《みなしぐり》』が出たのだ。そして秋には、素堂・杉風・其角の肝いりで寄付金を募り芭蕉庵再建がなった。

『虚栗』は、其角編集の最初の俳諧集。江戸蕉門の最初の代表的俳諧集でもある。其角は芭蕉の期待通り、衝動のまま詠み散らしていた談林俳諧を客観的に内省的に自己評価、すなわち自省し、撰集を成した。

「ホーホペチョ」
「ホホホホケキョ」
「ホーホケッ」
「ホーケキョ」
「ホーホケチョ」
「ホーケキョケキョ」
「ヒーホケキョ」
「ホーホホホホケ」

「ホーホホケッ」
「ホーホケキョ」
「ホーホペチョ」

芭蕉と其角が、鶯《うぐいす》の名所として有名な根岸の里に遊んだ。このところめっきり、人のざわつく場所を好まなくなった芭蕉。どんちゃん騒ぎが滅法好きな其角が、無理やり連れだしたのだった。この騒々しい現代からは想像もつかない、別世界のような静かな時代。鶯の、その澄み切った声があちこちからこだまのように響きわたる。コロラトゥーラ・ソプラノのような、技巧的な唱法。其角は、あの小さな身体からよくこんなに大きな声が出るものだといつも感心していた。

「角や。あの西行師が、花の下で死ぬのが本望と詠まれたが。鶯の里でも幸せに死ねそうじゃのう」

西行の歌は、「願はくは花のしたにて春死なんそのきさらぎの望月《もちづき》の頃」である。芭蕉の晴れやかな顔を見て、連れて来てよかったという思いを強くした。二人とも西行は憧れの人。話の端々に出る。

「何回聞いても飽きませんね。あの大きな声は。命懸けで鳴いているのですね。私は、ホーホケキョの優等生より、ホーホペチョの方が好きです。なんか愛らしい、かわいいじゃありませんか。しかし鶯はいつも練習に余念がない」

「まるでわしたち俳諧仲間のようじゃ」

「とても他人事には聞けませんよ。ウワッハッハッハ」

「おまえに「鶯の身をさかさまに初音《はつね》かな」という面白い句があったな」

「覚えておられますか。うれしいな」

「あのさかさまの鶯は、角、おまえ自身のことじゃろう。そうそう、他にもいっぱい覚えとるぞ。俳諧の記憶は誰にも負けん。「茶杓《ちゃしゃく》にとまりたる絵に」の前書きのある句、「うぐいすの曲たる枝を削りけん」。鶯が止まった重みでしなった枝の、そり具合で茶杓を作ったという洒落だな。それと、「鶯に罷《まか》り出《いで》たよひきかへる」もあった。それにしてもおまえには鶯の句が多いのう」

「鶯は、逆さまになって鳴く私と、大違い。堂々と立派な鳥。あやかりたいと思いまして」

こう言って、其角が大きな舌をペロッと出した。

「おまえには珍しく殊勝なことじゃ。ワッハハハハ。最近は老いを嘆くようにしか聴こえなくての。寂しい思いじゃったが。今日は違う。おまえと一緒のおかげだろうな。透き通ったあでやかな艶のある、この声。ささくれ立った男《おのこ》の心を慰めてくれる、ありがたい声じゃ」

「私には「もっと遊べ遊べ」としか聴こえませんが。ウワッハッハッハッハ」

「おまえはまだ若いからのう」

「兄ィにも「鶯や餅に糞する縁の先」という面白い句がありました。あの鶯の糞には、まいったなあ。春雨の柳を詠む歌人には、とても詠めない」

「確かに。おまえの言うとおり。まだうまく鳴けない声もいとけない。いじらしいのう。成人前のまだ幼さの残る、りりしいおまえのようじゃ」

「そんな時もありましたね」


もともと閑《しず》かも好む人間だったが、連句の座をはじめ連衆《れんじゅう》の前では努めて明るく振る舞った芭蕉。一方、何不自由なく育ち、振る舞わなくても根っから明るかった其角。丁寧に慈しみ育てられた子供が持っている、あのあどけなさが其角にはまだ少し残っていた。鶯を逆さまにして喜んでいる其角。芭蕉はそういう其角を愛した。芭蕉は其角を自分の息子のようにかわいがり、其角は芭蕉を兄のように慕った。其角は、芭蕉から注いでもらった心からの愛情、これを何倍にしても返したい気持ちでいつもいっぱいだった。だから、芭蕉の前では特にきらきら輝いていたのだ。

「『武蔵曲《むさしぶり》』を編んだ千春《ちはる》がわしのことを「翁《おきな》」と呼びよったわい。まだ四十歳になっておらぬのに。恐れ入った。まあ人生五十年という言葉があるが」

「二、三年前、嵐雪《らんせつ》が『田舎句合』の序文に使っていましたよ。兄ィ。もうお忘れか」

「そうだったかのう」

芭蕉はこの『武蔵曲』で、初めて「芭蕉」の号を使用した。もっとも「桃青」の号もお気に入りで、終生併用したのだったが。

「兄ィもまんざらではなさそうだな。芭蕉庵の住人にふさわしく、落ち着いて見えますよ」

「そんなに老けて見えるかい」

「見えますよ。見えますとも。もともと老け顔だし。十歳は老けて見えますよ。兄ィの俳句もこの頃、破れ芭蕉そっくり。ウワッハッハッハ」

「年寄りをからかうものじゃない。雨風に破れやすいのがいいのじゃよ。まだおまえにはピンとこないだろうが」

「それ一色に染まるのはいやだなあ。わびだけでは私はいやだ。たまにははしゃいでほしい。若いときのように」

「それもそうだが、俳諧の風を改めるには強調せんとな。漢詩から学んだのも同じ。談林から決別するための強い意志じゃった」

「強い意志ばかりじゃ疲れますよ」

「安心せい。連句の楽しさは忘れてはおらぬ。連句があればいつでも若い頃に戻ることが可能じゃ。角や。この連句というもの。誰が考え出したものかの。これで飯が食えるのは実にありがたい」

「連句のいろんな決まり。複雑極まりない創造。いろんな主題が戯れる。子猫同士みたいにくんずほぐれつ絡み合って。混沌としているようで一糸乱れぬ調和がある。一度この楽しみを知ると虜になってしまいます」


「連句」とは、一座の連衆《れんじゅう》が、絶えず変化流転してゆく芸術的雰囲気に浸りながら、何人かで共同制作する長詩のようなもの。四季の変化ばかりではなく、神祇《じんぎ》（かみがみのこと）・釈教《しゃっきょう》（仏教のこと）・恋・無常などを詠みこんで、さまざまな人間模様を描く。多彩である。最初は題材や表現をゆっくりと穏やかに運び、それから波瀾や曲折を持たせ、最後はテンポを速めて軽快に進める。いわゆる序破急の呼吸。そして、一番初めの句を発句という。これが独立したものが俳句である。発句には、季語を詠みこむことと、切れ字が求められる。最後の句は挙句《あげく》と言って、祝言の意を込めてさらりと終わるのを良しとする。「挙句の果て」という言葉で今も使われている。月や花の句を出す場所が決められており、恋の句も必須である。四季を演劇の各幕とすれば、雑《ぞう》の句（無季の句）を幕間のように使って、季の変更をスムーズに行ってゆく。その他細かいルールがいくつかある。芭蕉の連句の革新も顕著だった。従来は前《まえ》句《く》の言葉の縁を頼って付けるいわゆる物附《ものづけ》と、前句の意味を受けて伝える心附《こころづけ》だけだったが、芭蕉は前句の匂い・情趣に応じて付けることを広めた。これにより長編の抒情詩になった。

超俗の芭蕉に憧れても、実際は日常のしがらみにとらわれて埋没を余儀なくされている門人たち。その連衆が日常の煩わしさから解放されるミクロコスモス、束の間の幸せの場が連句の座だった。そこで言葉の織物と呼ぶべき歌仙（三十六句形式の連句）が巻かれた。蕉門は強固な文芸集団だった。芭蕉は連衆とともに、元禄の市民社会に繰り広げられる人生詩を織り続けたのであった。

やはり発句は断片にすぎないのではないか。発句は連句にして初めて、浮世草子などの他の文芸と渡り合える内容を持つことができるのではないだろうか。五七五は余りにも短い。西鶴の俳諧からの転身なども気になる芭蕉だった。

「角や。おまえの編んだ『虚栗《みなしぐり》』は、まさしく新風。蕉門の誇りとするもの。わしも力を込めて鼓舞の跋《ばつ》（あとがき）を書いた。人の食えない実無《みな》しの栗どころか、どうしてどうして。高《こう》邁《まい》な栗じゃて」

　鎌倉時代、優雅な連歌の作者は柿本衆《かきのもとしゅう》、滑稽な俳諧連歌の作者は栗本衆《くりのもとしゅう》と呼ばれた。『虚栗』の「栗」は栗本衆の栗であり、「虚《みなし》」は即興であり言い捨てであって、成果（実がなる）を期待せず湧き出るままに無心に詠むという意味である。その序文を「凩《こがらし》よ世に拾はれぬみなし栗」の発句で結んでいる。拾い残しているみなし栗、すなわち室町後期の連歌師・俳人で俳諧の祖といわれる山崎宗鑑《やまざきそうかん》の心を、ここに取り上げるという意味だ。

「ありがたいお言葉です」

「おまえももう一人前。一人で生きてゆくのじゃ。いつまでも、大した金魚でもないわしに糞みたいにくっついていたって、ろくなものになれぬ。おまえの誇るべき才能を知る故にじゃ。このわし自身も諸先輩には感謝し大切に思っているが、自分の道は自分で切り開く気概でやってきた。「序破急」は自分で演じ切るのじゃ」

「言われなくとももう歩んでいますよ。ウワッハッハッハッハ」

「そうか。そうじゃな。しかしおまえの性向、気質からあえて言っておく。類まれな才能を無駄遣いせぬためにもな。世評や人気ほど無責任でたわいないものはない。あの石川五右衛門にしても、義賊と呼ばれたり、また大悪党になったり。毀誉褒貶《きよほうへん》に流されるほどつまらぬものはない。風雅の道は自分の中にある心の道、ということを忘れてはならん」

「分かっていています。人気に惑わされぬようにですね」

「そのためには多くの門人に気を付けることじゃ。疑《うたぐ》るのではない。自分をいつも戒《いまし》めること。おまえの周りに集まる太鼓持ちに乗せられることのないようにすることじゃ」

「角や。まだわしも試行錯誤じゃが。自分流を貫くのはいいとして。奇抜な俳諧で世間を驚かすだけではな、いずれ行き詰まる。ひいては自分を見失うことになる。そういうわしも今まで、先人の和歌や漢詩に引っ掛けて機知を楽しんできた。しかしそれだけでは言葉の遊び。いつまでたっても和歌や漢詩の二番煎じと思わんか。おまえには釈迦に説法かもしれんが。俳諧としては、それを十分に消化し自家薬籠中《じかやくろうちゅう》の物にした上での。そこからむしろ離れ、別個の文芸として自立することが肝心。蕉門一丸となって、和歌や連歌では表現できない新しいものを打ち立てようぞ」

「兄ィ。私は色々試したいのです。古典を学んで奥行きを求めたいし。談林の良い所は更に推し進めたいし。人間の生き様を西鶴さんのように劇的に表現したいし。句作ではいつも大工になって家を建てる心持でいます。まず骨組み、訴えたい構想があり、そこに造作《ぞうさく》として詩情を注ぎ込む。詩情にそぐわない構想も確かにありますが。最初に詩情があって、それを形にする兄ィのやり方。もしかすると逆かなあ。頭でっかちと言われるかも。もちろん兄ィのやり方もわかっているつもり。実際そういう句も素晴らしい。いろいろあっていいと私は思う」

「おまえは学問もでき、頭の回転も早い。世間を面白おかしく描写するのがうまい。露悪は特に面白い。それが世直しにもなろう。いろいろあっていいのやが。だが一番大切なのは何を目指すかということ。それに人間は論理だけでは生きてはいけぬ。抒情はいつでも絶対必要なのじゃ。神聖なものにも官能は必要なのじゃ。それにしても、おまえの句は難解すぎるのう。そもそも一つの物語を、連句ならまだしも、たった十七文字の発句で詠むのは大変なことじゃ。ご政道を批判する句は確かにぼかさんとな。しかしそれ以外は、小ざかしい巧みな言い回しよりも、分かりやすさがむしろ大切。俳諧は庶民の文芸じゃからのう」

旅

貞享元（一六八四）年。芭蕉四十一歳。其角二十四歳。

芭蕉と其角が二人三脚で進めてきた、漢詩文調。これは確かに談林の空虚な笑いからの脱却には有効だった。だが他方、ごつごつしてなめらかな調べを損ねてしまったことも事実だ。それがもとで貞享《じょうきょう》に入って急速に廃《すた》れ、代わりに流行《はや》ってきたのが貞享連歌体と言われる連歌風だった。二人とも、この風趣を志向することになる。しかし当時の芭蕉の句は、宗因の門人で貞門・談林の旧俳諧観を持っていた野口在色《ざいしき》が、「句は賤《いや》しからねど、云う所大かた連歌の腰折れなり」と評したものだった。俳諧の重要な要素である滑稽や洒落がなく、かといって正風連歌《しょうふうれんが》には及ばない、連歌の出来損ないという意味である。確かに連歌は、平安時代末期から鎌倉時代にかけて、和歌の会のあとの余興だった。その連歌が室町期になって高級な文芸になり、この連歌の息抜き・余興の言い捨てとして出てきたのが俳諧だ。だから在色はじめこの立場からは、俳諧の重要な要素である笑いや洒落が欠落した句は、「連歌の腰折れ」としてしか見えなかった。一見いかにも其角が喜びそうな在色の評であるが、別に同調することはなかった。其角は芭蕉の高邁な志と実力を知りつくしていたからだ。自分の俳諧の沈滞に焦燥感を抱いていたであろう芭蕉は、この窮地を打開すべく旅に出ることになる。其角はしばらく芭蕉に従ったが、のち我が道をゆく。志向したのは「洒落風《しゃれふう》」だった。後に芭蕉が「軽《かろ》み」を標榜《ひょうぼう》するに至って、袂《たもと》を分つことになる。

其角が起こした「洒落風」とは芭蕉の幽玄・閑寂《かんじゃく》に反して、都会趣味で、警抜《けいばつ》な着想と新奇な趣向により、凝った技巧を用い、頓知・洒落を利かせたもの。

『句兄弟』三十九番

兄　声かれて猿の歯しろし岑《みね》の月　　其角

弟　塩鯛の歯茎も寒し魚の店《たな》　　芭蕉

其角編集『句兄弟』上中下三巻の上巻は、三九番の発句合。類作《るいさく》があっても等類《とうるい》（作為・表現等が先行作品に類似していること）でない所以《ゆえん》を、其角自身が判詞《はんし》に記したもの。この『句兄弟』が刊行されたのは芭蕉が亡くなった元禄七年。自分の句を兄として芭蕉の句の上に置いたのは、実力の誇示というより才能の自負であろうか。悪意はないものととりたい。これは三九番だから最終の句合である。近代詩を思わせるような、鋭利な抒情を表現した其角。中国の詩人が詠んだ巴峡《はきょう》の哀猿《あいえん》の、断腸の叫びを描いた。月の白さが、その思いを相乗する。猿のむき出した歯をクローズアップした奇才。芭蕉は自分にはない異質な、其角の鋭利な感覚に圧倒された。これに対し芭蕉はあえて、これまで誰も俳諧に取り上げたことがない日常生活の一コマを無造作に詠む。投げ返したのは、余計な作為が一切ない、ただの棒球《ぼうだま》だった。其角のむき出した猿の歯ぐきから、芭蕉は塩鯛の歯ぐきが造作なく浮かんだらしい。だが其角の猿の歯に対し鯛の歯とは。競争心むき出しではないか。ムキになった芭蕉自身の歯の方が鮮明だ。下五の「魚の店」が老吟《ろうぎん》だと自讃。其角も、下五は「老の果《はて》」や「年の暮」を持ってきがちなところ、活語《かつご》の妙だと褒めている。しかし、その才智溢れるゆえに、作為ありありの其角、その才気走った其角への戒め・教訓ともとれる。芭蕉は其角に対し、生涯決して自分の風を押し付けたことがない。自分に合させようとしなかったし、合させようとも思わなかった。そういう相手ではない。一家をなした其角を、自分よりも才に恵まれた芸術家と認め対等に接した。

次も二人の句風の違いが鮮やかな例として引用されることが多い。『虚栗《みなしぐり》』から。

草の戸に我は蓼《たで》くうほたる哉　　其角

其角の句に和して、という意味の前書きを付けた芭蕉の句は、

あさがおに我は食《めし》くふおとこ哉

其角の句は当時ポピュラーだった謡曲『鉄輪《かなわ》』の、「我は貴船《きぶね》に河瀬の蛍火」の語を踏む。そしてこの謡曲も、和泉式部の次の歌を踏む。

男に忘れられて侍りける頃、貴船に参りて、御手洗川《みたらいがわ》に蛍の飛び侍りけるを見て詠める。

物思えば沢の蛍もわが身よりあくがれ出づる魂かとぞ見る

「あくがる」は、何かに誘われて魂が肉体から離れるという意味。そしてこの句は、俗諺《ぞくげん》「蓼《たで》食う虫も好き好き」を踏む。昼は姿を見せないで夜飛び回る蛍。自分も、昼はぶらぶらして夜になると遊び回っている。しかしただの遊び人ではなく俳諧が好き。しかもその熱中ぶりは、女性が嫉妬から鬼に変身するくらい、魂が肉体から離れその情熱に身を焦がすほどというのが句意。其角の技巧がさえた句である。

これに対し芭蕉は、遊び好きの其角と違って、朝顔が咲いている時間にきちんと朝飯を食っていると詠んだ。其角をからかいながらも軽く諫《いさ》めている。奇を衒《てら》わない平凡な生き方の中にこそ、俳諧の道が大きく開かれていることを指し示した。前の『句兄弟』と同様、これからの二人の俳諧人生が大きく乖離《かいり》することを象徴的に暗示している。ここでも其角のたぎる気迫に、たじたじの芭蕉。蓼くう蛍と飯食う男。さてどっちが勝つか。芭蕉は其角のあふれる才能と若さに術《すべ》がなかった。技巧では負けたのである。寝技に持ち込むぐらいしか対抗しようがない、開き直った芭蕉がいる。あるいは負けたふりをしたのか。フェイントでいなしたのか。まだ二人とも若い。完全なライバルだった。鮮烈な其角に対し、冷静でひたむきな芭蕉。二人の俳諧に対する情熱は、甲乙つけがたかった。

お互いの俳風の違いを意識せざるを得ない二人だったが、芭蕉から深川隠棲のいきさつを聞いて以来気が気でならなかった其角。しょっちゅう芭蕉庵へ足を運んだ。

「気のせいかなあ。兄ィは最近何か一本筋金が入ったようだ」

「何か今までがふにゃふにゃだったように聞こえるぞ。ワハハハハハ」

「そうひねくれちゃ。ひねくれるのは俳諧だけで十分。ウワッハッハッハ」

突然襲った過酷な運命をあるがままに受け入れる、心のかたち。芭蕉がこれをつかんだらしいのを知って、其角はうれしかった。根本寺《こんぽんじ》住職の仏頂和尚との出会い。これも大きく与《あず》かっているとの確信を持った。たまたま寺領を巡る鹿島神宮との争いのため、江戸に来ていたのだ。仏頂はその争いに勝訴したあと、根本寺住職の地位を弟子に譲り、行脚生活に入った。この潔い引き際も、芭蕉に鮮烈な印象を与えた。

「角や。またおまえに話がある」

「もう兄ィには何を言われても驚かない。出家、隠棲、まだ何かおありですか」

「実は旅に出たいのじゃ」

「旅。旅というと、兄ィの母上の一周忌、故郷の伊賀へでしょうか」

「それもあるが、これから死ぬまでの話じゃ」

「死ぬまで旅を。確かに放浪は最も男に似つかわしい姿。生来男は女と違って粗雑だから。しかし、素堂詩兄《しけい》の尽力で芭蕉庵が再建なったばかりですよ。兄ィは余りにも身勝手すぎる」
「皆さんの熱い情けは重々わかっているつもり。だが例の桃印の件で、江戸での活動もままならぬ。最後の気ままじゃ。許してくれんかの」

歌仙に恋と並んで旅が独立して詠まれた通り、娯楽が少ない当時の人々にとって、最大の楽しみの一つが旅だった。今も使われている「下《くだ》らない」という言葉がある。当時上方《かみがた》（京都）から下ってこないもの、すなわち関東各地から入荷する「地廻《じまわ》り物」は安物、という意味だ。江戸の人々にとって、高級品が送られてくる上方は憧れの地。お伊勢参りが一番ポピュラーであり、京都に立ち寄るのがお決まりのコースだった。芭蕉の旅も元禄の泰平の世のなせるわざ、と言えなくもない。だが無常感からであろうか。行きかう年も旅人と感じた芭蕉である。自然の中で自分を見つめるには「旅をすること」が欠かせないと考えたのだった。身体を安逸な場所に置くことを文明の特権と考えている現代人。その現代人からは、はるかに遠い心情である。

「旅でどうなされるおつもり」
「もう住まいも引き払って漂泊する覚悟ができている。ぬるま湯から身を離して、修羅場に身を晒したいのじゃ」

「別に旅に出られなくても。兄ィは草庵で十分自身を律する強い精神をお持ちだ。それに、俳諧師というより人間としての生き方が問われると思いますよ。兄ィはすてさんや子供たちを見捨てて、自分の俳諧の道を極めるために、明日の命がわからない旅に出ようとされる。私にはそんな選択は理解できませんよ。文芸は人々の生活を豊かにまた幸せにするためにある。家族を幸せにできない人間がどうして俳諧で人々を幸せにできましょうぞ。まずその資格がないし、できたとしてもそれは偽りでしょう」

「大義のためには許されるのではないかと思うてな」

「何が大義ですか。主君や御国《おくに》のために個人をないがしろにする。女に対して家族への献身と称して自己否定を強要する。それと同じ考え方。私はどちらも嫌いです。そんなためなら、ない方がましだ」

「角や。そんなに苛《いじ》めんでくれんか。わしは聖人でもなんでもない。流されるに決まっておるのじゃ。現に今でも皆の援助で情けない生活をしている。このような生活では、いずれ心の自由も失うことになる」

「兄ィの御家族が不憫《ふびん》で仕方がない」

其角が諌めたのも尤《もっと》もである。そもそも芭蕉は世捨て人になって旅に出られる身ではない。独り身ではないのだ。家族持ちである。そして人一倍やさしい芭蕉。すてをはじめ家族への後ろ髪をひかれる思いは尋常でなかったはずである。「古人も多く旅に死せるあり」と開き直ったのであろうか。果して縁からわが子を蹴落として家を出た西行を思い浮かべたのであろうか。其角編『続虚栗《ぞくみなしぐり》』に載せた「痩《や》せながらわりなき菊のつぼみかな」の句を思い出したのであろうか。それでも家族を捨てた芭蕉。しかも身の衰えを顧みず。特に奥羽の旅は、生きて戻れないような百五十日、六百里の遠い険難《けんなん》な旅程。作品の完成の為には、他の一切の犠牲も厭わない。強い怨念で女が鬼に変身するような、自分の身を焼き焦がす程の鬼鬼《おにおに》しい詩への情熱。もう自分の理性や意思ではどうにもならない狂おしい情熱。人は、これを狂人と呼び天才と呼ぶ。また悲劇と呼び宿命と呼ぶ。そして私達は、この苦難の旅から、風雅の高い境地を共感できる幸せを享受している。

男は衣服や御馳走や甘い囁《ささや》きや話し声などという、自分の肌で感知できる世界だけでは満足できない動物である。音楽ほどの抽象性はないが、言葉による造型という日常生活には何ら役立たない営為。芭蕉は、これにしか生きがいを見いだせなかった人間である。どうしようもなく芸術家だった。芭蕉は人間世界を通して、更に人間世界を飛び越えて、別の世界を見つめていたのだ。芭蕉が今の時代にもし生き返ったら、きっと言いたいだろう。詩は出世や家庭円満や長寿の寿《ことほぎ》と共には元々生まれにくいものだ、現代はそれさえもあやふやな野暮《やぼ》な時代になっているではないかと。


「なぜ今なのですか」

「俳諧の文芸としての一本立ちに自信が持てたからじゃ。この実践の場が旅。漢詩と和歌と連歌、この三つが捉えきれない物を俳諧という庶民の文芸に求める。俳諧の風雅をな。わびじゃ。これがなによりもうれしい」

「そういえば「春雨の柳は連歌なり、田螺《たにし》とる烏《からす》は全く俳諧なり」とおっしゃっていましたね。しかし兄ィは一本立ちできても、家族はどうなるのです」

「……」

「その非情は」

「ううっ。わしは何という薄情者。じゃあ……。一体どうすればいいんじゃろう」

　頭を抱えながら小刻みに身体を震わせ、うめきともとれるような大きなため息をついた。男は泣かなくても辛抱できる動物だが、芭蕉もこの時は不覚にも泣いてしまった。其角の前では恥ずかしくも何ともない。素が出せたのだ。其角は、一応言ってはみたが、芭蕉の生き方が変わるとは思っていなかった。その半端でない芸術家魂を知っていたからだ。

芭蕉が傑出した才能を持ち、大の得意としていた連句。しかしこれは西鶴の世界だ。連句に情熱を注ぎ込んでも、人間世界のストーリーテラーとして既に王道を歩んでいた西鶴の二番煎じ。先を越されたという焦り。俳諧を捨てて草子作家に転じた西鶴への反発もあった。西鶴にはない自分独自の世界をいかに築くか。芭蕉はもがいた。しかし見つかったのだ。古典を学んだお蔭である。それは日本の伝統、「わび」だった。これだ。風雅で俳諧を極める。西行・宗祇・利休・雪舟に次ぐ五人目となる。この「わび」で一家をなすという野心が芽生えた。うれしかった。桃印事件で江戸での活躍を断念せざるを得なくなった失意。これを逆手にとって旅に出るのだ。芭蕉の高邁な芸術も、初めは高い志というよりは、男くさい戦略的な挑戦だったのである。

「わしには器用な生き方はできぬ。これからは全国を行脚しようぞ。門人を増やすのは、やり手のおまえに任せてばかりだったが。わしも蕉門拡大に励むからのう」

「俳諧人生を行脚に賭けると言われるが。兄ィは昨年師走の「八百屋お七の火事」がよほどこたえたのではありませんか」

「確かに。焼け焦げたあの臭い、鼻についていまだに離れぬ。焼け落ちた家々。まだ煙を上げている家。泣き叫ぶ子どもたち。ぼうぜんと路地にうずくまる老人。髪を振り乱して子どもを探す母親。わめき散らす男。夜になると所々に焚《た》かれる篝火《かがりび》。生き地獄のおぞましいものじゃった。それに、深川にこもってから、仏頂和尚に出会ったことも大きい。参禅によって造《ぞう》化《か》に帰る大切さを学ぶことができたのでな」

「造化」とは天地万物を創造し育てる造物主のこと。芭蕉は「造化」の創造力と一体となって美を求めること、そして四季の移り変わりが果てしないように、人間自身も絶えず革新すべきことを説いた。

「兄ィの師匠ともいえる西行師の生き様も頭にあったのでは」

「人生は死に至るまでの旅。その道行《みちゆき》の一日一日を大切にしたい。そして、逆境に身を置いて初めて見えてくるものがある。俳諧で、いかにすれば古典文芸の高みに至ることができるか。その解決の糸口が見つかると思うてな。とにかく旅で死んでも本望じゃ」

「それは美しすぎるのでは。俳諧師らしくありませんよ」

「一本とられたの。ワハハハハ。実はわしは寂しがり屋での。一人旅は好まぬ。仲間内のにぎやかな集いも大好きなわしじゃ。誰か同伴者を見つけることにしようぞ。俳人らしくな。まだまだ西行師には遠いのう」

泣いた烏がもう笑っていた。其角は安堵した。芭蕉の童心のような純粋な心にまた触れることができた気がした。

『西行物語』には、出家遁世《とんせい》の決意で家に帰った西行が、四歳になる娘がまつわったのを縁から蹴落としたとある。そういう苛烈さを芭蕉は持ち合わせていない。西行の旅は単独行動だったが、芭蕉の旅には皆同伴者がいた。『野ざらし紀行』の千里《ちり》。『更科《さらしな》紀行』の越人《えつじん》。『奥の細道』の曾良《そら》。野ざらしの旅の三年後の『笈《おい》の小文《こぶみ》』の旅だけは一人旅だったが、途中で愛弟子杜国《とこく》と落ち合ったし、道中門人がおり心配がなかった。芭蕉の旅をセンチメンタルにしたがる傾向があるが、『奥の細道』の旅などで泊まったのは地方の名士、富商が多く、むしろしたたかな面もある。芭蕉は旅を通じて、伊勢・尾張・近江など広範囲に門人を増やしてゆく。連衆《れんじゅう》と楽しむ連句を武器に積極的に活動した。芭蕉は高邁なことを、冗談を交え面白おかしく話す天才だった。

『野ざらし紀行』は、延宝四年三十三歳の時伊賀に帰省し甥の桃印を伴って江戸に戻って以来、九年ぶりの旅だった。この旅は母の一周忌、髪舎利《しゃり》。その時の句「手にとらば消《きえ》んなみだぞあつき秋の霜」は、母の遺髪を手に取ったら私の熱い涙で秋の霜のように消えるだろうという慟哭《どうこく》の詩だ。『笈の小文』の旅は五回忌、肉舎利。『奥の細道』の旅は七回忌、骨舎利。野の草に涙する芭蕉である。母との別れの辛さはいか程だったか。その死に目に会うことは叶わなかった。「片雲《へんうん》の風に誘われて、漂泊の思いやまず」出た芭蕉の旅は、その後悔の旅でもあった。

杜国は尾張名古屋で町代を務めた富裕な米穀商。芭蕉七部集の一つ『冬の日』の連衆として芭蕉に入門。翌年、空米売買《くうまい》の罪で領内追放となり、三河国保美村に隠棲《いんせい》。芭蕉から人柄と才能を愛され、『笈の小文』の旅では芭蕉がわざわざ隠棲の地を訪ね、翌春には杜国が万菊丸《まんぎくまる》と称して吉野・熊野に同行。旅先で寝所を共にした時の芭蕉の遊び心にあふれた戯画《ぎが》『万菊丸いびきの図』が残る。三十余歳で早逝し芭蕉を悲しませた。

桃と桜

両の手に桃とさくらや草の餅　　芭蕉

「両手に花」という俚言《りげん》がある。芭蕉は桃を其角、そして桜を嵐雪《らんせつ》に例え、両門弟を蕉門の双璧と讃えた。そしてかわいがった。二人は芭蕉がまだ無名だった頃からの門人である。芭蕉が深川に移る前の日本橋に住んでいた頃、近所の長屋にいたのが其角。芭蕉はこの借家へ足繁く通った。みんな若かった。人生で一番屈託のない時期だったに違いない。そして嵐雪は温厚な、心優しい浪人。其角とは若い頃からの親友だった。日本橋てれふれ町の、下駄屋の裏にあった其角の借家。嵐雪は、其角が最初の京都旅行から戻った年に転がり込み居候《いそうろう》になった。照降《てれふれ》町は、江戸の庶民が生活の中から生み出した名前。駒下駄の店と高下駄屋が軒を並べ、晴れても雨でも履物に困らない町。江戸っ子がひねりをきかせて色んな町名を付け、謎解きを楽しんだ。其角の謎解きのような句も、江戸っ子好みだったのだ。それはさておき、当時は江戸の大半が武家地であり、町人の大半は長屋の借家住まい。二人は布団もなく遊び歩いていた。もともと江戸は、何年かに一回は焼失するほど火災の多い都市。だから「宵越しの銭は持たぬ」という通り、蓄財観念は乏しかった。二人とも「どら」だった。「どら」とは放蕩者《ほうとうもの》。「どら息子」のどら、である。特に嵐雪は素行が悪く、芭蕉も持て余し気味。注意を受けることが多く芭蕉を煙たがっていたようだ。

嵐雪の一番有名な句は、

梅一輪一輪ほどの暖かさ

（一輪咲く毎に暖かさが増すというのが一般の解釈だが、実際は一輪だけ咲いた、その一輪のかすかな暖かさを詠んだようだ）

「蒲団着て寝たる姿や東山」も有名。

浪人らしい句は、

武士《もののふ》の脛《すね》に米磨《と》ぐ霰《あられ》かな

其角への追悼句は、

菜の花や坊が灰まく果《はて》はみな

辞世の句は、

一葉散るただひとはちる風の上

貞享《じょうきょう》三年の正月に歳旦帳《さいたんちょう》を出版した其角。これはこの前年に俳諧師として独立、すなわち宗匠立机《そうしょうりっき》したことを示す。歳旦帳は、正月の慣習として俳諧宗匠が自分と門弟の三つ物（発句・脇句・第三句）や発句を集めた刷物。其角は芭蕉の門人の中で初めての俳諧師となった。二十六歳だった。力量からして遅すぎるのは、芭蕉への気兼ねからだろうか。それでも、当時の江戸俳壇では最も若い俳諧師だったと思われる。この其角歳旦帳は蕉門のオンパレード。本来一門の歳旦帳は芭蕉が出すべきもの。表に出られず旅に明け暮れる芭蕉に代わって出した。オーナー社長に代わって共同経営者たる其角が務めたことになる。もう一人の嵐雪《らんせつ》は、貞享四年、三十五歳の時独立した。この其角と嵐雪は「業俳《ぎょうはい》」、俳諧専業のプロである。一方去来をはじめ蕉門の多くは、「遊俳」といって武士や商人など正業を別に持つアマチュアだった。だからこの二人の業俳は、芭蕉にとって心強い門人。芭蕉が何年江戸を離れても蕉門は盤石だった。

俳諧師として独立した其角。だが、まだ持論は持ち合わせていなかった。これが出てくるのは元禄三年刊行の『いつを昔』からだ。これには、芭蕉七部集『冬の日』を撰集した名古屋の重鎮、荷兮《かけい》の影響がある。荷兮は、のち蕉門と決別した。荷兮は作為《さくい》を重んじた俳人である。この『いつを昔』で、其角は作為の重要性を打ち出した。芭蕉は作為そのものは重んじたが、「松のことは松に習へ、竹の事は竹に習へ」と唱え、わざとらしい私意の作為を嫌ったから、二人の俳諧観は真っ向から対立することになる。以後其角は芭蕉に従うことはなかったが、けんか別れすることもなかった。それだけ深い仲だった。

其角と嵐雪は性格が真反対。だがどちらも自分の風を大切にするという点が共通している。この両雄亡き後も、それぞれの門人が江戸座其角堂（其門《きもん》）、雪中庵（雪門《せつもん》）として、蕉門とともに江戸俳諧に存在感を示した。

古池や

貞享三（一六八六）年。芭蕉四十三歳。其角二十六歳。

「グヮ　グヮ　グヮ　グヮ」

「ゲロゲロゲロゲロ」

「グヮグヮグヮ」

辺鄙《へんぴ》な深川の芭蕉庵は、殊更蛙《ことさらかわず》が騒がしい。

「『冬の日』の撰集お疲れ様でした。連句の一つの頂点を極められましたな。単なる身の回りの日常ではなく、創作の楽しさにあふれている。改めて兄ィに惚れ直した」

「冷かすでない。野ざらしの旅は悲壮な決意やったが。案ずるより産むがやすし、という言葉の通り。この『冬の日』は大満足や」

「『冬の日』は兄ィの個人撰集のようなもの。手取り足取り大変だったのでは」

「まあ。それでも何とかついいて来てくれたからな」

『冬の日』は荷兮《かけい》編、『芭蕉七部集』の最初の撰集。芭蕉は生涯自分の撰集を出さなかった。世捨て人としての虚しさ故であろうか。確かに芭蕉は個人的名誉を好まなかった。しかし蕉門の名誉にはむしろ積極的だったからわからない。芭蕉は発句よりも連句に、より自分の才を自覚し、更に芸術作品として、発句という個人作品よりも、連句という連衆の共同作品に重きを置いていた。そこに答がありそうだ。更に表面上の手柄を門人に与え蕉門の結集を優先する、事業家としての手腕も関係がありそうだ。特徴的なのは、自分の新風を出すため、『芭蕉七部集』の編を、旅で開拓した新しい門人に命じ、別々のキャストで臨んだことだ。蕉門の主宰者として全国各地の門人に公平に機会を与えたのも、同じ趣旨である。さも門人を次々捨てて乗り換えたように見えるのは、そのためである。

この『芭蕉七部集』には其角の撰がない。其角自身が『其角七部集』を出すほどのプロの俳諧師であり、別格だったためであろう。芭蕉其角が旅を共にすることがなかったのも同じ理由だと思われる。

「昨年兄ィは伏見の西岩寺《さいがんじ》でしたか。任口上人《にんこうしょうにん》を訪ねられたが。前からのお知り合いでしたか」

「いや、もうだいぶ前。わしが江戸へ出る前やが。京都で学んどった頃お目にかかったことがあってな。談林派の重鎮であられた」

「それは。懐かしさも一入《ひとしお》だったのでは」

「ちょうど桃が花盛りやった」

「伏見は桃の名所でしたね」

「豊臣家が滅んで、太閤秀吉の建てた伏見城が廃城になった。その後太閤のその夢の城跡が開墾され、桃の木が植えられたそうじゃ。桃山という地名もそれからと聞く」

「もうおいくつになられましたか」

「八十歳になられとった」

「軽口《かるくち》や冗談がお好きな上人と伺いますが」

其角は西鶴から聞いていたのだった。「鳴きますかよゝよゝよどにほととぎす」という任口《にんこう》の句に、当時鶴永《かくえい》と名乗っていた西鶴が「軽口《かるくち》にまかせてなけよほととぎす」という句で応じている。

「角。おまえが何でそんなこと知っとんや」

其角がとぼけて答えた。

「誰かから聞いたことがありますよ。有名な上人でしょう」

「見舞いを兼ねて訪ねたのやが。やはり歳でな。軽口をたたく気力は失せとった。余計に不憫での」

「これでその時の兄ィの句が理解できましたよ。いやにしんみりした句だったから」

我がきぬにふしみの桃の雫《しずく》せよ　芭蕉

雫《しずく》は芭蕉の涙である。芭蕉にとって十四、五年ぶりの再会だったが、その喜びと上人の老衰への悲しみが交錯していた。任口はこの翌年没している。其角は撰集『続虚栗《ぞくみなしぐり》』巻頭に、任口の「新年の御慶《ぎょけい》とは申けり八十年」という句を載せ、二句目に芭蕉の句を並べて上人を偲んでいる。因《ちな》みにこの後に、其角の代表句「日の春をさすがに鶴の歩《あゆみ》哉」がある。

芭蕉は、『野ざらし紀行』の旅で江戸を離れることに、全く不安がなかったわけではない。発句ではどっこいそっこい、下手をすれば其角の後塵《こうじん》を拝しかねなかったからだ。しかし、旅先であっても連句という得意分野で名声を高められたことに安堵していた。其角も連句でははるかに及ばない。それとこの旅により、発句でも「わび」で風雅を極めれば和歌に十分渡り合えるという自信が本物になり、蕉門の指導方針が明確になったことがうれしかった。

其角は、この旅以降二、三年での、師の詩境《しきょう》の深まりと風雅への傾斜を肌で感じ、頼もしかった。

「グヮ　グヮ　グヮ　グヮ」

「ゲロゲロゲロゲロ」

「グヮグヮグヮ」

「また蛙《かわず》合戦の季節がやってきたのやなあ」

蛙合戦は、春の産卵期の余りの喧騒に、昔は蛙の戦闘と信じられ、こう呼ばれた。

御先祖が営々と築き上げた文化なるもの。日本人ほどこの文化を慈《いつく》しまない民族は、世界でも珍しい。江戸には初鰹など、うぶで、旬を外れ、不完全な、初物というものを好む、斜に構えた美学があった。江戸っ子の初物好きは並外れており、物価騰貴を来したほど。幕府は生鮮食料品の売り出し期日や期間を指定せざるを得なかった。今やかかる江戸文化なるものも、ほとんど残っていない。いとも簡単に捨て去る日本人のドライさ。これが一体どこから来るのか。民族性という言葉で片付けられない非情さがある。

現代の我々からすると、人口に膾炙《かいしゃ》している芭蕉の句のように、蛙が池に飛び込む音が聞こえるというのはにわかには信じがたい。しかし、時や場所によっては、別に耳をそばだてなくとも聞こえるほど静かだった。なにしろ当時秋の夜などは、虫の音に交じって、燈心《とうしん》の油を吸う音が聞こえるほど静かだった。

風鈴などの音に季節を感じる。これは日本人特有の文化だ。目は「理性」の窓であるが、耳は「感性」の窓、そして日本人はこの感性を何より大切にする民族である。鳥や虫の鳴き声はもちろん、霰《あられ》や雨の音。雨でも夕立、驟雨《しゅうう》（にわか雨のこと）、五月雨、春雨と色々あり、みな奏でる音が異なる。芭蕉や其角にも、音をテーマにした句が多い。

越後屋に衣《きぬ》さく音や更衣《ころもがえ》　其角
蓑虫の音《ね》を聞きに来《こ》よ草の庵《あん》　芭蕉
父母《ちちはは》のしきりに恋し雉《きじ》の声　芭蕉
びいと啼《なく》尻声かなし夜の鹿　芭蕉

静かであるがゆえに、色んな音や声が人間の心に感動として投影する度合いが、現代よりはるかに大きかった。


「グヮ　グヮ　グヮ　グヮ」

「ゲロゲロゲロゲロ」

「グヮグヮグヮ」

「私はこの鳴き声でいつも口さがない世間を連想します。世間だけではない。蕉門の連中の口さがなさと言ったら。兄ィの発言を金科玉条のように言いふらす馬鹿者ばかり」

「角はいつも手厳しいな」

「酒合戦ならいつでも喜んで馳せ参じますが。ウワッハッハッハ」

「ところで角や。『蛙合《かわずあわせ》』の催しは愉快やった。仙化《せんか》の撰で刊行なったしな」

「衆議判《しゅうぎばん》で蛙の句二十番の句合。豪華でした。素堂詩兄や杉風さん、嵐雪など江戸在住の門下のほか。京の去来さんも参加しましたから」

「句合《くあわせ》」は句を二つ並べて優劣を競うもの。左右一組で一番だから二十番では四十句となる。勝ち負けの判定を特定の者ではなく全員でやるのが衆議判。

「おまえの「ここかしこ蛙鳴く江の星の数」は、きらびやかな、おまえらしい句やった。句会では、いつもおまえは天井の隅をじっと睨んで思案しとるが、その集中力は怖いぐらいやの」

「句ができてしまい、他ごとを考えている時もありますよ。ウワッハッハッハッハ。兄ィの「古池や蛙飛び込む水の音」。あれは貞享三（一六八六）年だったか。私が芭蕉庵を訪れた日に作られたのでしたね。この句は上出来とは思いませなんだが」

「今までの通念で上出来でないことに意味があるのやで」

「確か私が、上五《かみご》（五七五の上五文字）を「山吹《やまぶき》や」にされてはと申し上げたのでしたね」

「山吹や」は、『古今集』の次の和歌を踏まえたもの。「かはづ鳴く井出の山吹散りにけり花の盛りにあはましものを」（読人しらず）。この歌で「井出《いで》の玉川（京都府南部）」は歌枕《うたまくら》となり、和歌で蛙といえば「山吹」が連想されることになった。

「そうやったな。それでは今までと一緒や。それに昔から蛙は鳴く声を詠まれてきたんやが、わしは水に飛び込む音に「新しみ」を掴《つか》んだのや。今までの和歌や連歌の着想からいかに脱却できるかが問われてるんやで」

「西鶴門の西吟《さいぎん》が撰《えら》んだ『庵櫻《いおざくら》』でしたか。あれには「古池や蛙飛んだる水の音」の形でしたね」

「この「飛んだる」では、いかにも談林調やからな」

「芭蕉庵での『蛙合』の衆議判の席上でこの句に出会った時。正直いって。抜きんでた句だとは誰も思いませんでしたよ。句調が異質なので、みんな目を丸くしただけ」

「山吹の世界の住人。普通に飛ぶ蛙や鳴く蛙に慣れた者ばかりだったからや」

「本当に人騒がせな。飛び込む音で人心を惑わす。我々自身が飛び込んだ気がしましたよ。ウワッハッハッハ」

「今までの俳諧は、高雅典麗な和歌の向こうを張る。それはまあいいとして。これを茶化し、おどけ、ふざけて楽しむ。いわば下賤の文芸。これに冷や水を浴びせるのが、わしの意図なんやで」

「おー桑原桑原。心の準備がないと風邪をひきますよ。ウワッハッハッハッハ。ところで、実際兄ィが飛び込む音を聞いたのか。あるいは虚構か。そんなくだらない質問を私はしませんよ。出来上がった作品がすべてですから」

「事実でなくとも真実があればよい。創作とはそういうもんや。それ以上は無用の詮索やからな」

「当然蛙は一匹でしょうなあ。ポチャポチャ何匹も飛び込んだんじゃあ。締まりがない」

「わびやからな。そして、膝を打って誰もがすぐ共鳴できることが肝心なんや。和歌や連歌とは別の、閑寂の世界。これをわかりやすくするための「水の音」。蛙の飛び込む音でいったん破られた静寂。しかしその「水の音」が消えたあと訪れる、更なる静寂。これが大切なんや」

「それはまあわからぬでもありませんが。兄ィが和歌離れといわれるが、私にはむしろ和歌的に思えますよ。それに少々理屈っぽいし、説教くさい。そしてなぜ「古池や」と、古池を持ってこられたのか。池に飛び込めば音がするに決まっています。「古池」と「水の音」ではあまりにも近すぎて芸がない」

「芸の問題違うがな。新しい世界が作れたかどうかなんや。安っぽい取り合せと違う。蛙が池に飛び込む音が示す、わびの世界。その精神世界に通底してな、最もふさわしく支える、上五を探し求めたんやで。「不易《ふえき》」なるものとして静寂があって、「流行」としての水の音がある」

「安っぽいって失礼な」

其角は口をとがらし不服そうだ。

「ちょっと言い過ぎたかな。すまんかったな。しかしそれが古池なんや。和歌の世界、手入れの行き届いた立派な庭園の池。これが必ずしも至上やない。芭蕉庵のそばにあった池。あれは杉風が商売用に川魚を飼っていた、もと生簀《いけす》だったもの。お世辞にもきれいだとは言えへんわな。そんな古池にも得も言われぬ味わいがある。上五に「古池や」と置くことで、冬枯れを残す早春の、わびの世界が一気に広がるんや」
「なんかわかったようなわからぬような。どうも兄ィは自己陶酔の気《け》があるな。それと、やっぱりなんか線香くさいなあ」
「冷かすんじゃない。どちらにしてもこの古池の句でやな。発句が連句から独立した別の文芸として存在しうる、という確信がさらに増したのや」

この句が後世に数多くのパロディ句を生み出すほどの国民的愛唱句になるとは、其角はもちろん芭蕉も想像がつかなかったに違いない。江戸時代後半の禅味《ぜんみ》溢れる画で有名な仙厓《せんがい》和尚に、そのパロディ句がある。「池あらば飛んで芭蕉に聞かせたい」。その十七音という詩型の短さ故に、克明には伝えきれないというハンディ。これが幸いし、曖昧さが逆にとてつもない深さを湛《たた》えるという奇跡だった。

「かつて兄ィが和歌・連歌と並んで残れるのは連句の方。発句は余技に過ぎないと言われていたのを思い出しましたよ」

「そんなことを言ったことがあったかなあ。発句では暗中模索しとったからな」

「隔世の感がしますよ。確かに蕉門のこの隆盛は連句の座で兄ィが見せる神業、天才的な捌《さば》き、これに舌を巻き憧れてのことでしたから。ある時は古典の絵巻物のように絢爛《けんらん》。またある時は市井に生きる庶民のように切なく。旅あり恋あり。人間世界の喜怒哀楽を余すところなく描き尽くす」

「ちょっとほめ過ぎや。ただ楽しくてやっとるだけやからな」

「しかし、一つ気になることがあります」

「なんや。あらたまって」

「連句は団体競技です。細かい約束事というか、制約が多い。その上、実力がある程度拮抗した連衆《れんじゅう》が集まらないと成立しません。だから場の設定が難しい。結果安易で簡便な発句ばかり勢いづいて。しかも軽いものが増えてきそうな気配があります」

「その流れは仕方ないわな。おまえの言うように、連句はある程度の力量のものが何人か揃わんといかんし。ちょっと難しいからな。発句の方が庶民の文芸としてはるかにとっつきやすい。そうじゃが、発句を素晴らしいものにしてゆけばいいことや」

「いえ、そのとっつきやすさがむしろ怖いのです。連句は複数の吟者が前句と後句を交互に付け合いし続ける、いわば対話の文芸。しかし発句は他人に気を配る必要がありません。だから気楽さが災いして、独りよがりになりやすい。またただの独り言、呟《つぶや》きという、閉じられた文芸になる恐れがあります。個人の内向的な狭いものになってしまうのではありませんか」

「角。それにしてもおまえは鋭いなあ。確かにあの連句の持つ、外に開かれた明るいものがなくなっては元も子もない」

「それに、兄ィへの面《つら》当てではないが。辛い境涯や苦難にいかに耐えられるか、その精神力を競う文芸って一体何でしょうか。まるで禅の修行。邪道ではありませんか。もっと前向きに明るく雄々しく時代と共に生きる、時には時代に抗う文芸が必要ではありませんか」

「おまえもりっぱなことを言うようになったもんや。こんなに逞《たくま》しゅう成長したおまえをみるのはほんまにうれしい」

　芭蕉は、細い目をさらに細めて其角を見詰めるのだった。

「私は意志力の鍛錬ばかりにやかましい、今どきの「禅」も感心できません。兄ィはのめり込み過ぎのように見えます」

「おまえの言うのももっともや。「禅」はともかく、発句の場も連句と同じ間口の広さを持つべきやろな。自然以外の人事の句、大いに結構。制限する理由は何もない。俳諧自由や。但し詩的高みに昇れるのであればやで。発句には脇句を寄せ付けない強さが必要や。屹立《きつりつ》したものでないとな。これが中々難しい。たったの十七文字やからな。人事では西鶴の草子に到底かなわんが。しかし角や、おまえならできるかもしれんぞ。おまえの才能の方が向いていそうや。その可能性はおまえにこそ切り開いてもらいたい。わしにはもうそんな余力はないし、時間も残されてないしな」

「そんな気弱なことを」

其角は芭蕉にそのような言葉を強いてしまったことを後悔した。

「そうそう『蛙合《かわずあわせ》』には他にも面白い句がありましたよ。『蛙合』の第一番の兄ィの脇句。仙化の「いたいけに蛙つくばう浮葉《うきは》かな」の句です。うずくまって幼気《いたいけ》なのは蛙じゃない。恐れ入っていた仙化さんの方でしたよ」

「ワッハハハハハ。撰者で緊張しとったのやな。かわいそうなことをしたな」

芭蕉は「機を見るに敏《びん》」だった。当時『生類憐《しょうるいあわれ》みの令』が発布され、小動物に世の関心が注がれていた。これを敏感に察知し、蛙の句合わせを刊行。忽《たちま》ち大評判。世の注目を浴びるべくして浴びた。しかも芭蕉は卒《そつ》がない。この『蛙合』の杉風の句「山井《やまのい》や墨（墨染の僧）のたもとに汲蛙《くむ》」が旧来の和歌的情緒にも拘らず幽玄だと褒め、素堂の「雨の蛙声高《こわだか》になるも哀也《あわれなり》」、曾良の「うき時は蟇《ひき》の遠音《とおね》も雨夜哉《あまよかな》」、また其角の句へも世故にたけた心遣いを示す。

苦労人にして生来の事業家である。そして芭蕉は二重に幸せだった。文芸の創作は本来孤独な作業。俳諧人生の後半では高みを極めたが、孤高だった。しかし同時に、和気藹々《あいあい》と門人仲間と共に日本伝統の座の文芸である連句を楽しみ、かつ才能を全うできた。そういう意味である。

「角の危惧していることに関係して、「取り合せ」やが。大得意のおまえには釈迦に説法かもしれん。だから門人に指導してほしい。自分の表現したい最適の形で自然を目にする幸運、そういう偶然はそうそうない。自然のありのままの姿が、必ずしも自分が表現したい詩想の最上の形だとは限らんわな。そこに作者の存在する意味がある。新しい世界を作る、創作とはそういう意味やが。しかしそのために「取り合せ」が安易になってはの」

「安易な「取り合せ」は戒めています」

「それで安心や」

「取り合せ」とは、同じ匂いや響きの二つの題材を組み合わせ、その相互映発《えいはつ》により新しい詩趣を生み出す方法。例えば芭蕉の句「菊の香や奈良には古き仏たち」で、「菊の香」と「古き仏」とは古雅なイメージの取り合わせだ。ただ芭蕉は「取り合せ」を重視する一方、濫用《らんよう》をいさめ、安易な「取り合せ」による貧しい詩性を嫌った。「発句は二つ三つ取り集めてするものにあらず、金《こがね》を打ち延べたるように作すべし」とも述べている。

芭蕉が「取り合せ」に拘《こだわ》ったのには訳がある。有名な「明ぼのやしら魚しろきこと一寸」は最初「雪薄し白魚しろき事一寸」だった。この改作で冬の句が春の句になった。また「うきわれをさびしがらせよ秋の寺」の初案を「うき我をさびしがらせよかんこどり」と改作したため、秋の句が夏の句になった。そして芭蕉はこれを「無念の事也」と言った。何故であろうか。確かにある詩想がそれに最適な季題と共に生まれる偶然は多くない。現代の我々の感覚からすると、詩材を消化し再構成する、つまり詩の創作という意味ではむしろ普通なのだが。元々日本は和歌などの短詩型が主流だったため、即興的な機会詩（儀式・慶弔・記念などの機会に作られる詩）の伝統がある。詩は作るものではなく、自然に生まれるという呪縛。芭蕉はこの伝統に抗ったことを自戒したのだ。

芭蕉の一句を仕上げるまでの推敲の努力。それは驚くべきものがある。何かに憑《つ》かれたかのような作品への執着。モーツァルトのような稀有《けう》な天才は除き、芸術家の軽重《けいちょう》は、この推敲の苦しみに耐えられるか否かにある。芭蕉は「文台《ふみだい》引き下ろせば、すなわち反故《ほご》なり」と言った。しかしこれは、仲間同士の詩情の交感《こうかん》を、座での瞬間瞬間の付け合いにより実現する、連句の話。一巻を巻き終えた後の作品は、抜け殻に過ぎないことを言ったもの。しかし発句には並々ならぬ執着をはばからない。例えば「古池や蛙飛び込む水の音」の句も、気の遠くなるような推敲を重ねている。何しろ上五ひとつとってみても、其角の主張する「山吹」に変えず「古池」のままとして、「古池に」「古池へ」「古池の」「古池と」「古池を」「古池は」「古池が」、何れでも五七五が出来上がるのだ。そして彼が生涯をかけたのは、俳諧すなわち発句と連句であり、紀行文は余技。しかし、ある意味日記に近いその紀行文にも、変わらぬ姿勢で臨んだ。有名な『奥の細道』。兄に旅の土産に持ち帰ったが、同行の曽良が幕府の巡見使随員だったため、実際出版されたのは死後何年も経ってからだった。日本文学の最高峰の一つと評価されるとは夢にも思っていない。未発表を前提としながら作品の彫琢《ちょうたく》を重ねた芸術家魂は、いくら賞賛してても過ぎることはない。例えが音楽に飛ぶが、推敲といえば、あのブラームス作曲の第一交響曲は推敲に二十年の歳月を費やしている。ベートーヴェンの後継者を自負していた彼は、ベートーヴェンの第九交響曲（合唱）に続く第十交響曲という名に恥じぬ作品を目指したのだった。天才とは努力の才といわれるが、生易しい努力ではない。全人生・全人格をこの俳諧に注ぎ込むという集中・徹底は、あらゆる芸術分野の芸術家に共通のもの。しかし芭蕉においては、この集中・徹底が美しく詩的になされたため、とりわけ人々の心を揺さぶるのである。

生類憐みの令

貞享四（一六八七）年。芭蕉四十四歳。其角二十七歳。


「なにしろ犬をいじめて島流し、殺せば首切りですから。犬がやたら増えて町が騒々しくなりました。これが江戸の町か、野山に住んでいる心地がします」

「その通りやのう。安らかに眠ることもかなわんな」

犬公方《くぼう》と呼ばれた将軍綱吉はのち元禄八（一六九五）年、現在のＪＲ中野駅の北側に広大な犬小屋を作って数十万匹の犬を保護したため、市中にむしろ犬を見かけなくなった。だからこれより前の話である。

「人間より犬を大切にとは。ばかなことを。大きな声では言えませんが」

「大きな声で言うとるやないか」

「このたびの『生類憐みの令』の馬鹿さ加減にはあきれます。そして諸国の職人が看板などに「天下一」の文字を使用することも禁じたそうです」

「しーっ。だから言うとるやないか。声が高い。告げ口が流行っていると聞くぞ。いずれこの令も改まるとは思うけれども」

「いずれでは困ります」

「それと角の「鯉の義は山吹の瀬やしらぬ分」という句。きわどいなあ。見えにくくはなっとるが。へたをすると島流しやぞ」

「おどかさないで下さいよ。五代将軍は学問・文芸好きと聞いていますが、役人の石頭ではわからないようにしていますよ。わたしも腹いせに無頼を貫いてやろうと思います」

「それはおかしいのと違うか。政道がいくらだらしないと言うても、自分まで堕落してもいいと言うのはいかにもあさましい」

「ではどうして気が晴れましょうぞ。この徳川幕府の鉄壁のがんじがらめの世の中で。この令が象徴する不条理。これを直視せず、見て見ぬふりで逃げるのはいかにも卑怯。世の中を良くするためにこれを活写して、世の悪を暴いて見せることも必要だと思いますが」

「またそれか。世の中の諷刺は何にも珍しない。古来取締りすれすれの所で盛んに行われてきたわな。しかし世の中が良うなったか」

「いや、だからこそ更にやらないといけない。私は世の中の不条理を訴えたいのです。俳諧をただの飯の種にしたくはありませぬ」

「角の正義感はりっぱやが。しかし下克上の戦国時代ならともかく。この盤石の幕藩体制のもと、世直しといっても何ができる。どだい無理な話やないか」

「それはやらなくていい理由にはなりません。それと兄ィの旅の行脚。確かに生活と芸術の一体化でしょう。しかし実際妻帯者にそれは叶いますまい。苦難の生活から抜け出す術《すべ》がない人々を横目に、自分だけが孤高に旅を重ね芸術を極めるという生き方。私には少し身勝手といえうか。物質的にはつましいと見えて、精神的には傲慢《ごうまん》ではありますまいか。しかも兄ィが現に施しを受けているお金。それは濁世《じょくせ》の中で、泥まみれになって手にした人々の汗の結晶ですよ。少し感情が高ぶりました」

「ええんやで。おまえとの仲や。洗いざらい出すことや。おまえは見かけによらず正義感が強いやないか。ワッハハハハ」

「見かけは悪とでも。ウワッハッハッハッハ。庶民と苦楽を共にして、その中から貴いものを紡ぎあげるのが本来のあるべき姿。兄ィも熱く語っておられたではありませんか」

「最初は角にも影響されて、この濁世の生活の中からの句作が誠実やと思うたが。句が表面的な浅いものになってな。目指す深みには至らん。限界を感じたんや。わしの才能不足を感じてな。わしにはその深みが、旅の切羽詰まった境涯に身を置いて初めて可能になることをな。芸術を志す自分の気ままといわれれば、その通りやが。わしの人生の目標である風雅の真の道が実現できるかどうかの瀬戸際やからな」

「私には兄ィに才能がないとは思えない。納得しかねます」

「わしも怒りがないわけちゃうんやで。今度野ざらしの旅に出かけて愕然としてな。天和年間の凶作がこんなにひどいものやとは思いもよらんかった。捨て子が道端に泣いとって。不憫やったが、乞食旅ではどうしてやりようもない。御上《おかみ》の贅沢三昧の一方で、この貧しさ。理不尽この上ない。だから「わび」なんや。「わび」

「だから「わび」というのは筋が通らない」

「現世で求めることができない、人間としてのあるべき姿を俳諧で指し示すのや。これも文芸の務めやからな」

「それなら詩材を自然だけに求めるのはいかにも間口が狭い。私には逃避としか思われませんよ。兄ィが唱える不易流行《ふえきりゅうこう》。天地自然の不断の変化と詩魂の永遠。わかりますが。連句の世界と比べて余りにも痩せています。もしかして兄ィは草子《そうし》と比べて発句の器の余りの小ささに失望されているのでは。人間社会の変化と永遠。これが発句からすっぽり抜け落ちているではありませんか」

「角の言うのは連句の付句《つけく》のほうやな。それはわしがあえて発句《ほっく》では避けてきたものや」

「なぜ避けられたのか」

「わしは自然にこだわるつもりはさらさらないんやで。連句同様人事諸般《しょはん》どんどん詠んだらええ。わしはたまたま自然を中心に、また人と自然との関わりを舞台に、芸術的な高みを目指したまでの事。角の言う通り得手《えて》不得手や好き嫌いでは済まされんことも確かや。怠慢と言われたら返す言葉もあらへん。人事諸般、これはおまえの得意とする所。おまえにこそ取り組んでいってほしいと思うとる」

「兄ィの言葉。片手落ちで行かれるのは残念だなあ」

野ざらし紀行の旅で捨て子を前にしての句「猿を聞人捨子《きくひとすてご》に秋の風いかに」。古来猿の声に断腸の思いを詠み続けてきた人よ。捨て子に秋風が吹きつける現実を何とすると詠んだ。芭蕉は社会的矛盾に無力な自分を嘆いた。

西鶴は浮世草子で、まず好色という性を通して人間の真実を捉えようとした。芭蕉は、貞門の教化性や談林の権威に対する嘲笑から離れて、俳諧を人生詩として追い求めた。一方其角は、その談林の抵抗文学の精神を受け継ぎ、時代とともに生きた。三人それぞれ将軍綱吉の厳格な幕藩体制のもと、庶民文学の精一杯の開花だった。

芭蕉は『生類憐みの令』に呼応するかのように、蛙や虫や鳥などの動物愛護の句を作った。芭蕉は小動物に憐憫《れんびん》の情を抱き、生活は質素。意図したかどうかはともかく、いわば幕府に期待される元禄市民だった。一方社会悪に目をつむることができなかった其角。その熱い思いを、以下の句にみてみよう。

鯉の義《ぎ》は山吹の瀬やしらぬ分　其角

鯉は当時貴重なタンパク源。浅草川（隅田川の一部の別称）の鯉は江戸の名物だった。将軍綱吉の『生類憐みの令』により、この川一帯に殺生禁断令が出された。お留《と》め川である。「山吹の瀬」は、当時有名無実になっていた宇治川の名所。有名な浅草川の鯉も、「山吹の瀬」同様昔語りになってしまった。それでも、川守《かわもり》（密漁を見張る役人）に少し金子《きんす》を与えれば、目をつむってもらえ鯉を飼えるという句。実は密売である。「山吹」は金子あるいは小判の隠語。「知らぬ分に致し置く」というこの武士口調に、当時の多くの人々が溜飲《りゅういん》を下げた。幕政批判という大げさなものではないが辛辣《しんらつ》である。其角の句を味わう場合、その時代背景やその時代を生きた人々の心を知る必要がある。冷徹な観察眼もさることながら、時代を活写し、なにより句がぴちぴちと生きが良い。しかし、当時の人々にはピンときて最もわかりやすかった句が、現代では難解句になってしまっている。残念なことである。

炉開きや汝をよぶは金の事　其角

さる大名が三年がかりで作った豪勢な茶室の炉開き。炉開きは、冬になって炉を使い始めること。冬の季語。これに町人が招待された。妙なことだと思ったら案の定、金の無心のためだった。其角晩年の句である。時代に無批判な人々はともかく、当時の、時代に敏感に生きていた人々にとっては、生々しい実感があった。

黒牡丹ねるやねりその大鳥毛《おおとりげ》　其角

奥州二本松城主丹羽《にわ》家の大名行列。丹羽家の槍は黒毛。ひげやっこが毛槍《けやり》を蹴立てて練り歩く。そのさまが、黒い牡丹のように華やかだという句。劉訓という富豪が牡丹鑑賞に客を招待したとき、門前で、何かの功で国から授かった水牛数百頭をみせて権勢を誇示した。その時客人がこれを見て、「これが劉氏の黒牡丹だ」と言った。この唐の故事が背景にある。いつの世も同じ。権勢むき出しの大名行列を諷刺した。「ねるやねり」は、当時死語となっていた古語。江戸っ子は、斜に構えて武家を皮肉るのを粋の一つとした。

百姓のしぼる油や一夜酒　其角

「百姓の膏腴《こうゆ》（灯火用の油のこと）を奪わず」の前書がある。昔の帝王は、決して遊覧や狩猟のために人民の豊かな土地を奪ったりはしなかった、という意味。今の幕政を暗に皮肉っている。句は、身体の油をしぼられるような過酷な労働を強いられ、一杯の一夜酒で身体を癒す農民を描いた。当時農民の酒造りは御法度で、一夜の間に醸造した一夜酒（甘酒）しか許されていなかった。幕府の圧政に対する痛烈な批判だ。時代に真正面に挑む姿勢が心地よい。

蝉をきけ一日啼いて夜の露　　其角
頓《やが》て死ぬけしきは見えず蝉の声　　芭蕉

まず其角の句。「木戸番をあはれむ」の前書がある。見世物小屋などで一日中声を張り上げ客を呼ぶのが、木戸番。その報われない生活。それを一日中鳴いて夕方には夜の露と消える蝉の哀れな一生になぞらえた。下層階級の人々への憐憫《れんびん》がある。が、それだけではない。其角には身分社会に対する憤りがある。次の芭蕉の句は「無常迅速」の前書き通り、はかない命の詠嘆だ。同じ蝉を詠んでも二人の視点は大きく異なる。芭蕉は幕藩体制という規律をおびやかさない程度に恐る恐る個性を発揮した風で、和歌的にも見える。

帰雁《かえるかり》米つきも故郷《ふるさと》や思ふ　　其角
晝顔《ひるがお》に米つき涼むあはれ也　　芭蕉

大道《だいどう》に石臼を置いて日がな一日杵《きね》を踏んで米を搗《つ》き精白する、「米つき」。越後者や信濃者と呼ばれた出稼ぎ職人である。それを詠んだ二人の句。この場合はともに職人の境涯を憐れみ抒情的である。寒い地方からやってくる出稼ぎの人々を江戸では椋鳥《むくどり》と呼んだ。冬群れを成して飛んでくるからだ。江戸っ子が田舎者をあざけったらしい。しかし江戸といっても田舎侍が天下を取って海を埋め立てた田舎町。だから余計に差別をしたがったのかもしれないが。

俳諧は、日本の伝統文芸である和歌と漢詩を糧《かて》に育った文芸。そして漢詩は和歌と異なり素材を社会に求めた文芸だから、俳諧がそこにもフィールドを求めるのは自然の成り行きともいえる。しかし、社会、とりわけ時代批判の句に詩心を詠み込むのは曲芸に等しい。これは現代でも同じである。といってこの両立は、川柳と一線を画す生命線でもある。其角は俳諧の多様さ、そして知性と感性の両立の困難さを最も感じていた俳人だったのかもしれない。

西鶴

貞享四（一六八七）年。芭蕉四十四歳。其角二十七歳。

この年十月、芭蕉の帰郷を送る餞別の会が其角亭で開かれた。この句会での巻頭句は、芭蕉の「旅人と我名よばれん初しぐれ」だった。漂泊者としての自分の俳諧人生のグランドデザインが明確になった喜びにあふれている。この句は其角の『続虚栗《ぞくみなしぐり》』のほか、芭蕉の『笈《おい》の小文《こぶみ》』にも入集《にっしゅう》。芭蕉は江戸を離れて関西中心の生活になっていたため、だんだん故郷の言葉に近くなり、今ではもうすっかりもとの関西風に戻っていた。


「元気そうで、無事で何より。もう母上の五回忌とは、早いものです。ところで、前の旅の折に、鹿島で師仏頂和尚に会われたのでしたね。お元気でしたか」

「草庵そのものが詩やった。発句もすっかり忘れて寛《くつろ》がせてもろうた」

「それは何よりでした。それにしても兄ィ。発句の通り旅人らしくなったように思う」

「野ざらしから抜け出てな。旅を楽しむ心のゆとりを持てるようになったからかな。こうして気ままに旅ができるのは、おまえたちが江戸で頑張ってくれているおかげや」

「兄ィがいないと私まで落ち着かない。やっぱり私には重しが必要かな。ウワッハッハッハ」

「角や。おまえにかたつむりの這うのを肴《さかな》に呑むという句があったが。酒はほどほどにせんとな」

「自重していますよ」

「嘘を付け。ちゃんと顔に書いてある。おまえには前に『飲酒一枚起請文《きしょうもん》』を書いたが。一向に直らんみたいやな。おまえの句「十五から酒をのみ出でけふの月」からすると、十分もう飲みつくしたんと違うのか。ワッハハハハ。飲むのは命と引き換えと思わんといかん。心配でしょうがないんや」

「兄ィと違って色恋には口ほどではない私の一番弱い所かもしれません。ウワッハッハッハッハ」

「どさくさに紛れて何をいう。飲んでんのか」

「こんな真っ昼間から。いくら私でも」

「真面目な話や。身体に悪いばかりと違う。名利《みょうり》目当ての客との酒の騒ぎに紛れてな。大切なものを見失わんとも限らん」

「そういう兄ィにも「呑《のみ》あけて花生《はないけ》にせん二升樽」という句がありました。「二日酔《ふつかゑひ》ものかは花のあるあいだ」というのもあったなあ」

「あれは面白がって作っただけや。嫌いではないが、元々丈夫ではない。持病持ちやからな。量をわきまえとる。医術も少しはかじった。酒の害を良く知っとるからな。おまえはもと医者やろうが」

「そういえば医者に成りかけでした。忘れていました。でも酒の良い点も知っています」

「おまえが適度というものを知らんから言っとるんじゃ。わしには酒の肴の方が大切。藤堂家に仕えた時、料理の嗜《たしな》みもあるのでな。葱の酢味噌。つくしの浸し。たまらんなあ」

「その肴は任せてください。材料を持ち込みますので」

「そういえば大分前に大酒をやめんおまえを勘当したんやった。わしが野ざらしの旅に出る前、ほら、おまえが京都に旅をして。「明星やさくらさだめぬ山かづら」の句。あれがあんまり素晴らしいもんやさかい、つい許してしもたが。それが失敗やった」

「兄ィは、よう覚えてるなあ。そんなこと思い出さんといてほしいわ」

其角も父親が関西出身ということのほか、芭蕉の言い回しが伝染しているようだ。

「明星や」の句は、吉野山で明けの明星が残る明け方、山の端《は》に雲がかかり花か雲か識別できない情景を詠んだもの。其角は出来が良いとは認識しておらず、むしろ芭蕉の賛辞に戸惑ったくらいだった。

其角が初めて京都に旅立ったのは、芭蕉の『野ざらし紀行』の旅に先立つ二月十五日。以後関西には何度か足を運んでいる。芭蕉が其角に旅の効用を説いていただろうし、其角の父親が関西出身でなじみがある。二人が同時期に同じ行動をとることがあるのは、お互い身近で触発し合っていたためだろうか。其角は何不自由なく育ち天真爛漫、何より若い。旅に無常を感じることもない。色んな人との出会いが喜びの明るい旅。しかし出立は西行の忌日。西行への思慕とはいえ、旅立ちに死出路という忌み言葉を敢えて使った。其角はやはり型破りだった。

西行の死出路を旅のはじめ哉　其角

「それで思い出しました。この旅で京都の去来さんに会ったのでした」
「そうだったかのう」

この出会いの二年後去来が蕉門に加わった。

去来はこの時三十四歳、其角より十歳上だった。芭蕉亡き後、其角は自分がスカウトしたこの堅物《かたぶつ》、去来と相反することになる。

去来は「鴨啼くや弓矢をすてて十余年」「応々《おうおう》といへど敲《たた》くや雪の門《かど》」で有名。肥前国長崎の儒医の次男。仕官し武芸に優れたが、若くして士分を捨てた。蕉門十哲の一人。温厚篤実な人柄で、「西三十三ヶ国の俳諧奉行」と呼ばれた、蕉門の重鎮。芭蕉七部集の一つで円熟期の蕉風を示す『猿蓑《さるみの》』を凡兆《ぼんちょう》と共編。嵯峨の別墅落柿舎《べっしょらくししゃ》に招かれた芭蕉が、『嵯峨日記』を残した。

「同じ京都で西鶴さんにも会い感激しました。西鶴さんは住吉大社で矢数《やかず》俳諧を興行。二万三千五百句を独吟。私はその後見役（見届け役）をしたんですよ」

「西鶴の話は聞きとうはないいな」

西鶴の話をすると、相変わらず芭蕉の機嫌がよくない。

其角の『虚栗《みなしぐり》』と西鶴の『好色一代男』が印刷され二人が世に出たのは、奇《く》しくも同じ天和三（一六八三）年だった。俳諧という詩と、浮世草子という小説が、同時に開花した。

「矢数《やかず》俳諧」は、弓術で天下一を競う京都三十三間堂の通し矢（大矢数・小矢数）に倣《なら》って、一昼夜または一日に作る句数を競う俳諧の興行。速吟の競技だ。談林時代人気を博した。延宝五（一六七七）年、大坂生玉《いくたま》の本覚寺で西鶴の行った千六百句独吟をその嚆矢《こうし》とする。同じく西鶴の二万三千五百句の新記録は、一句数秒の超人的なペース。この後挑戦者は現れなかった。

其角は、西鶴の「大矢数俳諧」の興行に合わせるかのように、初めて関西へ旅だった。そしてこの興行の後見の役を引き受けた。後見とは、能などで演者に事故があった時これを代行すること。後見の巧拙は演出全体に影響するため、演技者と同等あるいはそれ以上の実力者がそれに当たる。よくまあ当時四十三歳の超一流の作家が、若干二十四歳の青年作家に頼んだことだ。今でいう人間観・社会観に乏しい従来の俳諧に物足りなさを感じていた西鶴は、『虚栗』に自分に似た斬新さを見、またその撰集の才によほど惚れ込んでの事であろう。『虚栗』にある浮世草子ばりの其角の次の句は、西鶴を大層喜ばしたに相違ない。

蚊をやくや褒姒《ほうじ》が閨《ねや》の私語《ささめごと》　其角

褒姒《ほうじ》は歴史上悪女として名高い、周の幽王《ゆうおう》の寵姫《ちょうき》。全く笑わない褒姒。あるとき外敵侵攻を知らせる狼煙《のろし》を間違って揚げてしまった。諸侯が駆けつけた。しかし何事もない。これを見て褒姒が笑い転げた。幽王がまた笑わそうと同じことを繰り返した。そのため狼少年の話の通り、肝心の本当の侵攻の際に誰も駆けつけず、幽王は殺され、褒姒は虜《とりこ》になり、周王朝は滅びた。蚊遣火《かやりび》の煙に喜ぶ褒姒が幽王に何か囁《ささや》いているという、艶《なまめ》かしい句である。

驥《き》の歩み二万句の蠅あふきけり　其角

驥《き》は一日千里を走る名馬。才優れし者の意味。西鶴のことである。でっぷり太った体躯だから優雅な馬とは程遠いが、ここは立てた。驥が走り去った後、巻き起こった風にあおられて、二万の発句が宙に散ったという意味の句。蠅は発句の事だから軽妙だが、揶揄《やゆ》のニュアンスもある。手放しにほめたりしないのが其角たる所以《ゆえん》である。傑作だ。

「兄ィはなぜ西鶴殿をそう毛嫌いなさる。大先輩ではありませんか。俳諧の力業《ちからわざ》、浮世草子のあの流麗で小気味よい文章。何にも代えがたい。兄ィの武士的教養から容《い》れなかったとすれば、実につまらぬこと。ましてや競争相手としての焦り、羨望、敵視からであれば、兄ィにあるまじき狭量。分野は違えど、通俗と自由の文芸的深化を目指した、時代の同志ですよ。みんな誰もが楽しめる文芸を、「あさましく下れる姿」といわれ、また堕落と決めつけられては、西鶴さんも立つ瀬がありますまい。兄ィも西鶴さんも求めるところは同じだと思っています。お叱りを受けるかもしれませんが、兄ィこそ世俗や通俗に憶病すぎるのでは。とにかく私は尊敬に足るお人だと思っています。西鶴さんの堂々と果敢に通俗に踏み入る勇気をむしろたたえたい」

「文章がうまいとかどうかの問題やないんや。金儲けのために売れそうなものを売れるように書く、金儲け主義が許せんのや。芸術家が内なる感動によらずして、効果を周到に計算しながら制作してやな、大衆を喜ばせようと才能を駆使するなら、それはもう芸術家と違う。商人や。別に商人をけなすのと違うんやで。文芸は神聖なもんや。神聖であるべきもんや。金儲けの手段とするもんやない」

「それは手厳しい。創作を計算とは、兄ィも言い過ぎですよ。確かに西鶴さんは談林俳諧の急先鋒だった。そしてのち俳諧を捨てた人です。しかしそれは、彼の才気が俳諧に収まりきれず溢れ出たため。金銭と情痴の話が得意ですが、詩的な俳諧の文章ですよ。毛嫌いせず、一度『好色一代男』を読んでみてください。『源氏物語』の諷刺は俳諧精神そのものだし。ある意味俳諧師の面目躍如ですよ」

「それと、人の愚かさは確かに真実やが、だからこそ人の気高さが大切。これをおろそかにする者は嫌いなんや」

芭蕉は捨てたとはいえ武士の生まれ、端々《はしばし》にそのプライドがのぞく。手紙にも拙者と書いてしまうほどだ。

西鶴は芭蕉より二歳上。其角と同じ早熟の天才。芭蕉が江戸へ立つ頃は大坂で談林俳諧の第一人者。のち押しも押されぬ浮世草子作家として一世を風靡。芭蕉は実際西鶴の著作に目を通し、その才能に圧倒されていた。

其角が訪れた京都を去る時の有名な句が。

片腕はみやこに残す紅葉かな　其角

御伽草紙『酒呑童子《しゅてんどうじ》』の酒呑童子は丹波の大江山あるいは近江の息吹山に住み、鬼の姿をまねて財を掠め、婦女子を誘拐しその肉を喰った盗賊の頭目。帝の命で源頼光と頼光四天王が退治した。酒呑童子配下の一番の鬼が茨木童子《いばらきどうじ》。場は羅生門（一条戻橋《いちじょうもどりばし》とも）。頼光四天王の一人渡辺綱《わたねべのつな》が、道に迷い困っている美女と出会う。その美女を助け馬に乗せてやると突然鬼に変身。綱の髪の毛を掴んで愛宕山に連れ去ろうとする。綱はあわてず鬼の腕を切ってなんとか難を逃れた。茨木童子が切り落とされた片腕を、その伯母に化けて奪い返し、腕を持ったまま飛び上がり破風《はふ》を破って空に消えたという話。この茨木童子のように、片腕を取り返しにまた京都を訪れますという、其角らしい奇想天外な、そして、ちょっと怖いがユーモラスで楽しい句である。

其角は西鶴を二度訪れている。二回目は元禄元年。西鶴は浮世草子で大成功、自信満々だった。

西鶴がもうだいぶ前に妻を失くし、執筆の合間にひとりさびしくぼんやりしていると、竹の組戸《くみど》をたたいて呼ぶ声がする。関東言葉の気風《きっぷ》の良い声だ。誰かと思ったら、旅姿の其角だった。

「其角やないか。よう来た。なつかしいなあ。江戸から半月の旅。疲れたんと違うか。まあ上がってゆっくりしーや」

おだやかでいて目鼻立ちは鋭い。吸い込まれそうな、気力が充実した顔つきは前と変わらない。

「大丈夫です。まだ若いですから。富士山をまた堪能できました。やっぱり雪の富士は素晴らしい。一か所その富士山が左手に見える場所がありますよね」

手甲《てっこう》と脚絆《きゃはん》を解きながら、其角は元気に答えた。

「あるなあ。ほんのちょっとの距離やけどな」

「それと、街道筋で面白い地蔵さんに出会いましたよ」

「どんな地蔵さんや」

「舌をペロッと出した地蔵さんでした」

其角がペロッと舌を出して見せた。

「えらい変わっとるな」

「なんやら愛嬌があって。いっぺんに好きになりました。旅人に、お疲れさま、無理しないでゆっくり行ってください、という気持ちで舌を出されているそうです」

「そら愛らしい地蔵さんや。いっぺん見てみたいなあ」

「それと鞠子《まりこ》の宿のとろろ汁は味噌と出汁《だし》が効いてうまかった。まず、やまのいものひげを火に焙《あぶ》って焼いてから、皮ごと擂《す》ると聞きました」

「あれはえらい有名やからなあ」

「ところで江戸でも西鶴さんの『好色一代男』はすごい評判です」

「その西鶴という名は使えんようになったんや」

「やっぱり。そうでしたか。『鶴字法度《つるのじはっと》』が出て西鶴さんがどうなさるのか、心配してました」

「どうもこうもないわな。公儀の決めたことやから」

「腹が立ちませんか」

「そらあほらしいけど。刃向かってもなあ」

この訪問の前年貞享五年に、将軍綱吉が長女鶴姫を溺愛する余り出したのが『鶴字法度』という悪法。庶民の鶴字・鶴紋の使用を禁じた。これを受け西鶴もその間西鵬《さいほう》と改名を余儀なくされた。

「西鶴さんのすさまじい執筆量、みんな信じられないようですよ」

「わしが作品を誰か他人に書かせているといううわさがたっとってなあ」

「これだけの多作ですから。常人の理解を超えているのでしょう。俳諧の一句と草子の一話では必要とする力は段違いですから」

「頭の悪い奴は、だから困るわー。天才の力量を想像できへんのや。大矢数二万三千五百句の実力がわかってない。丸一日で二万三千五百句作ったこの実力を」

西鶴は胸を張って見せた。

「西鶴さん。私とよく似て腹がでてますなー。ウワッハッハッハッハ」

「わしもそう思とったんや。兄弟見たいやないか。ワッハッハッハッハ」

「余り格好の良い兄弟とは言えません。まあ中身で勝負しましょうか」

「そやな。まあお茶でも入れるわ。女房に早う死なれて、娘も出とるさかいに何にも愛想《あいそ》でけへん。ごめんやで」

「いいえ。おかまいなく。奥様を若くして失くされたのでしたね」

「二十五歳やった」

西鶴が、やかんと急須と湯呑を持って戻ってきた。急須に、しゃんしゃん煮えたぎった熱湯を注ぎ、そのまま湯呑についでくれた。

「熱いのが好きでな。一寸《ちょっと》苦いかもしれんが。生ぬるいのはいくらおいしても嫌なんや」

「いえ。苦味がさっぱりしておいしいです。気持ちもひきしまります」

其角は、西鶴の好みの、芭蕉との違いの大きさに驚いた。

「ところで西鶴さん。私の師桃青（芭蕉）が『野ざらし紀行』で詠んだ、「辛崎《からさき》の松は花より朧《おぼろ》にて」。この句どう思われます？」

「うん何やて。もう一回言うてくれへんか」

「辛崎の松は花より朧にて。最初「朧かな」だったのを「朧にて」と推敲したのですよ」

「大してええように思わんな。今も変化してるこの時代。それがちっとも出てへん。死んどる。昔からの和歌や連歌の世界そのものやないか」

「その言い方はないでしょう。西鶴さんみたいな気風の良さはない。だが何ともいえん情緒がある。もうずっと浸っていたいような」

「それが古いっちゅうねん」

「何とおっしゃる。師桃青は俳諧に命を懸けています。俳諧を捨てたあなたに言われる筋合いはない。俳諧が滑稽だけではほかの文芸から見下されるだけ。いかに俳諧を和歌と同じ尊敬をもって見られるようにするか。これに全力を注いでおられる方だ。失礼な」

「まあそんなに怒らんでもええやないか。三十一文字が十七文字に変わっただけで、内容が同じじゃしゃーないしなあ」

「あなたは少しもわかってない。同じじゃない。「わび」ですよ。師の句に「霧しぐれ富士を見ぬ日ぞ面白き」がある。兼好《けんこう》法師が『徒然草』で言っていますが、見えないのがまた面白いという日本古来の風雅です。「滑稽」だけではなく、新しいものを求めておられる。こころざしの高いお方だ」

「わかってるがな。其角。おまえが桃青を尊敬しとるのは。桃青が漂泊の旅を通して新しい世界を求めていることはわかっているつもりや。ただわしとは肌があわんな」

「『浮世草子』に新しい世界を築いた西鶴さん。あなたも大切な友人ですが、私と師とは更に大切な同志。古い、つまらないと言って俳諧を捨てるのは簡単だが。しかしそれでは俳諧はちっとも良くならない。ちょっと偉そうなことを言わせてもらうと。先人が重ねてきた苦労を踏まえ、俳諧を大切に思い、それを立派にすることを使命と考える人もいるのです。外から批判するのはむしろたやすい。俳諧の中にとどまってその中から変えるのは、その何倍も大変なことが解らないのですか」

「其角や。別にばかにしとんのとちゃうぞ。これでも少しは桃青の苦労を理解しとるつもりや。まずは桃青のお手並み拝見と思っとる。おまえの話も全くわからんでもない」

実際、西鶴は芭蕉の旅を「俳諧に思ひ入れて心ざしふかし」と評した。芭蕉の旅が単なる旅好きや思い付きでは決してない、俳句への思い入れ、執心からくるもの。旅と俳句の切羽詰まった相関関係に気づいていたと思われるのはさすがだ。

「言いたいことを洗いざらい言わせてもらいました。私は西鶴さんも好きなのです。気質も合っているし。だから私たちがやっていることをどうしてもわかってほしくて。気分を害されたならお許しください」

「其角のな、おまえのその直向《ひた》きさが好きや。何も気に障《さわ》ってなんかないで。これからもがんばってや。いっぺん桃青とも話してみたいと思っとるんやが」

「有り難いお言葉です。最後に一つ教えて下さい」

「なんや」

「西鶴さんは何故得意の俳諧を捨てられたのですか。京都を凌ぐほどの大坂俳壇の隆盛。その立役者だったあなたが」

「談林も中身が空っぽになって空中分解してしもたしな。其角。おまえも感じてると思うが、それより何より、発句は悲しいくらい短いがな。連句はまあ大分表現できるけど、それでも仲間の文芸。自分勝手にでけへんわなあ」

「まあ確かに」

「仮名草子は何でもできるで。自由自在や。何にもきまりもないし。誰にもなあーんも言われへんがな。そやろ」

「わかります。でも西鶴さんが俳諧をそのままやられていたら、この国の俳諧がもっと面白くなったと思います。残念です。しかしその前に俳諧が破裂してしまっているかな。ウワッハッハッハッハ」

「破裂てか。ワッハッハッハッハッハ。其角。おまえこそいっぺん仮名草子書いてみたらどうや。その有り余る筆力で」

西鶴が大口をあけて笑ったから、其角ももう一度負けずにさらに大きな口を開けて笑った。まるで二つの貝独楽《べいごま》がぶつかり合って弾けるように、会話が弾んだのだった。

「西鶴さん。勝手なおしゃべりで、長居をしてしまいました。そろそろ失礼します」

「何遠慮しとんや。まだええやないか。ゆっくりしていきいな」

西鶴がお茶を注ぎながら言った。あの熱いお茶だ。

「せっかく寄ってもろうたさかいに、面白い話でも聞かせたろか」

好奇心旺盛な其角の目が輝いた。

「是非お願いします」

「いやな、男の一番大事なあそこの話やが。へび。あのにょろにょろしたへびや」

「へびはあんまり親しくない」

其角は苦手らしい。

「別に親しのうてもええが。そのへびのあそこが二つあるの知ってるか」

「いや初めて聞きました。うらやましい」

「それがそうでもないんや」

「といいますと？」

其角は怪訝《けげん》な顔をして尋ねた。

「その二本は結構なんやが。それを使うときに問題があってな」

「何でしょう」

「なかなか終わらせてもらえんようなんや」

「西鶴さん。それもよろしいが」

「程度もんや。一回入れると、あの釣り針と同じで後ろに戻らんようになっとるらしい」

「それは厄介な。しかしいずれ終るのでは」

「そらそうやが。其角。雌が納得するまであかんらしい。何日も続くんやぞ」

「行きは良い良い帰りは恐い。話を聞くだけでも息が切れそうですよ」

「場合によっては、その熱戦のあと雄が食われることもあるらしい」

「そんな殺生な」

「そうや。だから余りうらやましないやろ」

「神様もいろいろ手が込んでますね」

「世の中複雑や。ところでおまえとこの蕉門でもこんな話することあるのか。恋句も多いみたいやが。まあ桃青がする訳ないわな」

「師は西鶴さんと違って武士の出ですから。ありのまま好き放題生きたらいいというのは抵抗があるようです。矜持があるんですよ」

「そんな上下《かみしも》脱ぎ捨てたらええがな。帰ったら西鶴がそう言うとったと伝えてくれへんか」

「わかりました」と其角が答えたはしたものの、芭蕉にはとても話せるものではない。


西鶴は現実の観照家。事実の羅列ではなく、深く人生を掘り下げた。一時演劇・浄瑠璃に手を染めたが、近松門左衛門に対抗できず敗退した。タブーだった踊り子の日常的な姿態をデッサンしたフランスの画家ドガに似て其角は、幕府公認の社交場とはいえ悪所《あくしょ》の吉原など人生の舞台裏を具《つぶさ》に見つめた。形振《なり》り構わず傾《かぶ》く日常。それを偉ぶらず深刻がらず正直に伝え、人間の本質に迫った。其角が西鶴に共鳴したのは、その同じ姿勢に対してである。

西鶴三十四歳の時、妻が二十五歳の若さで病没した。初七日の明け方から日暮れまでに、『郭公《ほととぎす》独吟千句』を作り、『俳諧独吟一日千句』として刊行、霊前に手向けた。

引導《いんどう》や廿五《にじゅうご》を夢まぼろ子規　西鶴

最愛の妻を失った慟哭の詩だ。翌々年法体《ほったい》となり、以後再び妻を娶《めと》った形跡はない。遺児三人のうち一人は盲目だった。西鶴は芭蕉が亡くなる前年命を終えた。芭蕉が「軽み」の句にとどまらず最晩年にものした

此の道や行く人なしに秋の暮　芭蕉
この秋は何で年よる雲に鳥　芭蕉
秋深き隣は何をする人ぞ　芭蕉

のような、平明な表現の中に人間の永遠の真理を追究した俳諧を知ることなく逝った。もし知っていたらどんな感興を催したかと考えると、残念なことである。辞世の句は、

浮世の月見過ごしにけり末二年　西鶴

少し脱線するが、西鶴といえば、その代表作である『好色一代男』に、主人公が遊郭で隣り合わせた客として、伊賀の上野の米屋を登場させている。登場する舞台が遊郭だから少しはば

からるるが、とにかく伊賀は昔から米所《こめどころ》として有名だったのは確かなようだ。今も伊賀のコシヒカリは特Aランク。それはともかく、当時の特に大量な荷物の有力な運搬手段は水運だった。伊賀の米を運ぶ川が、出世魚のように服部川、木津川と名を変えて、最後に注ぐのが淀川である。したがって経済的に大阪との結びつきが極めて強い。それに加えて、伊賀は三重・滋賀県境に南北に連なる鈴鹿山脈が立ちはだかり、東へ出るのがはなはだ不便ということがある。同じ三重県でありながら伊賀と伊勢では大違い。伊賀は大阪の経済圏にあり、文化的にも京都に近く、伊賀市（前上野市）は小京都と呼ばれる。言葉も自然の流れとして関西弁である。以上のくどくどしい説明は、芭蕉の言葉づかいが関西弁だったということの再確認のためである。

枯尾花

元禄四（一六九一）年。芭蕉四十八歳。其角三十一歳。

ともかくもならでや雪の枯尾花　　芭蕉

元禄二年三月に、『奥の細道』の旅に江戸を離れてから二年越しに戻った芭蕉。その時の門人への挨拶句である。死を覚悟した旅だったが、雪の中の枯薄《かれすすき》のような姿であっても、生き長らえてここにいるという感慨だ。かつて野ざらしの旅を終えて、「死にもせぬ旅寝の果よ秋の暮」の句で独り言《ご》ちた芭蕉だが、この度はほっとした安堵の息が喜びと共に伝わってくる。其角も再会が余程うれしく、またこの句の枯尾花が印象深かったのだろう。芭蕉亡き後義仲寺での追悼百韻の発句は、

なきがらを笠に隠すや枯尾花　　其角

であったし、また芭蕉追善集の名前を『枯尾花』と付けたほどである。

『奥の細道』の旅に際し芭蕉庵を売り払っていた芭蕉は、江戸に戻っても家がない。とりあえずの仮寓《かぐう》を早速其角が訪ねた。

「兄ィ。よくまあ無事で」

顔を合わすなり二人は涙が止まらなかった。その涙を拭うことなく抱き合った。

「角や。この弱い身体がよくもったもんや。去年堅田《かたた》滞在のおり送ってもらった句「雑水《ぞうすい》のなどころ（名所）ならば冬ごもり」の通り、雑炊を御馳走になったが、格別じゃった」

芭蕉はわざわざ其角の父東順《とうじゅん》の生まれ故郷堅田（現大津市）に足を伸ばしている。二人の紐《ちゅう》

帯《たい》がいかに太かったかがよくわかる。

「雑炊は堅田の名物なので。それにしても奥州の旅は大変でしたろう。何ヶ月でしたか」

「丸五ヶ月やった。伊勢の御遷宮《ごせんぐう》にも足を伸ばしてな」

「それはなにより。二十年に一度だから。兄ィの長旅向きの体型が羨《うらや》ましい。私なんかはもう、ほれこんな風。ウワッハッハッハ」

其角はおなかを突き出して見せた。


「旅がすっかり生きがいになられた」

「旅が与えてくれる試練が好きになったように思う」

二十年毎に行われる遷宮に詣でた時の句が、

尊さに皆押しあひぬ御遷宮　　芭蕉

其角撰集の『花摘《はなつみ》』に入っている。芭蕉の気持ちに張りがあり、ひとまずほっとした其角。しかし、長旅で一層老けたように見えたのが少し気がかりだった。

「兄ィも年を考えて旅はほどほどにしていただきたい。それとすてさんのこともう少し気遣いを。まっとうな家庭生活をされるつもりはないのですか」

「心配のかけ通しや。まことに申し訳ない。少しは自重せんとあかんと思ってるんやが」
「まだまだ蕉門を統《す》べていただきたいので」

さすがの其角も、百家争鳴の蕉門を統べる自信がまだ持てなかったのだろうか。そうではない。其角は芭蕉を取り巻く追随の輩ではない。蕉門とは異なる自分の一門に自信があった。それにしてもかたくなな身勝手ともいえる男の性《さが》。芭蕉の風狂のすさまじさ。其角といえど、これにブレーキをかけるのは至難の技だった。それでも其角の度重なる忠告が効いたのか。芭蕉は晩年、すてをはじめ家族を江戸に呼び寄せ、一時同居した。せめてもの罪滅ぼしと思ったのであろう。しかしそのすても病がちで、芭蕉の亡くなる数ヶ月前に薄幸の生涯を終えた。具合が悪くなったのを知って呼び寄せたのかもしれない。旅に出ていた芭蕉は臨終の末期の手向《たむ》けもしてやれなかった。すては芭蕉のいない旅の空にさみしく逝った。芭蕉は旅先でその死を知ったのだった。不遇であったというより、不遇な目にあわせたすてに次の句を残している。

数ならぬ身となおもひそ玉祭り　　芭蕉

物の数にも入らないつまらない身であったと思ってくれるな。魂祭りに冥福を祈った芭蕉であった。

同じ元禄四（一六九一）年の暮れにも其角は芭蕉を訪ねた。翌年二月に刊行する『雑談集《ぞうたんしゅう》』の校閲を受けるためである。

『雑談集』に「何事も句に言ひとらずということなし」とあるが、その通り其角の題材の幅広さは特筆されるべきである。花鳥風月はもとより、人事句、社会風刺、酔吟《すいぎん》、遊里茶屋遊びの句まで。何でもござれ。性格のとおり、句作りも自由奔放だった。花月に耽《ふけ》るばかりではなく、人情に通じることを大切にした。これは芭蕉も同じである。

「兄ィの「浮世の果は皆小町なり」。あれは心にぐさりときましたよ」

『猿蓑《さるみの》』の「市中《いちなか》は」歌仙で、凡兆《ぼんちょう》の「さまざまに品《しな》変はりたる恋をして」に付けた芭蕉の脇句である。凡兆の、様々に身分・境遇・性格の異なる相手と恋をしてきたという句に対し、芭蕉は、華やかな恋の享楽も、あの絶世の美女小野小町が無惨な老醜を晒《さら》した、その零落《れいらく》ぶりと同じ定めなのだと付けた。

「言い過ぎだったかな」

「身もふたもない。嫌われますよ」

「今考えると直截的過ぎたかもしれんな」

ちなみにこの二句の前の三句を見てみよう。
蕉風の華麗な円熟は驚嘆に値する。

ゆがみて蓋の合はぬ半櫃《はんびつ》　凡兆

歪んで蓋が合わなくなってまともに使えない半櫃があるという句。

草庵に暫く居ては打ち破り　芭蕉

草庵に落ち着いたかと思うと、そこを捨てて旅に出る。それは一か所が合ったかと思うと別な所が合わない蓋とそっくりだ。物に拘らない住人の性格を読み取り、住まいに拘らない漂泊者を詠んだ。

命嬉しき撰集の沙汰　去来

前句を西行など漂泊歌人の境涯と見定め、その人が勅撰集入選の名誉に浴した喜びを付けた。漂泊の遁世者を老いらくの好き人に転じたのが、「さまざまに――」の句である。

『猿蓑』は『芭蕉七部集』の一つ。蕉門の最高峰といわれ、門人達も俳諧の古今集と呼んだ。其角が序文を書き、去来・凡兆の共編。芭蕉の『奥の細道』の成果が反映。連句の匂附《におい　つけ》も完成した。芭蕉が其角を重んじたことを裏付ける話が残っている。『猿蓑』用に、江戸の其角が送った句「此の木戸や鎖《じょう》のさゝれて冬の月」の上五の「此木戸」の文字が詰まっていたため、「柴戸《しばのと》」と板木に間違って彫られた。凡兆がこのままでも大差ないと言ったが、芭蕉は「柴戸」では隠者の家の戸になって和歌の情景であり俳味に欠けると強く主張、わざわざ板木の作り直しを命じた。

凡兆は『猿蓑』を編み、格調高い句風で一躍蕉門の代表作家になったが、のち芭蕉から離反、ある事件に連座し投獄されている。


翌元禄五年の五月、杉風《さんぷう》らの好意で新築された芭蕉庵に移った芭蕉。

「兄ィはまあ。ぬけぬけとこの新しい庵に入られたもの。あつかましい。私らが肝いりで作った前の庵を売り払って奥州行脚。恥を知りなされ。ウワッハッハッハッハ」

「もう生きて帰れるとは思われんかったのでな。死に支度やった。旅費のこともあったし」

「勝手なことを。まあ無事に帰られたからよしとしましょう」

芭蕉は痛い所を衝かれて小さくなっていた。其角は少し心が咎《とが》めたか、話頭《わとう》を転じた。

「ここは辺鄙で物売りの声も聞こえませんが、私の方には色々来ましてね。年玉の扇を売り歩く「扇は〳〵」や、元旦に門口に貼るゑびす様の摺《す》り物を売り歩く「おゑびす〳〵」

其角が大きな通る声で真似をして見せた。相撲の呼び出しのような流暢なものだった。

「聞きほれてしまうな。もう一回頼むわ」

「高いですよ。ウワッハッハッハ」

「いくらじゃ」

「冗談ですよ。やりますやります」

「鶯に負けん美声やないか」

「変わったところでは焚《た》き付け用の松葉売りとか。先日も団扇《うちわ》売りが」

「ほう。角。団扇売りてか」

「商家の子供が町中《まちなか》、夏は団扇、冬は木綿を売り歩くのですよ。団扇売りは、長い竿へ団扇を通して売り歩く。その途中でさぼっている子を見つけましてね。蝉を取りに木に登っていたのです。すぐ句が浮かびました」

「どんな句やね」

「せみ啼《なく》や木登りしたる団扇売」

「楽しいなあ。おまえにしては素直ないい句やないか。角。ワッハッハッハ」

芭蕉が手をたたいて喜ぶ。滅多にないことだ。

「兄ィ。こんな句なら朝飯前ですよ」

当時江戸では、深更《しんこう》まで屋台が出ていた。有名な夜鳴蕎麦《よなきそば》だ。よく通るいい声で長々と「うどんやい、そばやい」。じいさんの屋台は、しゃがれ声で「うどん、そばきり」。この頃の屋台は車付きではなく、肩で担《かつ》いで持ち歩いた。「あっさり、死んじめー」は、あさり・しじみ売り。「ひやっこい、ひやっこい」は、水売り。砂糖味の清涼飲料だ。「かりんとう、深川名物のかりんとう」と呼び歩く、かりんとう売りもあった。

「しかし。角や。江戸に戻って、残念なことがあってな。三年の間にめっきり変わってしもうた。点取《てんとり》俳諧の蔓延や。情けない。おまえは毅然としてるけども。嵐雪《らんせつ》まで。あの無様は。何とかならんのか」

「兄ィ。面目ない。何しろ俳諧師が増えて。みな食っていかねばならんので」

「そんな俳諧ならやめた方がええ」

いつにない芭蕉の乱暴な物言いだった。理想主義の芭蕉。余程腹に据えかねているらしい。やはり長旅は過酷だった。芭蕉は体調を崩した。何よりの楽しみだった花見や月見にもあまり出向かない。芭蕉の身体の衰えをかまわず取り入る者や、芭蕉を出しにしてのしあがろうとする輩が多い中で、其角ばかりが芭蕉の体調に気を揉んでいた。

軽み

元禄六（一六九三）年。芭蕉五十歳。其角三十三歳。

父東順への追悼句の御礼に、其角が久しぶりに芭蕉を訪ねた。昨年杉風らの好意で新築された芭蕉庵である。春先江戸在住の甥桃印が早逝。夏には『閉関《へいかん》の説』を草して門を閉ざし、客を謝絶すること一ヶ月。芭蕉の心労の大きさが窺われ、それを慮《おもんぱか》っての訪問でもある。西鶴の死は話題にしないつもりだ。

「父東順の死に際しては、丁重なお心遣いを頂き、ありがとうございました」

「いや何もできへんだ。気ままな旅浸《たびびた》りゆえ、許してほしい。ご両親に格別優しかったおまえや。気落ちせんようにな」

其角の父への追悼句は。

ちんは引蝦《ひくえび》にそふる泪《なみだ》かな　　其角

びっこの蝦は、憔悴《しょうすい》した其角自身であろうか。

一鍬《ひとくわ》に蟬も木の葉も脱《もぬけ》かな　　其角

虚脱感から呆然《ぼうぜん》とした様が窺える。さらりとした其角らしい詠み。その分悲しみは、かえって深い。

芭蕉が敬愛した旧友で、文雅の士東順。その死に際し、追悼文『東順ノ傳《でん》』を寄せ、その中で手向けた句。

入《いる》月の跡は机の四隅哉　　芭蕉

月が沈んだ（東順の死）後の主人のいない机。その空虚な四隅を捉えた、芭蕉の研ぎ澄まされた感性。其角に対して全身全霊を傾け哀悼の意を示した。

「兄ィが最近説いておられる「軽《かろ》み」。「鞍壺《くらつぼ》に小坊主乗るや大根引《だいこひき》」や「寒菊や粉糠《こぬか》のかかる臼の端《はた》」のような句。何ですか。私ははっきり言って反対です。あの『ひさご』から少し違和感を覚えていました」

「「軽み」はわしの風狂からの脱皮じゃて」

「「軽み」は兄ィの俳諧人生の個人的な精算でしょう。唱導《しょうどう》するのはやめて頂きたい」

芭蕉は其角のいつにない厳しい物言いに戸惑った。「軽み」は其角の言わば生命線「個性の誇示」に対し、個性脱却・無私の精神を唱えたもの。其角は到底受け入れ難かった。

「少なくとも「軽み」は言わない方が私はいいと思う。俳諧の誠《まこと》が一つ増えただけというならまだしも。「軽み」が大切だと余り強調し過ぎると、門人の頭は混乱して収拾がつかなくなります」

「混乱するとな」

「兄ィは高みを目指して、一旦俗を嫌い、そこから脱するために出家・隠棲・旅をなされた。今になってまた俗に帰れと言われても、門人は右往左往。当たり前だ。今までの門人の苦労は一体何だったのですか。実際その証拠に、今や通俗俳諧の花盛り。私もかつて兄ィに、庶民の生活に根差した俳句を強調しましたが。それは草木一本にこだわる小さなものではなく、もっと世の中全体と関わる、大きな俳諧を申し上げたつもりです」

「角。おまえの言うことはもっともやが。わし自身まず、あるべき高みに前衛的に駆け上がることを目指した。だが自分たちだけ駆け上がってもな。孤高は避けなあかんと思い直したんや。

普通の人々が楽しめるものでなくなったら、もはや俳諧やない。去来にも言うたが、梨子地《なしじ》の器に高蒔絵《たかまきえ》をしたものになってしもうた。わが蕉門は桐の器を柿合《かきあわ》せに塗ったようにやな。ざんぐりと荒《あら》びて作るべきなんや。幽玄閑寂《ゆうげんかんじゃく》や高雅優麗《こうがゆうれい》にばっかりとらわれてしもたらあかん。その喚起のため今一度通俗に還《かえ》る必要があったんや。「寒菊や粉糠のかかる臼の端」という句なども、この脱却のため、わかりやすい例を出したまでのこと」

「俳諧を多くの普通の庶民のための文芸だとお思いなら、その順番は凡人には中々つかめませぬぞ。さび・しおり・細みという高みを学んだ上での「軽み」。その高みを知らずに、「軽み」擬《まが》いに入る危険が余りにも大きい。「軽み」を最後に説いたが故の落とし穴。あの談林にも届かない、痩せ細ってしまうどころか、ただの通俗に堕してしまう危険。「高く心を悟りて俗に帰るべし」の実践は、凡人には荷が重過ぎるのではありませぬか」

「しかしや。角。日常の生活を平明な言葉で表現する「軽み」。なんでわしが今頃になって、これを持ち出したと思う。余りにもひねくり回す句ばかりになったからや。言葉の遊びでは、西行・宗祇・雪舟・利休に貫道する風雅の誠《まこと》から、遠ざかるばかりやないか」

「言葉の遊びは言い過ぎですよ」

「それと、旅が長かったから、自然を詠むことが多なったが。わしは安易に目前の実景を詠むのがいいと、そんな薄っぺらなことは考えとらん。大事なんは、囚《とら》われない自由な詩精神や。

美の世界を創造する。自分の心と自然が一体となって、自然以上に美しいものが描ける。ちょうど、今ある自然を壊して建てたお寺が、今まで以上に美しく新しい自然との調和を生み出すようなもの。もちろん創造といっても、嘘の世界とわかるようでは本も子もない。事実に限りなく近い、完成された虚構。真実やな。これを作る。この修練はなかなか難しい。けど絶対必要な道やからな」

「その修練がおろそかになる恐れを言っているのですよ。そして兄ィの理屈はもうたくさん。今回の「軽み」もそうですが。そういう理屈を前面に出すと、自然にほとばしり出る句の勢いを削《そ》いでしまう。そればかりか、たったの十七文字。それでなくとも窮屈なのに。更に色々注文をつけては、逼塞《ひっそく》しちまいますよ。がんじがらめの文芸なんて何の魅力もない。元々兄ィの、形式に拘泥しない自由な無辺際《むへんざい》な詩境に憧れて、門人が集まったのですから。優美な伝統に拘束される和歌と違って、俳諧は自由。そう言っておられたではないですか。せっかくの自由です。もっと大まかでいいのでは。風雅の誠の道を求める情熱が確かでさえあれば。また、どういう風に表現するかも大切ですが、何を表現したいのかも大切です。少し差し出がましくなりましたが」

「いいんやで。正面切っていろいろ言ってくれるのはおまえだけや。むしろ角のそのまっすぐな心がうれしいんや」

「みんなわしの一挙手一投足。大げさにし過ぎやな。わしも神様ちゃうぞ。神様ちゃうから過ちもある。色々試行錯誤するのが精進や。雑音は色々聞こえてくるけども。しかし、角や。おまえのように面と向かって諫めてくれるものはおらん。有り難いことや。おまえの言う通り、固まってしまっては向上が望めん。不易流行の流行とは、この自由のこと。よくわかっているつもりや。わしはわしの流儀で高みを目指した。みんなそれぞれが己の風で高みを目指すのが肝心や。誰かの物まねで終わるほど愚かなことはない」

「兄ィ。今からでも遅くはありません。「軽み」は取り下げましょう」

「手遅れや。かえって混乱する。喧伝《けんでん》しまくるものばかりやからな。広がるのも早いんや」

「だからこそ細心の注意を払わないと」

「角。おまえが主になって混乱せんように骨折ってくれへんか。わしも年を取ったんやな。悪いけども」

「できるだけのことはしますが。私の言うことを聞きますかどうか」

「確かにわしが俳論を示すと、これが手枷《かせ》足枷となって、俳諧ののびのびとした自由な発展の妨げになることは確かやな。と言いながら、わしについてこない門人には腹を立ててしまう。年を取ったせいかのう。時々度量が狭うなってきた自分が嫌になるときがある。もっとおおらかにならんとな。角。おまえの忠告は何よりの薬や。本当にありがたい」

「出過ぎたことをお許しください。兄ィはその歳になっても先頭に立って、俳諧のあるべき姿を指し示そうと命を懸けておられる。いくら感謝してもしきれません」

「実は「軽み」に追随しないおまえの存在がうれしかったんやで。角はやっぱり俳諧に命を懸ける無二の弟子やった。その矜持《きょうじ》を持った角がいることがうれしてしょうないのや」

「そんなに立派だとは思いませぬが。ウワッハッハッハッハ」

「自分の流行の教えに必死でついてきてくれる門人はけなげでな。ありがたいんやが。一方で自分というものを持たない盲従の輩も実に多くてな。異論をはさむものがおらん。物足りないというよりは怖いことや」

「兄ィに無用に近づいてくるものには、そういう輩が多いかもしれませぬ」

「確かにもっとおおらかにならんとな。おまえと違うて金がないせいかもしれんな。ワッハハハハ。おまえには言っておきたいんやが。蕉風が硬直した門閥になることを一番恐れてるんや。俳諧はその中身を流行により自由に多彩に伸ばすべきもの。蕉風が形骸化した醜い怪物になるんやったら、なくなった方がましや」

　芭蕉が急に背中をゆすり始めた。自分の背中に首を回しながら言った。

「それはそうと角や。ちょっと背中掻《か》いてくれへんか」

「またですか。このへんですか」

「もうちょっと右」

「このあたりですか」

「行き過ぎや。もうちょっと左」

「ここですね」

「うん、そこそこ」

「ああ気持ちようなった。年取ったらかゆなるんやで。おまえも今に年取ったらわかる」

「年取ってわかっても、兄ィのように掻いてくれる弟子が、この私にいますかどうか」

芭蕉の背中をかかされている間に、何を話していたのか、すっかり忘れてしまった其角だった。


其角と議論したこの夜。芭蕉はなかなか寝付けなかった。「軽み」は連句の多様性の中だけであれば許されようが、発句にまで及ぶと確かに危うい。はっとした。其角の確信に満ちた顔が浮かぶ。芭蕉は「軽み」の持つ大きな陥穽《かんせい》に改めておののいた。同時にやっぱりもう手遅れだと観念した。

蕉門の硬直を恐れた其角が、真情を吐露した文がある。蕉門の乞食俳人路通《ろつう》の著書『俳諧勧進帳』に与えた其角の跋文《ばつぶん》である。

「俳諧の面目何と〳〵さとらん。なにと〳〵悟らん。はいかいの面目はまがりなりにやってをけ。一句勧進の功徳《くどく》は、むねのうちの煩悩を舌の先にはらつて、即心即仏としるべし。句作のよしあしはまがりなりにやつておけ。げにもそうよ。やよげにもそうよの」

煩悩を離れるための俳諧が、実際は煩悩にとらわれ、こう作るべき、あれはいけないなどと枝葉末節に汲々としている。お笑いだと述べた。一方謙遜があるとはいえ、芭蕉も俳諧を「生涯の道の草」と言った。其角と心底では同じだった。俳諧について侃侃諤諤《かんかんがくがく》。俳諧ごときに何を大事《おおごと》に、大げさに。まして俳諧ごときに命を懸けるなどあほらしい。俳諧が息苦しくなる位ならなくなった方がましだと。門弟が騒いでいただけかもしれない。二人とも門弟の騒々しさが疎ましかった。

芭蕉は漂泊の旅で新境地を開くまでは、其角の発句の才能に脱帽していた。其角の鋭敏な垢抜けした、近代的なセンス。それに啓発・触発され、むしろ芭蕉自身が発奮させられることも度々だった。例示には事欠かない。先に取り上げた次の句もそうである。

声かれて猿の歯しろし岑《みね》の月　　其角

塩鯛の歯茎《はぐき》も寒し魚《うお》の店《たな》　　芭蕉

次の例句は、其角の撰集『花摘《はなつみ》』にある。「うつくしきかほかく雉のけ爪かな、と申たれば」という其角の前書のあと

蛇くふときけばおそろし雉の声　　芭蕉

雉は和歌・連歌で優美の象徴とされた。雉の美しい顔と、鋭い蹴爪《けづめ》のコントラストを詠んだ其角。その句に触発された芭蕉の句である。蛇を食うという話を聞いた途端、ほろほろと優雅に啼《な》く雉の声も恐ろしく感じられるという意。技巧に溺れそうな其角に新しい視点を示し、啓発する意図もあったのだろう。

民衆の悲しみから逃避するのではない。その悲しみの底にあるものを詩情豊かに詠む芭蕉。其角はその俳諧に感銘を受け、生き方を尊敬した。しかし別に崇拝していたわけではない。むしろ旅に逃れる生き方に、ひ弱なものを感じていた。更に芭蕉の旅は、西行等の中世の過酷な旅の比ではない。だから羨望の眼差《まなざ》しもない。あくまで俳諧師のあり方の一つという冷めた認識だった。十八世紀後半頃蕉門の俳人が、自らを「正風《しょうふう》」と称し力を誇示した。この時三宅

嘯山《しょうざん》が冷静に俳壇を俯瞰《ふかん》し、その思い上がりを諌《いさ》めている。芭蕉と同時代に大坂にも名家がいたが、芭蕉との違いは時運に乗れなかっただけだと。小西来山《こにしらいざん》と上島鬼貫《うえじまおにつら》のことだ。鬼貫は「東の芭蕉・西の鬼貫」と称された人。「そよりともせいで秋たつ事かいの」が有名。恐らく私達は、多くの門人を抱え喧伝に事欠かなかった芭蕉を偏重し過ぎなのだろう。

其角は実力者、自信もあった。自然讃美だけに満足しない。世の中全体を凝視し目をそらさない。濁世《じょくせ》にどっぷり浸《つ》かって、庶民と同じ目線で喜怒哀楽を表現した。二人のホームの違いを鮮明に示す好対照の句がある。

寝ごゝろや火燵《こたつ》蒲団のさめぬ内　　其角
住《すみ》つかぬ旅のこゝろや置炬燵《おきごたつ》　　芭蕉

「どさ回り」という蔑称《べっしょう》は論外だが、芭蕉は田舎が舞台の田園詩人だった。他方其角は封建の厳しい制約の中でも健気に生きる市井の人々に共鳴。新鮮な息吹を胸一杯吸い込んだ都会詩人だった。芭蕉は連句で人の心の機微を丁寧に読み解いてゆく、柔らかな掛け合いを好む。穏やかな女性的な性だ。芭蕉の筆跡をみても一目瞭然。律儀であり、弱弱しくはないが繊細。また流麗な清々《すがすが》しいもの。一方其角は雄渾《ゆうこん》で粘り気がある。何か神がかり的な、それでいて煩悩が渦巻いているようでもある。其角は発句で自分の言いたいことをズバリ詠む。洒洒楽楽《しゃしゃらくらく》、男気が身上だった。

終焉

元禄七（一六九四）年。芭蕉五十一歳。其角三十四歳。

早くに世事から離れながらも人恋しい。かかる矛盾した日常の中に風雅を探求した芭蕉。その隘路《あいろ》から次のような豊潤な句が生まれた。

年の市線香買に出《いで》ばやな　　芭蕉
何に此《この》師走の市にゆくからす　　芭蕉
秋深き隣は何をする人ぞ　　芭蕉

晩年も人に倦みがちだった一方、集いを持てばそれはそれで楽しいという芭蕉が、久しぶりに其角を訪ねた。目的があったのである。

「角や。元気か」

「なんだ。兄ィか」

「なんだはないやろうが。関西で「お水取り」が時候の挨拶にでる頃になったな。関西では「お水取りが済んでやっと暖こうなりますなあ」という風な挨拶をするんやで」

挨拶に季節感を織り込む。日本固有の文化だ。

「東大寺の二月堂の行事、修二会《しゅにえ》でしたね。野ざらしの旅でも「水とりや氷の僧の沓《くつ》の音」と詠まれた。兄ィが私の家へ。何年ぶり」

「いつでも来れると思たら、つい。すまんこっちゃ。いやな。顔を見とうなったんや」

「一向変わり映えしませんが。何でしょう」

「おまえとこの是吉《これきち》さんにな。祝いの句を持ってきたんや。ほらこれ」

芭蕉は無造作に懐《ふところ》から短冊《たんざく》を一枚取り出して見せた。其角の父東順の時代からの下僕是吉《これきち》。その是吉が見よう見まねで医業を修得し、剃髪、独立開業したと聞いたからだった。

「それはわざわざ。私が頂戴にあがりますのに。今ちょっと出てますが。戻ったら飛び上がって喜ぶと思います。何という句ですか」

「「はつむまに狐のそりし頭哉」という句や」

「初午《はつうま》」は二月の牛の日。京都の伏見稲荷大社の神が降りた日がこの日だったといい、全国で稲荷社を祭る。

「ウワッハッハッハ。狐に頭を剃られたか。是吉狐が自分で髪を剃って医者に化けたか。どちらにもとれて、これは愉快、愉快」

「それにしても、おまえとこの奉公人は、人が変わってもいつも是吉。同じ名前やないか」

「ウワッハッハッハ。年季で奉公人が変わる毎に名前が変わるのも面倒なので。人が変わっても同じ名前にしたら楽だと気が付いて」

「ワッハハハハ。何じゃそれは。ずぼらにもほどがある。そんな話聞いたことないぞ。まあ、角。おまえらしい遊び心や」


医者もそうだが、俳諧師も茶道者もみな口の商売。口達者だ。また俳諧の座と茶道の茶室とは、身分を捨てて臨む場という点でも共通している。だから下僕が主人の俳諧の席に出入りしても不思議はないが、それ以上に身分に分け隔てのない二人である。下僕とも親密だった。本来自由とは、こういうこだわりを持たないということなのだろう。

とかく芭蕉の晩年というと、苦み走った境涯の俳句に終始したと思われがちであるが、決してそうではない。芭蕉が亡くなる年の『鶯《うぐいす》に』歌仙の掛け合い。

参宮といへば盗《ぬすみ》もゆるしけり　浪花
につと朝日に迎ふよこ雲　芭蕉

俳諧人生で生涯手離すことがなかった連句。ここでは最後の年でも、快活な戯れの心を全く失っていない。参宮《さんぐう》とは、お伊勢参りのこと。当時一生に一度は叶えたい旅だった。芭蕉も何回か詣でている。「抜《ぬけ》参り」とは、伊勢参りのため主人に無断で奉公先を抜け出すこと。丁稚や女中など五歳から十五歳位の若い奉公人にのみ許されていた。それだけ大きな、人生のイヴェントだった。浪花の前句は、奉公先の金銭を路銀として盗む、「抜参り」を詠んだもの。主人も、そのための持ち逃げなら仕方がない。芭蕉の付句は、その奉公先を抜け出た若者が、旅に出向く姿を詠んだ。そして朝日が出て輝くさまを、「につと」という笑顔を形容する言葉で表現した。「軽《かろ》み」である。若者の笑顔を同時に暗示しているのは言うまでもない。

此道《このみち》や行人《ゆくひと》なしに秋の暮　芭蕉

秋の夕暮れ時に誰も通る人がいない道。その寂しさは、詩的な情景とかけ離れた雑踏に生きる私たちの想像をはるかに超える。「此道や」の道は俳諧の道でもある。芭蕉の目まぐるしい変風の中、理由は様々だが、嵐雪・荷兮《かけい》・凡兆・越人《えつじん》・千那《せんな》・尚白《しょうはく》などの落伍者や離反者が相次いだ。芭蕉は「軽み」に対する一部門人の反発や無視に苛立《いら》ちを覚えていた。しかし「前句付」の流行が象徴する、俳諧の俗化の大波。これに対する嫌悪感や寂寥感が勝っていた。同時に其角のことも思い描いていたことだろう。其角が危惧した予感が的中したからだ。やはり「軽み」は身辺雑事、いや些事の、皮相な俳諧と誤解されやすかった。其角ならこの孤独を解ってくれるのではないだろうか。たとえ諫められたとしても。その其角も芭蕉没後この句に接して胸を抉《えぐ》られる思いがした。自分の所為《せい》だ。一番の高弟にして十分責任を果たせなかった。芭蕉後継の自覚も蕉門の統率力も足りない不甲斐なさ。芭蕉の孤独にも寄り添えなかったという自戒。「なんと情けない門人だ」と自問した。

「前句付」は七・七の短句に五・七・五の長句を付ける俳諧の一分野。例えば「斬りたくもあり斬りたくもなし」に「盗人《ぬすっと》を捕えてみればわが子なり」と付ける。元禄頃から庶民に大流行。川柳はこれを母胎とする。賭け事になり、絹布《けんぷ》等の奢侈《しゃし》な褒賞《ほうしょう》目当てに老若男女が群がった。元禄五年には藤堂藩で禁制のお触れが出された程だ。そして点料《てんりょう》の魅惑には勝てない。俳諧点者《てんじゃ》が挙《こぞ》って前句付の点者に走る。芭蕉や一部の門人はさすがに前句付には手を染めなかった。芭蕉が上方で『猿蓑』を完成させ、江戸に戻ったのは元禄四年初冬。前句付が流行の兆しを見せていた。その無力感の中、来客の多さに、「人来れば無用の弁あり。出ては他の家業をさまたぐるも憂し。（中略）友なきを友とし」（『閉関之説』）門を閉じたのは元禄六年秋のことだった。

芭蕉終焉の地である大坂御堂筋の旅宿、花屋仁左衛門方の離れ座敷。其角がここに駆けつけたのは、芭蕉が亡くなる前日、十月十一日のことだ。はるか江戸から其角が来れるとは誰も予想していない。あちこちから「えーっ」。皆がその驚きの顔を見合わせた。大店《おおだな》の旦那と見まがう結城《ゆうき》の出で立ち。大兵《だいひょう》肥満の其角が、辺りを睥睨《へいげい》するかのように見回す。口をへの字に、腕を組む。右往左往していた座が一挙に静まり返った。芭蕉と並ぶ蕉門の共同経営者の貫録だ。ぎりぎり臨終に間に合ったのは決して偶然ではない。師への思いの強さ・深さがそうさせたのだった。晩年の二人は疎遠では毛頭ないが、緊密からは程遠い。しかし師のどことない、その衰えに気付いていていた。其角はその動静をきめ細かく注視。芭蕉が門人同士の争いの調停に、伊賀から急遽大坂に向かったことも。時を同じくした門弟の岩翁《がんおう》・亀翁《きおう》親子を引き連れての遊山もその伏線だった。岩翁・亀翁は芭蕉の孫弟子にあたる。伊勢参宮のついでに大和巡りをし、大坂へ足を運んでいた。丁度その時だった。重篤の知らせを受け取ったのは。

去来と支考《しこう》が師の床の傍らに差し招いた。其角が分厚い膝を進める。何と小さい師の顔。

「角か。角やな」

「はい」

「来てくれたんか」

芭蕉は最後の力で声を振り絞った。江戸の其角に会えるとは夢にも思っていない。実の弟のような一番弟子が駆け付けてくれた喜び。何かほっとした安心した様子だ。芭蕉の目から一筋の涙がこぼれ落ちた。其角はその涙を自分の手の指で優しく拭《ぬぐ》った。手を握り合って最後の別れができたのは何よりうれしかった。お互い何も言うことはなかった。いや、言う必要がなかったというべきだろう。其角は芭蕉亡きあと、諸事全般を取り仕切った。門人すべてが黙ってそれに従った。才走っていたからというより気圧《けお》される風格があった。


芭蕉は生涯のパトロン杉風《さんぷう》に、今までのお礼と今後は俳諧を老いの楽しみに過ごされたいという趣旨で、最後の別れの手紙をしたためた。そして遺書が、其角・去来の両人から、実兄の松尾半左衛門あてに飛脚便で届けられた。その中に「――御年寄られ、御心静か御臨終成さるべく候」と記し、自分の臨終体験をもとに兄に気配りした芭蕉。これを伝え聞いて其角は、師の暖かい心情に改めて触れた気がした。師の最後に門人が句を寄せたが、其角が示したのは鶴の句だった。

吹井《ふきい》より鶴をまねかん初時雨　　其角

吹井は水が噴き出る井戸のこと。其角には芭蕉が讃美した「日の春をさすがに鶴の歩みかな」の句もある。鶴を介しての二人の感慨が深かったためであろう。他の門人の祈誓《きせい》の句を、其角が『芭蕉翁終焉記』に載せている。

うつくまる薬の下の寒さ哉　　丈草《じょうそう》
病中のあまりすゝるや冬こもり　　去来
引張《ひっぱっ》てふとんそ寒き笑ひ声　　惟然《いぜん》
しかられて次の間へ出る寒さ哉　　支考
おもひ寄夜伽《とぎ》もしたし冬こもり　　正秀《まさひで》
鬮《くじ》とりて菜飯たかする夜伽哉　　木節《ぼくせつ》
皆子也みのむし寒く鳴尽す　　乙州《おとくに》

芭蕉は出来がいいとは言えない句の中で、「丈草《じょうそう》出来たり」と言い丈草をほめたという。

病中吟
旅に病んで夢は枯野を駆けめぐる　　芭蕉

この句ができた時立ち会えなかった其角だが、路通が『芭蕉翁行状記』に記すまでもなく、日々作る句がすべて辞世の句だという芭蕉兄ィの考えは知っている。しかし人々には通用しない理屈だ。だから「病中吟」という前書きにも拘らず、「枯野」を幽界とみなして辞世の句にされたのはやむを得ない。其角にはむしろ、まだ煩悩を捨てきれずに彷徨《さまよ》っている所が、兄ィらしく好ましかった。未完のままが良い。何もかも悟ったように澄ました兄ィは、全く不自然だし、似合わない。

其角の『芭蕉翁終焉記』には「もとよりも心神の散乱なかりければ――」とあるから、安らかに眠るような最後だった。全国に門人数百人あるいは二千人と言われる宗匠の死である。門人それぞれの心に空いた大きな穴は埋めようもない。木曽義仲の菩提寺である近江（現大津市）の義仲寺《ぎちゅうじ》への埋葬は、芭蕉の遺言だった。幻住庵《げんじゅうあん》など晩年を過ごした地だ。それだけ心地良かったのであろう。伊賀人には残念な遺言ではある。終焉の地難波から義仲寺まで、今風に言うと約五〇キロの行程だが、淀川から伏見への通航は特別の許可がいる。特許の船を過書船《かしょぶね》と呼んだ。其角の采配だろうか。手を回して準備した二十石船が、十月十二日の夜遅く岸辺に静かに横付けされた。そして芭蕉の遺骸の入った白木の長櫃《ながびつ》が、丁重に運び込まれた。運んだのは其角を先頭に、去来・乙州・丈草・支考・惟然・正秀・木節（芭蕉の最後を看取った医師）・呑舟《どんしゅう》・次郎兵衛（すての子）という十人の面々である。無言のまま乗り込んだ船中では、皆思い思いに、念仏を唱えたり、座禅を組んだり、昔話を交わしたり、無理に動揺を押さえつけようとしている様子が重々しい。

隣に蹲《うずくま》っている去来が、其角に話しかける。

「結構冷えますね」

「師が与えてくれる修練かもしれん」

「其角さん。また戯言《ざれごと》を」

其角はここでも第一の高弟然としていた。

「それにしても、よくまあ臨終に間に合われた。奇跡としか言いようがない」

「去来さんには色々お世話をかけました。師も信頼熱い去来さんを前に、安らかな最後だったと思います。私もたまたまこちらに出向いていて師の最後を看取ることができました。住吉の神の御引き立てと思っております」

と言って其角は涙ぐんで見せたが、自分の描いた筋書きに満足げだ。間に合うべくして間に合った筋書きは素朴な去来には解らない。

「とても偶然とは思えない。其角さんの師への強い思いがそうさせたのでしょう」

去来は十歳上だし、元武士のプライドもある。だがスカウトされ師に取り次いでもらった大先輩の恩人其角だ。相応の気配りは忘れない。

「去来さん。大坂の之道《しどう》と酒堂《しゃどう》のいざこざ。あれが師の寿命を縮めたのが返す返《がえ》すも残念でね。俳諧のあり方の諍いならまだしも、縄張り争いですからな。師が余りにも気の毒。何とかならなかったのですか。私は余りにも遠すぎるが。去来さんは大坂にまあ近いし。二人をたしなめることができたでしょうに」

其角は自分の無作為を棚に上げて、去来を責める。先輩ゆえの言い回しだ。去来は「あなたこそ」とは言えない。

「非力の私には荷が重すぎます。血の気の多い二人はとても言う事を聞きますまい」

去来は生真面目だ。

「私も一門を率いているのでよくわかります。門弟同士色々ありましてね。まあ、師亡き後の蕉門、ひとつよろしくお願いしますよ」

「其角さんこそ」

俳諧の滑稽性や遊戯性もよくのみこめないほど、くそまじめの去来である。其角の重い言葉を額面通りに受け取った。

「私はみなさんのおっしゃる通りのやくざもの。師の風を大きく踏み外しましたのでな」

其角が去来に皮肉交じりに語を強めた。師が亡くなる少し前に遡《さかのぼ》るが、晩年師に近かった許六《きょりく》が芭蕉・其角二人の誹風のあまりの違いの大きさにたまらず、其角の誹風を師に詰《なじ》ったとき、去来はこれに同調していたのだった。芭蕉はその時、許六を静かに諫めたのだが。

去来はあわててしずめにかかる。

「其角さんの傑出した才能に嫉妬してのことですので。余り気になさらないでください」

「まあできるだけ仲良くやりましょうや。師を悲しませるだけですからな」

「おっしゃる通りです」

亡き師の長櫃《ながびつ》の前である。二人は大人《おとな》であろうとした。

「それはそうと、一時《いっとき》も病床を離れぬ専心の看護。篤実な去来さんらしい。実に立派だ」

「有り難いお言葉。其角さん。実は大坂の大御所鬼貫《おにつら》さんも見舞ってくれましてな。師が不浄を憚《はばか》って、私達門人が応対しましたが」

「それはそれは。時に、惟然の「引張《ひっぱっ》てふとんぞ寒き笑ひ声」の句が目を引きました」

「あーあー。惟然と正秀が、一枚の布団を引っ張り合い取りっこしたんですよ。一同大笑いし、師も微笑んでおられました」

「師も賑やかなのが嬉しかったのでしょうな。それとあの支考を叱ったのは立派でしたよ」

「いや、お恥ずかしい。野心家の支考があんな場のやりとりを作品にしようとしたので」

語気を強めた去来。あくまで実直だ。

「それを支考が「しかられて次の間へ出る寒さかな」と詠んだとは、とんだ愛敬《あいきょう》。面白い」

「師がこれを聞いて笑っておられたからまだしも。其角さん。実にあさましいやつです」

支考は蕉門十哲の一人。のち平俗な美濃派を興し、其角の洒脱な江戸座と対立する。


『蕉門頭陀《ずだ》物語』に載る豪快な其角。義仲寺での芭蕉の初七日の法事に、路通も出席した。路通は芭蕉に目を掛けられたが、茶入れ窃盗の嫌疑で一時破門された鼻つまみ者。其角は碑前の焼香は許すが、堂上《とうしょう》への列席は拒否。他の門人たちも唾《つば》を吐きかけて無視。路通は憤懣やり方なく去ったが、やがて大津の侠客を引き連れて侵入。それを阻む其角。

「其角文台《ぶんだい》を躍《おど》り超えて、十徳《じっとく》の袖高くはさみまくり、手に短剣を抜いて侠客《きょうかく》に立ちむかふ。（中略）其角声胴より発して響き乳虎《にゅうこ》のごとく、（中略）抑《そも》武城に日本橋あり、（中略）その橋を過ぐる者其角が名を知らざるはなし。（中略）汝ら去らずんば物みるべしと、勢ひ忠盛の子（平清盛）のごとし。侠客腕の太きをさすり、我誉（自慢）にののしつて去りしとぞ」。

この活劇は全くのフィクションだが、どこでも絵になるのが其角だ。
師亡きあと、其角は夢に出てはっとすることが時々ある。師の蕉風確立前の苦悶の表情だ。次の句は芭蕉の自画像ともいうべきもの。

髪はえて容顔《ようがん》青しさ月雨《つきあめ》　芭蕉

師を失った其角の嘆きをいくらか和らげてくれたものがある。元禄五年の『打《うち》よりて』歌仙だ。其角がずっと心の奥に大切にしまっている掛け合い。今まで何度となくこの思い出を取り出しては、まるで鮮やかな絵本を見るように眺めてきたもの。芭蕉が旅で江戸を離れ久方ぶりの再会だった。二人はいつも俳論を戦わせていたわけでは毛頭ない。むしろ兄弟のように遊び戯れることが多い位だった。

見ぬふりの主人に恋をしられけり　晋子《しんし》
すがた半分かくす傘《からかさ》　芭蕉

晋子は其角の別号。奉公先の商家の主人は知らないふりだが、恋愛中ということばかりか、その恋人のことも知られてしまった奉公人の娘。気まずいことに、その主人と道でばったり出くわしてしまった。思わずさしていた傘で姿を隠したが、身体の半分しか隠せない。乙女の恥じらいを美しく表現した。江戸情緒たっぷり。其角の前句にジャストミートした芭蕉。二人の笑いは中々止まらなかった。

これより五年ほど前の貞享四（一六八七）年の『江戸桜』歌仙も思い出深い。

酔《えい》ては人の肩にとりつく　其角
けふの賀のいでおもしろや祖父《じじ》が舞《まい》　芭蕉

酔って足元がふらつき、人の肩にもたれかかって取りついている酔態。大酒飲みの其角にぴったりの情景だ。芭蕉はそれを、祖父《じじ》の長命の祝賀の宴の一場面とみて付けた。高齢な上に酔いが回って足元がおぼつかないのに、祖父が人の肩に取りついて舞を舞っている。この祝賀の席に同座した人たちも、幸せの相伴《しょうばん》に与《あず》かり、満足している様子だ。

其角は今思う。どら仲間の付き合いと異なり、芭蕉兄ィとは度々ふざけあったが終生知的な優しい交流だった。そしてそれは他でもない。兄ィの人柄からきたものだった。

最後に

其角が芭蕉の法事に際し、伊賀在住の兄から聞いた思い出話は印象深いものだった。生来心の優しい子だったという。捨て猫が可哀そうだと言っては持ち帰り。じっと花を見つめていたり。お年寄りには特に優しかった。また執着心が強く、好きな書物は肌身離さず持ち、食事の時でも絶えず手元に置いていた。そして一番際立っていたのは、何でも古いものに対して「ゆかし」と感動すること。母親の語る亡き父親の思い出話や、家族・親戚の語る昔話を夢心地で、さも懐かしい人に出会ったような顔をして聞き入った。そして神社仏閣や歴史あるものに感じ入ってすぐ涙してしまう。師芭蕉はただ鋭敏に感じるだけではなく、それを激しく感じる性格だったようだ。生の悲しみを痛切に感じるからだろうか。これが西行・宗祇《そうぎ》・杜甫・李白・業平《なりひら》・能因・利休・義仲・義経等の悲劇の主人公に、いか程の感慨を抱かせたかは想像に難《かた》くない。

夏草や兵《つはもの》どもが夢の跡　　芭蕉
むざんやな甲《かぶと》の下のきりぎりす　　芭蕉

これら『奥の細道』で詠んだ句が訴えかける、栄枯盛衰、戦の愚かさや虚しさ、世の無常。これらも巧まず自然に生まれたのだろうと其角は思った。また師に捨て子の句が二つあったのを思い出した。

霜を着て風を敷寝の捨子哉　　芭蕉
猿を聞人《きくひと》捨子に秋の風いかに　　芭蕉

二句目は猿の声に断腸の思いを聞く人への呼びかけだ。風雅を催す爽やかな秋の風が、同時に弱者を苛《さいな》む無常の風でもあるという容赦ない現実、これをどうするのか。その問いは無力な自分に対する問いでもある。兄の思い出話にますます師が好きになった其角だった。

芭蕉の優しさをよく示すエピソードがある。門人から水鶏《くいな》笛を送られての礼状。それに吹き興じていると近所の子供達が集まり愉快だったが、自由に飛び回る鳥を小さい籠に入れて楽しむのは、牢番（牢屋の番人）のようで心苦しいから放してやるべきだと書いた。

三島由紀夫が小説『美しい星』の中で、滅亡した人類のための墓碑銘として、「地球なる一

惑星に住める　人間なる一種族ここに眠る」の前文の後に「彼らはよく小鳥を飼った」の一条を挙げた。その理由は「小鳥の自由を剥奪して、――自分の自由を相対的に確認するため」、「小さな悪だが、その動機の愛らしさが、悪をもやさしい美点に変えた」とした。芭蕉はそのような現代人のシニカルなものではない。ただ小鳥の気持ちになり、その不自由を悲しんだ。其角にも、負けず優しさに溢れた句がある。実は筆者も国民的な愛唱句になるようひそかに願っているのだが。

傘《からかさ》に塒《ねぐら》かさうよぬれ燕《つばめ》　其角

当時江戸でペットの一番人気は猫だった。猫好きの其角は、芭蕉と猫談義に花を咲かせたことだろう。詩的ともいえるその風体。物静かでいてすべてに注意を怠らない、あの落着きは何だろう。そして生来のんびり屋の猫である。猫の方でも俳諧をやるような落ち着いた人間を好んだだろうし、二人と猫はお互い相思相愛だったに違いない。しかし、のんびり屋だけではない。ハンターとしての集中力とアクティブさ。この落差も魅力だ。二人は完成した動物として、猫を崇《あが》める眼差しで眺めたことだろう。其角には猫の句が多い。

蝶を噛《かん》で子猫を舐《ねぶ》る心かな　其角

猫は蝶が飛ぶのを面白がって噛み殺してしまうのに、自分の子は舐めまわしてかわいがる。その愛らしい落差を詠んだ。

髭のあるめおとめづらし花心　其角

花が咲いて華やぐ気持に、猫の夫婦は雄だけではなく雌にも髭があると興じる其角。

猫の子のくんつほぐれつ胡蝶かな　其角

舞う蝶に子猫たちがじゃれあう。無垢な戯れをリズミカルに詠んだ。

京町の猫通いけり揚屋町　其角

しっとりとした調べが美しい。花魁《おいらん》も愛した猫は、遊郭に最もふさわしい動物なのだろう。

芭蕉其角共に動物好きの優しい性格。少年のようないたずら好き。そして芭蕉の俳諧はもともと枯淡のイメージとは正反対。和歌や連歌の従来の格式を超越した破天荒でやんちゃなもの。其角はこれに憧れて門人になった。本来性格は多色性を持つ。正反対とみえて二人は気が合った。文才もともに優れ、其角の遺稿集『類柑子《るいこうじ》』は名文で知られる。
芭蕉は苦労性だったから、ひたむきな情熱は内に秘めた。堅苦しいと見えて、人に会ったとたんに相好を崩す。そのおっとりした柔らかな心持と、芥まみれの世にも穢れない子供のような純真さ。道端の草にも無心の鳥にも涙を注ぐ暖かさ。知己兄弟を行き届いた思いやりで大きく包む。他人に媚《こ》びない堂々とした態度。一度決心するとそれを固く守る節操と無欲恬淡《てんたん》。それ等に多くの門弟が集まった。其角は改めて芭蕉の魅力に思いをはせた。門弟は師と同席するだけで幸せ、お釈迦様を前にしたような安堵感を覚えた。といっても神様仏様は御免こうむりたい芭蕉だったが。

師芭蕉にとって大切なことは其角にとっても同じ。一心同体。師を失った時、自分自身を失ったような虚脱感に襲われた。芭蕉病死の遠因となった大坂の門人、之道と酒堂の仲違いにも憤りを覚えたが、素堂と並び芭蕉の生涯の伴走者だった杉風と、其角の盟友嵐雪との確執は、師の訃報に接しても和解の兆しがなく、悩みの種だった。深川周辺に住む杉風や素堂や曾良ら商業主義を忌避し清貧・清閑を愛する文人グループと、其角や嵐雪ら無頼に走りがちな江戸市中の蕉門俳諧宗匠派。両者の亀裂は埋めようがない程大きかった。カリスマ亡き後のお決まりの混乱とはいえ、師亡き後の蕉門諸子の醜い争い。蛙合戦を地で行く、商人の元祖争いに似た有様。妻や女中を伴って駕籠で行脚する俳諧師もいる。俳諧師と博打《ばくち》打が同列に見られる惨状。これを打開できない自分の非力に心を痛める其角だった。

門人のほとんどが其角の洒落風《しゃれふう》を理解できず、芭蕉との親密な関係をやっかむばかり。許六《きょりく》が、芭蕉と其角二人の俳風の乖離の大きさを質したくらいだ。芭蕉の答えは「師が風、閑寂を好んで細し。晋子（其角）が風、伊達を好んで細し。この細き所、師が流なり」。自分の俳風は閑寂で其角のそれは伊達で異なるが、繊細であえか、そして優雅で深みのある感性は同じだと。其角の一番の理解者は他ならぬ芭蕉だった。この「細み」は「句の心」を表わす芭蕉俳諧の最高理念の一つ。あとは「句の色」を表わす「さび」と「句の姿」を表わす「しおり」である。其角自身も門人の批判は知っていたが、自分こそが芭蕉の若い頃からずっと辛酸を共にした唯一の門人だ、という自信がある。また何かと癖のある門人が多い中で、侠客の脅しを物ともしない豪侠でにらみをきかし、師を守ってきたという自負もあった。其角は蕉風から離れたが、決してないがしろにしたのではない。蕉風を自家薬籠中の物として、その深い懐の中で自在に使いこなしたとでも言うべきだろうか。

許六は彦根藩士。号は槍術・剣術・馬術・書道・絵画・俳諧の六芸に通じた才人として芭蕉が授けた。初め其角に学ぶ。芭蕉晩年に指導を受け、「軽み」唱導の伴侶に。蕉門十哲の論客として後継者を自任。画業に優れ芭蕉が師と仰いだ。度々芭蕉の句に画賛している。「十団子《とをだご》も小粒になりぬ秋の風」が有名。

二人は師弟関係から出発したが、其角は芭蕉を俳諧の革新という同じ志を持った兄さんと思ってきた。芭蕉も同じ思いだった。やんちゃだが憎めないかわいい鬼っ子。同志とか友という白々しいものではない。そして、独立後の其角の江戸での名声は芭蕉を凌《しの》ぐ。双方お互いの実力を認め合い、二人の関係はむしろ対等の立場、ライバルに近いものに変わっていった。芭蕉は、自分の揺るがぬ確固とした風を持ち続けた其角を尊敬し、一目も二目も置いていたのだった。

韻文《いんぶん》の俳諧から離れ、小説の一種だから散文の浮世草子に舞台を移した西鶴。芭蕉と肩を並べる評価の浮世草子だが、もともと遊戯性の強い談林俳諧を母体として生まれたもの。遊戯性は幼稚あるいは低俗と同義語ではない。むしろ人間が本源的にもつ性情、自然な感情の発露だ。尊いものである。人間は決してしかめっ面をして励むためだけに生まれてくるのではない。俳諧は滑稽という意味の普通名詞。室町時代の末期に俳諧連歌が現れるが、これは滑稽な連歌という意味だ。芭蕉も生真面目な俳諧でないといけないとは決して考えていない。実際芭蕉には遊び心が横溢したものがむしろ多い。また芭蕉は風景のスケッチによる抒情性の表現が、俳諧の本分と考えていたわけではない。俳諧はその歴史から、題材を風景だけではなく人事百般に求め、付句《つけく》などは発展して川柳《せんりゅう》になった程である。確かに滑稽性は、機知におぼれて当てこすりになる危険がある。しかしそれは風景詩が、薄っぺらな写生句に堕《だ》す危険と同じだ。何れも作者の深い観照が問われる。其角もどこかが面白くないような俳諧は、俳諧特有の存在の放棄、接《つ》ぎ木同然の棒切れに過ぎないと述べた。あの三島由紀夫も笑いが芸術の根源だと言い切ったではないか。西鶴同様滑稽を重んじた其角。芭蕉が兄弟のように、またわが子のように慈しんだその其角が、たまたま師と同じ韻文の世界で生きたばかりに、評価を貶《おとし》められている現実がある。俳聖芭蕉との比較で、余りにも二人のコントラストが鮮明なことが返って災いしたのだろう。本来其角は芭蕉とは別の個性として、芭蕉と並び、俳諧の両翼を担うべき存在だ。先に芭蕉が恐らく俳聖として神格化されたことを一番悲しんでいるであろうと述べたが、これは其角の不当な冷遇に対する悲しみを含めてのことである。芭蕉を美化し神に祭り上げることに意気込むあまり、ライバル其角を意図的に、有る事無い事を並べ立てて貶める。よくあることとはいえ、恥ずべき行為だと思う。

芭蕉逝去の前年元禄六年六月末頃、門人を連れ三囲《みめぐり》神社に詣でるため、竹屋の渡しまでやってきた其角。川面に突き出た鳥居辺りが何やら騒がしい。船を下りると、葛飾村の百姓たちが鉦《かね》や太鼓を打ち鳴らし雨乞い祈願の真っ最中。其角に早速雨乞いの献句を乞う。其角はその場で承知、即吟し神前に献じた句が。

夕立や田をみめぐりの神ならば　其角

翌日土砂降りの雨が降ったという、うそのような話。吉原への道中のハプニングだったかどうか。のち三囲が名所になるほど江戸っ子の人気者だった其角。其角の句集『五元集《ごげんしゅう》』に載るエピソードだ。

元禄九年頃其角は結婚した。遅かったのは遅い独立同様、師への気兼ねからだろうか。

親しかった初代市川團十郎が舞台で斬殺《ざんさつ》された時、其角が門人の二代目に追悼句を送った話も有名だが、それより其角といえば元禄十五年の忠臣蔵。其角が登場する当たり歌舞伎がある。『松浦の太鼓』だ。明治十五年大阪角座《かどざ》で初演された。

まず両国橋の場。雪の降る師走の江戸。其角が両国橋で、大歳《おおどし》用の煤竹《すすたけ》売りに扮した赤穂浪士、大高源吾《おおたかげんご》と偶然出会う。門人で俳号「子葉《しよう》」の源吾が、日頃の無沙汰を詫びる。武士を捨てて落ちぶれた様子。其角は励まそうと、松浦侯拝領の羽織を着せ掛け、人の浮き沈みは世の常だと詠んだ。

年の瀬や水の流れも人の身も　　其角

源吾は次の付句を返し立ち去る。

明日またる丶その宝船　　源吾

其角は源吾の付句の意味を測りかねた。

次が松浦邸の場。肥前平戸藩の大名、藩主松浦侯は其角の門人。この日も藩邸に其角を招き句会を催した。藩邸には其角の口利《き》きで、源吾の妹・お縫《ぬい》が奉公に上がっている。其角が昨日源吾に出会い、源吾が煤竹売りをしていること、そして拝領の羽織を与えたことを話すと、松浦侯がとたんに機嫌を損ねた。

松浦侯はかねてより大石内蔵助《おおいしくらのすけ》が一向に吉良邸に討ち入らないことに苛立っていた。兵学者山鹿素行《やまがそこう》の許で同門だった二人。そこに源吾の煤竹売りの話である。「そんな腰抜けに羽織をくれてやるとはけしからん出て行け。その妹の奉公人など屋敷には要らぬ」と松浦侯。其角はお縫を伴ってすごすご引き下がるが、帰り際に源吾が詠んだ付句を口ずさむ。それを聞き真意をつかんだ侯。二人を引き留める。丁度その時だ。「どん、どんどんどん」という山鹿流の陣太鼓。隣の吉良邸に響く。侯が耳を澄まし、膝を立て、指を折って太鼓の音を数え始めた。歓喜に満ちた表情。「この山鹿流を心得ているのは、上杉の千坂兵部《ちさかひょうぶ》と赤穂の大石とこの松浦じゃ」。源吾の付句の宝船とは、吉良邸討ち入りのことだった。付句の謎が解け興奮する侯が、其角とお縫に侘びる。

そして最後は松浦邸玄関先の場。「助太刀じゃ」と松浦侯は馬に跨《また》がり、六尺棒を抱えた其角を伴って、玄関先から飛び出す勢い。御短慮遊ばすなと押し止める家臣たち。その押し問答の中に、槍を抱えて飛び込んできたのは大高源吾だった。昨日とは大違いの凛々しい討ち入り装束。源吾は付句に託した本心を察してくれたことを喜び、上野介《こうずけのすけ》の首級《しゅきゅう》をあげ本懐《ほんかい》を遂げたことを告げる。松浦侯は「忠義に厚き者どもよ。浅野殿は良い御家来を持たれた者よのう」と感涙にむせぶ。其角が「子葉殿何か辞世の句を」と望むと、源吾は槍の先に付けていた次の短冊を差し出す。

山を抜く力も折れて松の雪　子葉

以上で幕だが、この芝居の松浦侯のモデルは、其角の門人で吉良邸の隣の住人。討ち入りを陰ながら助けた旗本寄合《はたもとよりあい》三千石の土屋主税《ちから》だという。実際討ち入り前夜、其角は嵐雪や杉風らと土屋邸の句会に列席していた。そして当たり歌舞伎はともかく、大高源吾ほか何人かは其角の句集『集尾琴《しゅうびきん》』にも載る門人。哀悼の気持ちが格別強かったことは確かだ。

赤穂浪士が全員切腹と決まった日。その日に其角が詠んだ有名な句がある。

うぐいすにこの芥子《からし》酢はなみだかな　　其角

西山宗因《にしやまそういん》の「からし酢にふるは泪か桜鯛」を踏まえる。また大高源吾の句、「初鰹江戸のからしは四季の汁」を偲んでもいる。その浪士の処罰を巡り、義士切腹論を主張し有名になった儒学者といえば、柳沢吉保《やなぎさわよしやす》に仕えた荻生惣右衛門《おぎゅうそうえもん》こと荻生徂徠《そらい》。徂徠と其角は、日本橋茅場町で家が隣り合わせだった。

梅が香や隣は荻生惣右衛門　　其角

夏目漱石も次の句を詠んでいる。

徂徠其角並んで住めり梅の花　　漱石

其角の交友は多彩だった。まず芭蕉や蕉門だけでなく、西鶴など他門の俳諧師にも及ぶ。これは他門に排他的だった芭蕉と対照的だ。次に弟子だが、松山藩主安藤冠里公《かんりこう》といった大名はじめ旗本から赤穂浪士などの武士、そして紀伊国屋文左衛門などの商人、自分の使用人や乞食に至るまで、とにかく幅広い。それだけスケールの大きな人物だった。そして当時の俳諧師は文人意識が強く、基礎的教養として書画に重きを置いた。例えば画で許六はプロだが、芭蕉・其角・杉風・西鶴もみなセミプロである。だから友人に歌舞伎役者や画家・書家など芸術関係が多いのは当然だが、その中に決して外せない、一番の親友がいた。其角の画の師で、また芭蕉其角と連句仲間でもあった画家、英一蝶《はなぶさいっちょう》（多賀朝湖《ちょうこ》、俳号暁雲《ぎょううん》）である。先に述べた其角と赤穂浪士大高源吾（俳号子葉）との両国橋での出会いの場面。これを画材にした『其角・子葉邂逅図』を、二人の発句と共に描いた画家だ。波乱の特異な人生だった。伊勢亀山藩の侍医だった父の江戸詰に伴い転居。絵描きの才能を認められ、藩主の命令で幕府奥絵師の狩野安信《かのうやすのぶ》（狩野探幽《たんゆう》の弟）に入門したのが十五歳。其角と同じく早熟の天才だ。奥絵師は将軍にお目見えできる最高の家格をいう。

　大名の推挙で入門した一蝶は、下働きを伴う徒弟修業とは無縁だった。更に大名の侍医兼剣術の指南役だった父。その父の薫陶を受けた立居振舞が、一見傲岸《ごうがん》に映ったか。朋輩の怨みを買った。人は自分が意識せず怨みを買うこともある。結局エリートコースを自ら降り、二年で破門に。しかし朋輩との居心地の悪さからではない。戯画を蔑む狩野派に憤慨、その反発からだ。世上の権威を歯牙にもかけない一蝶の潔さ。自分の才能への自負と気概。気概は芭蕉や其角が俳諧の革新を目指した気概と同じもの。幇間《ほうかん》（太鼓持ち）ゆえに興味を持った浮世絵の世界で名を成し、「浮世又兵衛」と呼ばれた岩佐又兵衛や浮世絵版画の創始者菱川師宣《ひしかわもろのぶ》を超えてやるという高い志があった。障子に映る影や水面に映る影は、一蝶が編み出した手法だ。風俗画に新風を吹き込む町絵師として売れっ子になった。かつて其角亭で嵐雪と三人雑魚寝《ざこね》をしたどら仲間の小川破笠《はりつ》（伊勢国出身の画家・工芸家、芭蕉に師事、有名な芭蕉像を残す）や、能楽師福王盛勝《ふくおうもりかつ》などの芸術家を初め、町人から大名・旗本・豪商まで交流は幅広い。遊蕩は無常の裏返しだから切ない営みでもあるのだが、吉原好みも其角と同じ。そして初物好きは、旬の前の不完全な物を賞玩する江戸っ子の美学。遊女でも見習い明けの新造《しんぞう》が人気だったのだろうか。さらに二人とも父親が御典医で関西出身というのも、親交を深めた一因かもしれない。

幇間的な立場で大名・旗本の家に出入りし、当主を誘って遊郭へ繰り出す。その一蝶の話術・芸風は、大名すらついつい財布を緩め、ぱっと散財してしまうほど愉快で見事なもの。芸能プロのディレクターであり、優れた文化人・タレントだった。将軍綱吉の生母桂昌院《けいしょういん》の甥に、遊女を大金で身請《う》けさせたことも。四十代初めには、のち三人揃って島流しになる運命の仏師民部《みんぶ》と医者の息子村田半兵衛と並び、名代《なだい》の幇間だった。しかしただの遊び人ではない。その遊びは命がけだった。

悪所にどっぷりつかって、しっかと見届けた社会の不条理。吉原で上客を送り出す手代の揉《も》み手もリアルに描いた。世直し願望があったと強弁するつもりはないが、濁世・悪所であっても、いや、だからこそ凝視する。社会を鋭く穿つ視点は其角のそれだ。一蝶の都市風俗画は、古典の軽妙洒脱なパロディや俳諧趣味を加味したもの。芭蕉が其角の句風を形容した「伊達を好でほそし」がそのまま当てはまる。伊達ながら深い内容を持つものだ。

二十代三十代の一蝶は、風俗画の革新を目指す一方、俳諧でも鋭敏な視覚に冴えを見せ、蕉門で客分的地位にあった。其角の撰集『虚栗』に俳号暁雲で三句入っている。一蝶が三十二歳の時だ。

袖つばめ舞たり蓮の小盞　暁雲
うすもの丶羽織網うつほたる哉　暁雲
あさがほに傘干ていく程ぞ　暁雲

一句目だが。つばめが舞う図が袖に描かれた衣装をまとう遊女。その遊女が注ぐ盃の底には紅白の蓮の花模様が浮かんでいる。画家らしい艶やかな、色彩感にあふれた句だ。

英一蝶が元禄十一年、派手な遊びが祟り三宅島へ遠島になった。元禄六年の二ヶ月入牢に続く流罪。当時幕府は元禄文化の華美や風紀の乱れの是正、特に武士や大名の綱紀粛正に躍起だった。元禄六年には大名旗本の吉原遊郭への出入りを禁じている。火あぶりや斬首と違い死一等を減じられた自由刑とはいえ、二度と帰れぬ島送り。悲惨なものだ。罪状は時の権力にもねり出世した側用人柳沢吉保の妻と五代将軍綱吉との情事を諷刺した画『朝妻船』を描いた罪、町人の分際で釣りをした生類憐みの令違反、「馬がもの言う」という為政者諷刺の戯歌を広めた罪、殿様を唆《そそのか》し散財させた罪、幕府から邪教とされた法華宗（日蓮宗）不受布不施派（他宗から施しを受けず他宗に施しもしない、また釈尊のもと士農工商別なく平等という考え）だった等諸説ある。

一蝶の罪状である「馬がもの言う」とは何か。当時江戸では「ソロリコロリ」と呼ばれた疫病（コレラのことか?）が流行した。南天の実と梅干を煎じて飲めば治るとの託宣。この託宣を馬がしたという噂や戯歌が、庶民の間に広まった。本来命あるものを慈しむ『生類憐みの令』。これを捻じ曲げた幕府。綱吉が将軍になる前に名乗った館林右馬頭《たてばやしうまのかみ》の揶揄とみた。とんだ言掛りだ。流言の出所を江戸市中虱《しらみ》潰しに探し、浪人を斬罪に処した。

流人船《るにんせん》出発の日に、幕府の温情があった。最後の対面を、「お目こぼし」と称して黙認したのである。二人の深い友情を示す話が残る。いざ出帆。動き出した流人船に小舟が近づく。其角が永代橋の下に漕ぎ寄せたのだ。一蝶との涙ながらの暇乞い。其角が二人してこの橋を渡った時の思い出を語る。それは、桶の箍《たが》かけ職人と臼の目切職人とが、仲良く通り過ぎた時の掛け合いだ（傍点筆者）。

たがかけの誰がたがかけてかへるらん　暁雲（一蝶）
世をうすの目とおもひきる間に　其角

桶を作るとき板材を組み合わせ、外側から締める竹製の輪が箍。盤石を誇った蕉門も今や箍が緩みばらばらだ、と詠んだ一蝶。薄幸だったがこれもまた運命だ、と其角が返した。臼の目切とは、臼の摩耗した溝目を直すこと。

もう二度と会えまい、またいつの世か会おう、せめて無事を知らせてほしいと言う其角。一蝶が答える。三宅島はクサヤ（むろ鯵の開きの干物）の名産地で、流人はクサヤを作らされる、島の椎の葉を干物のエラに挟むから、江戸でこれを見つけたら元気だと思ってほしいと。それ以来其角は島からの干魚を探すが、三年間確認できない。亡くなったかと嘆いたが、遊里で干魚売りの声を聞いた時、慌てて外に出確認すると、なんとむろ鯵のエラに椎の葉がある。喜んで残りの魚も買い、すぐに自宅に一蝶の親友を集め、卓に干魚をうず高く盛って茶の湯を催した。その時の発句が。

島むろに茶をまふす日のしくれかな　　其角

配流中にも一蝶の江戸での人気は絶大で、商人は競って画材を島へ送った。其角も送った。一蝶は江戸に残した母の家計のためにも描き続けた。親切な島民に書いた七福神の縁起絵や神仏画が残る。配流中の作品は『島一蝶』と呼ばれ、江戸風俗を偲んで画いた『四季日待《ひまち》図巻』と『吉原風俗図巻』は国の重要文化財である。一蝶は江戸の方角に机を向け創作、そこから「北窓翁《ほくそうおう》」の雅号が生まれた。配流中の随筆『朝清水記《あさしみずのき》』は、芭蕉が『幻住庵《げんじゅうあん》の記』に書いた、人の生涯は仮の世の幻の栖《すみか》に過ぎないという考えに通底する。島流し時代に一蝶が其角に送った句が、

初鰹芥子がなくて涙かな　　暁雲（一蝶）

其角の返句が

その芥子効いて涙の鰹かな　　其角

人情がまだ健やかで、心と心がしみじみと通い合う豊かな時代だった。そして俳諧という
ジャンルもそれだけ幸せな時代だった。
一蝶が其角と深川の芭蕉を訪問したのが、一蝶三十六歳、其角二十七歳の頃。その貞享四年
に芭蕉が次の句で門人らに呼びかけた。

蓑虫の音を聞によくさのいほ　芭蕉

親友素堂が『蓑虫説《みのむしのせつ》』を書きこれに応じた。芭蕉を蓑虫に例え荘子に擬り諫めた名文。一蝶
も『蓑虫図』を描き共鳴。一蝶の蓑虫図への芭蕉の画賛が残る。蓑虫の句と共に「まことに丹
青淡くして情こまやか也。こころをとどむれば虫うごくがごとき」という言葉で称賛した。同
じく一蝶のむくげの枝を掲げ持った童子の絵に、次の句の画賛が現存する。

花むくげはだか童《わらは》のかざし哉　芭蕉

芭蕉との親密ぶりがうかがえる。かざしは髪に挿した花枝の飾りのこと。
ちなみに与謝蕪村も英一蝶の風俗画『踊り男女若者図』の賛として次の句を残している。

四五人に月落ちかゝるをどり哉　蕪村

夜が更けて月が西に傾いた頃、盆踊りの人々もわずかに四五人を数えるほど。月が踊り手の上に落ちるという表現が巧みだ。

一蝶は将軍綱吉死去後の大赦《たいしゃ》で、十二年ぶりに江戸へ戻る。大赦は綱吉時代の『生類憐みの令』絡みの罪人が対象。「馬がもの言う」の流言を広めたという表向きの罪状が幸いした。強運である。数え歳五十八だから老境という歳だ。英一蝶と名乗る。「英」は母方の姓花房から、一蝶は荘子の「胡蝶の夢」からとった。美しい名だ。赦免船の中で考え付いたという。しかし、俳諧の師芭蕉はとうになく、永代橋の下で再会を約束した螺舎《らしゃ》（其角の別号）も大赦に先立つ二年前に姿を消している。「芭蕉もやぶれ螺舎もくだけたるに、我のみ残る深川の」と浮世を恨んだ。芭蕉其角の両雄なき江戸俳諧は、天和の熱い息吹も遠い昔。牙を抜かれ、洒落風の名の下に言語遊戯に成り下がっていた。その空虚感の中でも、一蝶は深川に住み町絵師らしい市井風俗の大作を精力的に手掛けた。配流中成した子を赦免後江戸に連れ帰り画を学ばせ、長男は英一蝶二代、次男は英一蜩と名乗った。

浮世絵大家菱川師宣の向こうを張った『業平涅槃図《なりひらねはんず》』は、色男在原業平の死を釈尊の涅槃に見立て、嘆き悲しむ老若の女性や鳥獣が取り囲む。浮世絵に諧謔という俳諧味を加えた一蝶らしい作品。老若の女性のほとんどが当世美人だ。一蝶が好んで描いた『雨宿図屏風』は、突然の俄雨《にわかあめ》に、物売りや獅子舞、巡礼、武士、旅姿の僧、子供など様々な階層の人々が、身分の差なく雨宿りに武家屋敷の軒下に集まる図。天の配剤を愛でる芭蕉とは別次元の、意図した造形の美だ。これは他でもない、其角の目指したもの。階級・年齢・職業の性格を表情や姿態で描き分けた風刺の目。芥子が効いている。『木立に桜図』はいかにも芭蕉が佇んでいそうだ。俗にあって卑俗に堕すことなく、雅《が》を目指しても高ぶらない、芭蕉俳諧の精神がある。晩年の一蝶は手が震え、月を描く時は「ぶんまわし（コンパス）」を使ったが、それも意のままにならず。

おのづからいざよふ月のぶんまわし　暁雲

芭蕉亡き後の其角は、支考が『東西夜話』で唐人の寝言とか判じ物と評した程、難解句が増えてゆく。しかし世相を活写したが故の難解さと言う面もある。幾つか挙げてみたい。

香薷散《こうじゅさん》犬がねぶって雲の峰　其角

前漢の准南《わいなん》王劉安が仙薬を飲み登仙《とうせん》（不老不死の仙人となり天に昇ること）したが、その余りを舐めた鶏と犬が同時に仙となって雲上に吠えた故事を踏まえる。香薷散は薙刀香薷《なぎなたこうじゅ》の茎葉《けいよう》を粉末にした暑気払いの生薬。これを人ならぬ犬が舐めて雲上に吠えると詠み、『生類憐みの令』による犬の横行を揶揄した。島流しを恐れない大胆な言い回しだ。「鶏犬昇天《けいけんしょうてん》」とは、一族のうち一人でも出世すれば能力もない親戚や側近まで地位が上がること。

日本の風呂吹といへ比叡山　其角

「風呂吹《ふろふき》」が解ればそう難解ではない。風呂吹大根ではなく、湯女《ゆな》が客の背中に息を吹きかけながら手で垢を掻《か》くことをいう。天台宗延暦寺のある比叡山は日本の煩悩の垢落しの場所だと詠んだ。世の中をスパッと大上段に切る、その切れ味は芭蕉にはないものだ。

景政《かげまさ》が片目を拾ふ田螺《たにし》かな　其角

これも「景政」を知ればむしろ解りやすいくらいだ。鎌倉権五郎景政は平安後期の武将。十六歳で後三年の役に従い、目に矢を受けながら、その敵を射殺し奮戦。その矢を味方の武士が顔を踏んで抜こうとしたのを無礼と陳謝させ、跪《ひざまず》いて抜かせた逸話が有名。田螺は田圃に住む淡水産巻貝（終戦後はタンパク源だった）。暗褐色の殻に入った身が目玉に似ているため、自分の失くした片目だと思って拾ったという諧謔。常人には思いつかない奇想天外な句。

「香薷散」は当時の暑気払い用漢方常備薬であり、「風呂を吹く」と言えば垢落しのことが常識だろうし、また「鎌倉景政」の話も当時の普通の教養だからこそ発句にしたのだろう。これを何百年後に難解句と難癖をつけられてはたまらない。今の俳人も流行語を使っての句作など、到底出来ないことになる。

旅に病んで夢は枯野を駆けめぐる　芭蕉

日々作る句がすべて辞世の句だ、という芭蕉兄ィの理屈は一般には通用しない。だからこの句が辞世の句にされたのはやむを得ない。

むしろまだ煩悩を捨てきれずにさ迷っているところが、其角には兄ィらしく好ましかった。未完のままが良い。悟り顔に澄ました兄ィは、全く不自然だし似合わないからだ。

十五から酒をのみ出てけふの月　其角

十五歳は今なら中学生。酒にも早熟だった。

酒の瀑《たき》布冷麦の九天より落《おち》るならむ　其角

李白が漢詩に詠んだ、天より落ちる銀河と、轟々と落ちる瀑布《ばくふ》。その漢詩のパロディ句だ。芭蕉の度々の忠告にも拘らず、其角は心身に与える害を知りながら飲酒を続けた。芭蕉の危惧した通り、晩年は酒に溺れ、暴れ回ったり裸で駈けだしたり。仕舞《しまい》には連句の席で座を白けさせる暴言を吐き、離れる門人も増えた。暴飲がたたり、五十歳を待たず四十七歳の生涯を閉じる。冥土で芭蕉に、「だからいわんこっちゃない」といわれたはずである。

酒を妻妻を妾の花見かな　　其角

花見をしても妻はまるで妾。酒が本妻だった。

晩年は不幸も続いた。無二の親友だった英一蝶の島送りのわずか八日後に其角の家が全焼。貞享元年の上京時から日々克明につけた俳諧の日誌を失う。この痛手で病がちのところへ、追打ちをかけるように、末娘三輪が六歳で早逝した。その時末娘に手向けた句が。

霜の鶴土にふとんも被されず　　其角

其角は三輪が二歳の時の次の句を思い浮かべ、また同時に「お父様唯今《ただいま》」という声とともに柔らかい小さな手が首へ抱きついたことも思い出したことだろう。

百舌《もず》鳴や赤子の頬を吸ときに　　其角

その悲しみの内に三ヶ月後其角も没した。長年の放蕩に愛想をつかした妻子が去り、寂しい最期だったという。其角の法名は「喜覚」だった。辞世の句は。

鶯の暁寒しきりぎりす　其角

其角の晩年は、易の八卦の文字で句作する等、洒落もここまで来れば孤高だ。其角は芭蕉のような高踏の道を歩まなかった。節度正しさや精神の謙譲もない。しかし芭蕉の枯淡閑寂という、中世返りのひえさびた隠遁趣味は、市井の人の実生活からかけ離れたもの。其角はそれを潔しとしなかった。其角のわびしくてもじめじめしない、情緒に溺れない近代詩のような硬質さ。それでいて無味乾燥ならぬ、有味乾燥とでも言おうか。江戸っ子らしいさらさらしたわだかまりのなさ。そよ風のような自然さ。過度に真剣にならない軽やかさ。其角の手柄は、万葉集を初め古代にあった、外に開かれた自由で明るい文化が、後世に再び花開く豊かな肥やしになったことだ。

其角の孫弟子が江戸俳諧中興の祖、与謝蕪村。其角譲りの若々しく明るい俳諧だった。

ゆく春や同車の君のささめごと　蕪村

蚊をやくや褒姒が閨の私語　其角

易水の辺《ほとり》での壮行の宴。秦の始皇帝暗殺に赴く荊軻《けいか》が「風蕭蕭《しょうしょう》として易水寒し」と詠った。

易水《えきすい》にねぶか流るる寒さかな　　蕪村

流れる根深《ねぶか》に「易水」を配した作意。これは、「葱《ねぶか》白く洗ひたてたるさむさ哉」と有り体《あてい》に詠んだ芭蕉にはない、其角の遺伝子だ。

あまかへる芭蕉にのりてそよぎけり　　其角

心地よい風にそよそよと音をたてる芭蕉。その葉に乗って雨蛙も気持よさそうだ。雨蛙は其角である。一番弟子の自信と師に精一杯寄り添えた満足。芭蕉七回忌追善集『三上吟《さんじょうぎん》』を上梓、芭蕉亡き後も生涯伴侶であり続けた。

みゝつくの独笑《ひとり》ひや秋の暮　　其角

独り笑うみみずくも、其角自身であろうか。

さびしさは独我住《ひとりわがすむ》ほいろ哉　　其角

独り焙炉《ほいろ》でお茶を飲む。その度に思い出すのは、大仰にお茶を振る舞ってくれた芭蕉兄ィのことだ。晩年の寂しさには、自分流を貫いたがゆえに、自分の俳諧が芭蕉兄ィの閑寂から遥か遠くに離れてしまったこと。それへの悔いも少しは交じっていたのかもしれない。

（完）

〈参考文献〉

菊山當年男「はせを」寶雲舎

同「芭蕉雑纂」甲文社

内田魯庵「芭蕉庵桃青傳」立命館

松尾芭蕉「芭蕉全句集」角川ソフィア文庫

山本健吉「芭蕉」（上・下巻）新潮文庫

同「俳句の世界」講談社文芸文庫

穎原退蔵「芭蕉読本」角川文庫

嵐山光三郎「悪党芭蕉」新潮文庫

柴田宵曲「蕉門の人々」三省堂

尾形仂「芭蕉ハンドブック」同

半藤一利「其角俳句と江戸の春」平凡社

寒川鼠骨・林若樹編「其角研究」アルス

飯島耕一・加藤郁乎「江戸俳諧にしひがし」みすず書房

今泉準一「其角と芭蕉と」春秋社
大橋又太郎「花鳥集」博文館
田中善信「元禄の奇才　宝井其角」新典社
加藤郁乎「俳諧志」潮出版社
飯島耕一「『虚栗』の時代」みすず書房

（この作品は、平成二十八年五月から十一月にわたって『伊勢新聞』にて百二十回連載されたものです）

神童と楽聖

不思議な出会い

第一場　鼻たれ小僧ベートーヴェン

もう二百年以上前のことだが、生前一度だけ顔を合わせたことがあった二人。だが、ベートーヴェンがまだ駆け出しの頃で、片やモーツァルトは大家。じっくり話したことはなかった。この二十一世紀にまた二人が会えるという奇跡。これは、会いたいという二人の気持ちがあまりにも強かったための、天からの贈り物としか考えようがない。教会の権威には否定的だが敬虔《けいけん》なキリスト教徒であった一人は、この出会いが許された奇跡を神に感謝した。そしてあとの一人は、「キリストなどただの磔《はりつけ》にされたユダヤ人に過ぎない」と言っていたとおり、神ではなく人智及ばぬ造物主に感謝したのだった。

地中海沿岸で温暖だといっても、三月はまだまだ寒い。それでも太陽の多彩な光が目まぐるしく跳躍している明るい町だ。モーツァルトは尊敬する友人をここに迎えた。大聖堂の前にある、こじんまりした瀟洒《しょうしゃ》なホテル。そこのカフェレストランを選んだ。またとない機会であり、ざっくばらんに話したかったからだ。

モーツァルトは、約束の時間にドアを開けて入った。がっしりとした体躯のベートーヴェンが窓際に座っている。黒ずくめだったから、すぐにわかった。浮浪者と見まがうばかりの、ぼろぼろのフロックコート。靴もくたびれたまま。服装に無頓着と聞いてはいたが、想像以上だ。実際経済状態が悪化した五十歳を過ぎた頃、浮浪者と間違えられ拘留されたことがあるらしいから、まあそんなものだろう。眼はきらきらと輝き、斜め上方を鋭く見つめていたが、強い意志を示すその鋭さの中にもやさしさがあった。口はへの字に固く結ばれ、知的な印象だ。モーツァルトはベートーヴェンに歩み寄り、声をかけた。だがわからない。肩に手を置いて、やっと気がついた。少し驚いた様子だったが、笑顔を見せた。顔を合わすが早いか、二人は辺りかまわず泣き出さんばかりに強く抱き合った。かなり長い間、お互い力を緩めずに抱き合っていたのだろう。周りの客は呆気にとられていた。どちらからともなく着席をすすめた。

そのカフェレストランは、キッチンの前にカウンターテーブルがあるほか、グランドピアノを囲むように、丸テーブルがいくつか余裕をもって置かれている。ピアノは夜の営業時間に使われるようだ。高い天井には、大きなファンがいくつか、ゆっくり回っている。そして壁には、南国にふさわしい大きな絵がかかっていた。新印象主義の画家、スーラの点描画、「グランド・ジャット島の日曜日の午後」の複製である。パラソルが活躍する、よく晴れたパリ郊外の行楽地のスケッチ。セーヌ川にヨットを浮かべ、水辺に沢山の家族がくつろぐ。点描の軽快なリズムが今日の二人の出会いを祝福するかのように華やぐ一方、永久に時の流れが停止したかのような静けさがある不思議な絵だ。スーラの作業は、修道僧のように静かだったという。三十一歳で早世した。

小柄なモーツァルト。ベートーヴェンはその顔よりも、まず衣装に目が留まった。見るからに値が張りそうだ。そしてその半ズボン姿を見て改めて思った。やっぱり彼は宮廷の使用人だったのだ。自分はもちろんサン・キュロット、長ズボンだ。サン・キュロットとは、キュロットすなわち半ズボンを着用しないという意味。フランス革命時の革命派の都市の民衆を指す。貴族やブルジョアの着用するキュロットを持たず、仕事着のパンタロンをはいたので、こう呼ばれた。

モーツァルトは鼻が際立って高い。目も大きい。しかも驚くべき目力《めぢから》だ。お気に入りの赤いベストを着けてきたが、いくら派手好きとはいえ、さすがに場所柄少し気恥ずかしかった。しかし、上品で似合っているという自負があり、気分はよかった。

モーツァルトは、一七五六年ザルツブルグに生まれ、一七九一年ウィーンに没した。享年三十五歳。一方ベートーヴェンは、一七七〇年ボンに生まれ、一八二七年ウィーンに没した。享年五十六歳。

「ベートーヴェンは耳が聴こえないから、会っても話ができないのに、どうするつもりかって？　知っているよ。作家が気づくぐらいの注意力はあるさ。ちゃんと持ってきたよ。ほら、最新のデジタル補聴器」

モーツァルトはむっとして、こう言った。早速メモに書く。筆談だ。「これは補聴器というものだ。このイヤホーンをつけてくれたまえ、高性能だから」と身振りを交え、簡潔にベートーヴェンに伝えた。ベートーヴェンはかつて、あのメトロノームで有名なメルツェルに補聴器を作ってもらっていた。難聴が進んでからは、これでは間に合わず、筆談帳のお世話になったのだった。自分が使っていたラッパ型と比べてあまりに小さい。訝しそうにジロジロ眺めていたが、勧められるままに装着した。なんと、音が聞こえるではないか。懐かしい音の世界だった。夢のようだ。

「あーっ。聞こえる。音だ」

感動のあまり顔は上気し、への字だった口をあんぐりと開けたまま。肖像画の表情と全く違う、くだけた庶民的なベートーヴェンがいた。

「聞こえるんだね。良かった。そう大きくは聞こえないって？　贅沢を言うもんじゃない。少しだけ聞こえるのがちょうどいいんだ。アハハハハ。世の中が騒々しくなっていてね。さっき通りを歩いたんだが、雲一つない青空の下に、何かわけのわからないものが一杯走っていてね。

何か自動車とかいうものらしい。とにかくやかましい。芸術を創造する気持ちが萎えてしまう。それどころか、そういう意欲なんか全く湧かない。僕たちはこんな時代に生まれなくてよかった、とつくづく思う。感受性という言葉も死語になってしまうくらいだ。喧騒や混沌を、充実と勘違いしているんじゃないだろうか」

モーツァルトは補聴器のあまりの効き目に、ベートーヴェンが当時政権からブラックリストに入れられ監視されており、そのカムフラージュのため難聴を大袈裟にしていたのではないかと疑った。また彼が難聴ゆえに、逆に作曲に集中できた面もあるのかなとも思った。彼が特に晩年、子どものように無邪気に音楽に打ち興じたのを知っているからだ。顔の曇りが晴れて、何かさっぱりしたような印象。やはり耳が聴こえないストレスは、想像以上のものだったのだろう。生前不機嫌だったのも頷けるというものだ。自分は三十五歳で早死にしたため、五十六歳まで生きたベートーヴェンの方が、はるかに老けていた。それでも、洟垂《はな》れ小僧の印象しか残っていない。いくら『楽聖』と言われるようになったといっても、小僧は小僧だ。

「ところでご無沙汰。君が駆け出しの時、ウィーンで会ったきりだったから。ぞんざいな応対しかできなくて悪かったね。気にはなっていたんだよ。僕がもうちょっと長生きして君とお付き合いできていたら、と思うと残念でね」

「お久しぶりです。大先輩どころか先生、いやはるか天上のお人でした。あれは、当時私の庇護者だったボンのケルン選帝侯から、モーツァルトさんの下で研鑽せよとの要請があって、あこがれのウィーンに行った時でした。まだ十六歳。母の重病で、わずか二週間の滞在になってしまいましたが。皇帝ヨーゼフ二世に謁見後、夢にまで見たあなたを訪ねて、そこで即興演奏までさせていただきました。その時お褒《ほ》めの言葉をいただき、随分自信になりました。感謝しています」

モーツァルトはその時、「この少年はいずれ世を騒がせるようになるだろう」と言ったと伝えられている。ベートーヴェンはモーツァルトの才能に驚嘆し、生涯掛け値なしに師の師だと尊敬していたのだった。師の師の前で緊張し、コチコチに固まっていた。その異常な緊張がどこからきていたのか、いずれ明らかになるのだが。

「君、顔に似合わず口がうまいじゃないか。一見くそまじめに見えるが。あまり人を見かけで判断しちゃいけないね。アハハ。まあ、肩の力を抜いてくれたまえ。普通の友人として話がしたいんだ。対等でね。君らしく」

モーツァルトがかけてくれた、緊張をやさしくほぐしてくれるような、心のこもった言葉がうれしかった。

「わかりました。ありがとうございます。ではお言葉に甘えて」

第二場　ゲーテを叱ったベートーヴェン

フロアー全体に焙煎の豊かな香りが立ち込め、コーヒー好きのベートーヴェンは特に心地よい。従業員の教育が行き届いているのだろう。テーブルでのお客様同士のあいさつが一段落したのを見て取って、ウェイトレスがやってきた。コケットと清楚が一緒になったような魅力的な女性だ。ワインカラーの制服はオートクチュールのようにぴったり身に添い、白いブラウスは黒髪と鮮やかなコントラストを示す。スペインは約四世紀にわたってアラブの支配下にあった。そのため、きりっとした黒眼で黒髪、東洋風の小柄な女性が結構多い。彼女もそうだ。彼女は二人の服装が古めかしく変だし、また派手と地味の随分珍しい取り合わせだったので、笑いを抑えるのに苦労した。二人にも、彼女ができるだけ自然なように笑いをかみ殺しているのがよくわかった。その仕草が妙にかわいかった。

「ところでベートーヴェン君。君にわざわざこのスペインのバルセロナに来てもらったんだが。何故だと思う？」

「――――」

「それはまず僕自身が、この南国の地中海の、明るい芸術の町が好きだからさ。そして君が晩年に、イタリア旅行を夢見ていたことも知っている。それと、あの有名なスペイン内戦で戦った、人民軍の拠点があった町なんだ。このホテルも人民軍の司令部が置かれていたそうだよ。スペインの自由を守るために、世界各国から義勇軍が集まった。アメリカからヘミングウェイとかね。人々がものすごく純粋で熱かった。あの人類愛の結晶、『合唱』を作曲した君にふさわしい町だと思うけど、どうだい。君に感激してもらえると思ってね」

一九三六年から三十九年にわたるスペイン内戦。ピカソがその悲惨さを描いた『ゲルニカ』の絵で有名だ。そのピカソも十四歳から十年間この町に住んでいた。人民戦線側はフランコ独裁政権側に敗北を喫したが、この民主主義を守るための戦いは深く歴史に刻まれている。人民戦線側には、スペインの自由・民主主義を守るため、市民レベルの国際義勇軍がボランティアで集まった。国家の利害やイデオロギーとは無縁の、動機と言えば人間の良心だけ。自分の祖国でもないスペインの、民主主義を守るために命を懸けたのだった。ベートーヴェンが熱くなったのもうなずける。眼が輝いた。らんらんと。

「久しぶりに血が騒ぐよ。その義勇軍の話を聞くと。人間ってまだまだ捨てたものじゃない」

「その興奮の仕方は。もう君には義勇軍のマーチが聴こえて、帽子を振っているかのようだ」

「わかりますか。それはともかく、ここはいかにもフランス風でエレガント。あなたが好きそうな町だね。石畳も悪くない。僕みたいなドイツ人にはこの光はまぶしすぎるが、好きになれそうだ。ありがとう」

「いっぱい話したいことがあってさ」

「僕も同じです」

「ベートーヴェン君、君はすごいね。貴族に対して媚《こ》びず互角に、いやむしろそれ以上に接していたらしいじゃないか。聞いたよ。君があのゲーテと散歩していた時の話。僕もゲーテの詩に作曲したことがあってね。『すみれ』という曲だ。それはどうでもいいんだが、道ですれ違った時に、オーストリア大公の一行に道を譲らせたんだって。すごい度胸だ。一方ゲーテは脱帽・最敬礼で恭しく退いて、道を譲ったそうじゃないか。痛快なエピソードだよ」

「あの時は彼の卑屈さが情けなくてね。あとで怒鳴りつけてやったんだ」

ゲーテはモーツァルトが七歳のとき、フランクフルトでその演奏を聴き、そのレベルは絵画のラファエロや文学のシェークスピアに匹敵する、と後で回想している。ゲーテは天才の必要条件として、「創作力」と「長きにわたる影響力の持続」を挙げていた。一方ベートーヴェンの才能にも驚き、これ以上力強く集中された精力的かつ内面的な芸術家は見たことがない、と賞賛した。

だがその不羈奔放さは、彼の気高い心の明朗な境地を乱すものだったようだ。そしてメンデルスゾーンがベートーヴェンの交響曲第五番『運命』をピアノで弾いて聞かせた時、ただ驚かすだけで感動を与えない実に大袈裟な曲だ、と言ったという。これらは芸術観の違いとともに、彼の宮廷にどっぷりつかった知性の限界を示している。

フリードリッヒ・エンゲルスが、ゲーテのこの限界を次のように形容した。

「天才的詩人であるとともに、慎み深いフランクフルト市参事会員の息子あるいはヴァイマールの枢密顧問官である、この二つの存在の間に常に闘争が行われている人間。ある時は巨大であり、ある時はちっぽけな存在。ある時は反抗的な嘲笑的な世界を軽蔑する天才。ある時は用心深いおとなしい料簡の狭い俗物」

「僕は高貴の生まれというものを何も評価しない。大切なのは高貴な知性を持っているかどうかだ。あまりの卑屈さに叱りつけた僕だが、ゲーテをばかにするのは気の毒だとも思う。彼は宮廷で要職にあったんだから。知性に限界があったとしても、素晴らしい知性であることに変わりはない。僕は彼の文学の高みをいつも目標にしてきたし、一八〇九年から続いた反動政治の時代を、彼の明るい詩の世界を糧に乗り切ったくらいだ。ところで、貴族を屈服させるのは意外に簡単だったよ。貴族が感服するものを持てばいいんだから」

ベートーヴェンは、パトロンだったリヒノフスキー侯爵に、「侯爵よ、あなたが今あるのはたまたま生まれがそうだったからに過ぎない。私が今あるのは私自身の努力によってだ。これまで侯爵は数限りなくいたし、これからももっと数多く生まれるだろうが、ベートーヴェンは私一人だけだ」と書き送っている。

「すごい自信じゃないか。皇帝や王様でもそこまでの自信はないよ。自信過剰は嫌われるぞ。アハハハハ。僕もその侯爵はよく知っている。ベルリンにも誘われて一緒に旅行したし、お金も借りたから」

モーツァルトは舌を出して言った。

「しかし、ウィーンの貴族の中で一番の君の崇拝者だったんだろう。君もよく面と向かってそんなことが言えたものだ。信じられないなあ」

「その通りだからいいじゃないか。どちらにしても僕は、貴族のしもべという生き方がいやだったんでね」

「王侯や貴族に対する君の自信は、怖いくらいだ。まあ「僕は絶対に負けはしない。運命の喉に手を突っ込んで握りつぶしてやるのだ」という君の言葉通り、運命とも素手で渡り合うという君だからね。どうってことなかったのだろう。しかも時代より一歩も二歩も先を歩いていたからね。しかし、大きな深遠な理想を突き付けられたって、立派過ぎてほとんどの人はついてゆけない。感服できるのはごく一部の人だ。君も寂しかったんじゃないのかね。天才の孤独といえば月並みだけどさ。パイオニアや革命家の宿命だね」

「そういうモーツァルトさんも、同じように感じられたことがあったのではないですか」

「まあ。君ほどじゃないが。ほとんどの人は刹那刹那を心地よく過ごしたいだけなんだからさ。別にばかにしているんじゃないんだよ。父親にもよく言われたが、わかりやすいということも大切だと言いたかっただけだ」

第三場　ナポレオンは詩人だった

そこへコーヒーが運ばれ、二人の前にていねいに置かれた。その時ウェイトレスは目を奪われた。窓から差し込む日の光に明るく染まった、美しいものを見たからだ。それは、二人の透き通るように白い指だった。

「ところで君は、あのナポレオンの一つ年下だったんだね。相当かぶれていたのかね。そのナポレオンが『皇帝』になったのを知って、彼に献呈するつもりだったかどうか知らないが、『エロイカ（第三交響曲）』の楽譜の表紙を引きちぎって床に投げ捨てたそうじゃないか」

「彼が安っぽい野心を持った俗人だとわかったのでね。がっかりしたんだ」

「フランス人のプライドをくすぐったのは確かだし、ヨーロッパの近代化にも随分貢献したと思うが」

「僕はどんな形であれ専制政治を許すわけにはいかない」

「君は共和制支持だったね」

「共和制は道徳を実現できる最善の体制だと思っているんだ」

「君の高邁な理想とよほどかけ離れたんだね。僕だったら「やっぱり」とか「むしろ人間らしい」とか言ってポンチを飲んでさ、君にも注いであげて笑い飛ばすけどね。だけどこう言ったからって、僕を不純だと軽蔑してもらっちゃ困るよ」

「軽蔑だなんて、とんでもないです。ただ、ナポレオンの話はかなり脚色されていてね。叩きつけたことはないんだ。後世の脚色は、ちょっとあきれるほど他にも色々あって。献呈相手のボナパルトの名前を、ペンで穴があくほど激しく消したのは事実だけれど。でも彼みたいに低い身分から、天高く皇帝にまで上り詰めたものはいない。むしろその跳躍力に驚き、また悲劇的な結末に同情していたくらいだ。そして、彼はダンテやホメロスが好きな読書家で、かつまた行動の詩人でもあったんだ」

「へえ。詩人だったのかね」

「彼の布告は叙事詩みたいなもの。「私が権力を愛するのは芸術家としてなのだ」と言ったし、悲劇が好きで彼自身の人生も悲劇だった」

「まあ音楽家も音を使う詩人だよな」

ベートーヴェンの理詰めで窮屈な話に、モーツァルトは話頭を転じた。

「さっき君と会う前に。ほら。あそこに尖塔が見えているだろう。バルセロナ大聖堂だ。あそこへお参りしてね。素晴らしかった。君も是非あとで行ったらいい。ステンドグラスの青の威力にはいつもかなわない。圧倒されるよ」

「ぜひ行ってみたい。目の前だし。大聖堂は百年あるいは二百年かけて築き上げる、壮大な芸術作品だ。この地方出身の建築家ガウディが手掛けたサグラダ・ファミリアは、今も建築中らしい。世界遺産になっているようだ。やはり工期は百年以上という」

「長い期間を掛けたものは厳かだね。僕らの即興演奏と対照的だ」

「絵画に彫刻、それに僕たちの音楽にしても、もともとこういう建築物の装飾品に過ぎなかったんだ」

「ふーん、難しいことを言うね。芸術というよりは飾りだったわけか。だけど人生の豊かさって、どれだけ感動できたかだと思わないかい。感動するために感受性を磨かないとだめだけどさ」

「そう思う。見過ごしてしまったり、なかなかその感動に巡り合えないから」

第四場　尻を蹴飛ばされたモーツァルト

「僕の故郷はザルツブルグ。君も知ってのとおり人口一万七千の小さな町だ。あそこはローマ法皇の重要な直轄地でね。だから小さくても半独立国。オーストリア公国と対等だった。ローマから派遣された大司教様は大変偉くて。まあ領主様みたいなものだ。その彼と大喧嘩してね。最後は側近の伯爵に、この大事なお尻を蹴飛ばされたってわけだ」

モーツァルトはこう言いながら、お尻をちょっと突き出して見せた。

「今でいうパワーハラスメント。お払い箱になって町を追い出されたんだ」

「まるで下男扱いだね。僕より少し前の話だろうけど。ひどいね」

「あの伯爵め。『今にみていろ、お前と対等になってみせるからな』と言ってやりたかったが、口には出せなかった。本当のところは、そんな町追い出してもらいたかったんだけどね。この短気、何か、君と意外によく似ていると思わないかい。アハハハハ」

「また冗談を」

「実は僕も反逆児だったのさ。ただ君と違って、宮廷音楽家が嫌だったわけじゃない。相応のサラリーさえもらえればね。パトロンから離れて自立するのが無理な時代だったから、宮廷音楽家は最高のポストだった。ザルツブルグ時代と、晩年にグルックさんの後釜で、その職に就けたんだが、いずれも安サラリーだった。それはともかく、教育パパのお父さんも『人生我慢』って言ってくれていてね。だけどサラリーが少ないうえに石頭の大司教と全くそりが合わない。虫酸が走ったのさ。そして僕は自分で言うのもなんだが、もともとこらえ性がないんだ」

　ベートーヴェンが両手を目いっぱい大きく広げて言った。

「あなたの音楽は、もっともっと、もっと自由だもの」

「ありがとう。僕には大きな夢があってね。君みたいに人類愛とか、むずかしいことは言わないよ。ただのびのびと大空の下で音楽をやりたかった。身分に関係なく、みんなに楽しんでもらえる曲を作りたかった。こんな切ない儚い人生を精一杯生きているんだからね、みんな。

人々に喜びを、音楽で。偉そうに思うだろう。実はちょっぴり自分の才能に自信もあったんだけどさ」

「あなたの音楽そのものですよ。あなたの大きな翼は空高く羽ばたくためにあるのですから」

ベートーヴェンの両腕も羽ばたいていた。

「うまいこと言うじゃないか、ベートーヴェン君。それでもザルツブルグではハフナー家と親しくしていてね。令嬢の結婚式のために祝典音楽を作ったり、いろいろ他にも楽しいお付き合いがあったんだよ」

「優雅な『ハフナー・セレナード』や『ハフナー交響曲』。知っていますよ。それを捨てたんだからよほどのことだと思う」

「それで、そのコロレード大司教だが。彼は有能な行政官だったらしいし、僕に休職扱いで旅行の便宜を与えてくれたことも感謝している。きっと悪い人ではないのだろう。しかし世間によくある、お互いの要求が高すぎて、すれ違いというやつさ。その大司教に罵倒されたんだ。謝肉祭の季節だった。歌劇『イドメネオ』の初演のためミュンヘンに出向いたんだが。それをザルツブルグでの職務怠慢ときた。やくざ者・道楽野郎・怠け者・ならず者・宿無し・悪党・ごろつきと罵倒され、最後に「お前には用はない」と言われたから、「こちらもあなたに用はないです」と言い返してやったよ」

「あなたが外国に入りびたりで、なかなかザルツブルグに戻ってこないから、よっぽど大司教も頭にきたんだね。だけど、よくまあそれだけ色んなあだ名を付けたものだ。面白いなあ」

「面白いって。何だよ。他人事だと思いやがって。まあ、少しは当たってるけどね。アハハハハ。彼のもとでは満足に旅にでられない。旅は大切な他流試合だし、また賞賛される華麗な舞台だった。旅に出たら王妃にご馳走してもらう身分だよ。それがザルツブルグに戻れば料理人やパン職人と同じなんだから。別に料理人やパン職人を見下げてるんじゃないんだが」

「そういう屈辱は僕も味わったから、よくわかる」

「ベートーヴェン君。だから余計にその落差を感じたね。音楽家が尊敬されないばかりか、何にもないんだよ、この町は。劇場も歌劇場もない。歌手もいない。管弦楽団もろくでもない。結局線香くさい曲か、優雅に着飾った人々の食事のＢＧＭ。君も真っ赤になって憤慨するような、屈辱的な曲しか作れない」

「よくわかる。やりがいがないよね」

「ザルツブルグがいやになって、乞食になってもいいから出たかった。だけどつらい決断でね。僕の才能を見出してくれたお父さんを捨てるなんてできない。陰で支えてくれたナンネル姉さんにも申し訳なくてね。それでも考え方の違いというか。やっぱり譲れないところがあったんだ」

「それでウィーンに出られたのですか。僕もモーツァルトさんが亡くなられた次の年、入れ代わりみたいにウィーンに出ました。」

「僕がミュンヘンに旅行中、たまたまザルツブルグからウィーンに出かけていた大司教に呼ばれてね。そうこうするうちウィーンが気に入って。お払い箱になったあとも留まったってわけさ。ほっとしたよ。小さすぎるバレーシューズで踊ったあと、履きなれた普段靴に履き替えたような感じかな。しかしピアノ演奏家とピアノ教師のかけもちでね。大変だった。でも、当時のウィーンはハプスブルク家の中心として伸び盛り。サクセスストーリーの予感にあふれた町だった。まだロンドンやパリほどではなかったけどね。君が活躍してからだよ。肩を並べたのは」

ほっとしたという言葉のわりには、モーツァルトには似合わない悲しそうな表情だった。

ベートーヴェンは、それを機敏にみてとった。彼は堅物とはいえ、決して心の機微がわからない人間ではない。彼の作品の、特に緩徐楽章で見せる濃やかさや繊細さをみればわかる。

「モーツァルトさんの勇気ある決断、素晴らしい」

ベートーヴェンは辺りかまわず、大きな声をあげた。

「もう少し声をおさえてくれないか。皆さんが、あのウェイトレスも、こっちを向いてるじゃないか。イギリスは完璧、イタリアは華麗、フランスは優美と続いて。ドイツは頑固ならまだしも、野蛮と言われるぞ。アハハハハ」

モーツァルトが少し恥じらいながらベートーヴェンを制した。

「ところで、ベートーヴェン君。君は根っからのドイツ人だね。「芸術家はこうあるべきだ」っていつも難しい顔をして考えていたのかね。そうだろう」

「意識したことはないけれど、ドイツ人には確かに、そういう傾向はあるかもしれない。自然にそういう思考をしてしまう。しかし、ドイツの国民音楽という意識はなかったよ。あなたの頃と同じで、まだ貴族の領民という意識が強かった。国家・国民という意識が希薄だったからね」

「別に皮肉じゃないんだよ。バッハ先生も典型だが、君もドイツ人の最も得意というか、秀でた面で開花したわけだからね。僕はちょっと違うかな。多分、母親は南チロル出身なんだが、祖先がラテン系じゃないだろうか。人生は楽しく心地よいものでなくてはと思っていてね。この笑顔も母親譲りだ」

満面の笑みを作ったモーツァルトを見て、ベートーヴェンが言った。

「素晴らしい笑顔です。僕も見習わなくてはいけない」

「あのニーチェが僕のことを、南国の光をみて音楽を作ったと言ったらしいね。自然児という形容ももらっている」

「モーツァルトさん。「天衣無縫」という言葉も、あなたのためにあるかのようだ」

第五場　モーツァルトのウンコの話

古今東西肖像画に笑顔は少ない。モーツァルトにしてもベートーヴェンにしても、笑顔の肖像画がないから想像するしかないのだが。実際モーツァルトの笑顔は、破顔という言葉そのものの、屈託がない。

「モーツァルトさん。あなたがうらやましい。十九世紀の僕たちは文明が洗練されて、視野を大きく広げたんだが、一方で「人類・社会はどうあるべきか」、という重い命題を背負ってしまった。一旦背負うと二度と降ろせない。それは精神に異常をきたす音楽家がでるほど重いものでね」

「君の好きな「自由」と「進歩」。その「進歩」の方だろう。そういえば僕のきらいなヴォルテールじゃなくても、フランス革命前夜は猫も杓子も進歩だったたなあ」

「その通りです。人間の歴史は、悪い状態から善い状態へ少しでも発展してゆくべきものですから」

「楽園のアダムとイブは、禁断の木の実を食べるまでは、真っ裸。寒いとか暑いとかの苦しみを知らなかった。その寒暑を「アダムの受けた刑罰」というらしいよ。ベートーヴェン君。君の音楽はアダムが禁断の木の実を食べたように劇的だった。音楽の楽園が姿を消して、音楽の苦しみがそこから始まったんだから」

　モーツァルトの教養の厚みに感心したベートーヴェンだった。

「素敵な例えですね。好きだなあ、そういう例え」

「それでも君が完璧すぎたせいだな。君のあとのロマン主義の多くの作曲家だけど。個人の内面に逃げ込んでしまったじゃないか。時代に堂々と対峙しないで。しかも時代時代の世界苦で、聴き手の心をかき乱し困惑させるのはどうだ。音楽は押し付けたり圧迫したりしちゃいけないよ。息苦しいとか重苦しいのはだめだ。それは自分だけの日記にとどめるべきだ。人様に見せたり聞かせたりするものじゃない。聴き手の自由を奪うのは本末転倒だと思わないかい」

　ベートーヴェンは、モーツァルトのひたむきな話し方に、自分に劣らぬ情熱家であることを感じ取った。彼の音楽に魅せられたはずだ。

「嘆くだけでは意味がないというのは、よくわかります」

「ベートーヴェン君。君は違うんだよ。一詩人の詠嘆じゃない。雄々しくその運命に耐え、時代に抗い、強い精神力で堅固な音の建築を成し得た。君は芸術家と自認していた最初の音楽家だ。大袈裟な言い方だが、文化の質を高めた人類史上の巨匠の一人だと言われているんだよ。レオナルド・ダ・ヴィンチやミケランジェロやシェークスピアやゲーテなどと並んで」

「それはほめすぎですよ、モーツァルトさん」

「それにしてもシェークスピアの戯曲は偉大だ。僕も大好きだった。世界を直接垣間見たかのような錯覚を観衆に抱かせる。観衆はそのリアルさに魅了され、戯曲家の介在を忘れてしまう。君の音楽も同じレベルだ。演奏家は遠くに退いて、あるのは君だけだ。僕の作品はたまにハイドン先生と間違われたりするけど、君の作品ではそれはあり得ない。立派だ。まあ誇りたまえ」

「ありがとう、モーツァルトさん。僕の尊敬するシラーも、よく似たことを言っているね。舞台俳優を例に、偉大な芸術家と平凡な芸術家と劣等な芸術家、三つに分けてね。まず、偉大な芸術家を俳優に例えれば、主観を外して客観的にハムレットを演じ切る俳優のようなもの。観客は俳優の存在を忘れている。いるのはハムレットだけ。次の平凡な方は、俳優の個性や主観が表に出て、観客は俳優の自己流のハムレットを見させられる。そして最後の劣等だが、観客はハムレットの形をした俳優を見させられる、とね」

「その例えも面白いね。しかし「本質のみを語れ」って、君は随分難しいことをいったものだ。僕たちの頃は、まだ音楽によって思考するという発想はなかった。しかし小難しい顔をして頭を抱えて作ったって、ちっとも楽しくないじゃないか。別に快楽主義じゃないんだよ。僕は音楽が目的を持ったらだめだと思ってる。君に叱られるかもしれないけどね」

「叱りますよ。目的を持たないといけない時もあります」

「ベートーヴェン君。僕は、音楽は抽象性に存在理由があると思っている。具体性というか、情景の描写には向かない。君もよく承知のはずだ。君の言う思考も、精神の建築物という意味で具体だ。君はウンウンうなって作曲したように見えるけど、僕はウンウンうなるのはウンコのときだけさ」

ウンコの話になったのでベートーヴェンは、そら来たと思った。モーツァルトのウンコ好きは本当だった。この時納得した。確かにモーツァルトの時代、王室はじめ上流階級でスカトロジー（糞尿や排泄行為を好んで取り上げる趣味・傾向）は、会話の楽しみとしてごく普通だった。「俺の尻をなめろ」も「くそったれ」と同様の慣用表現だと知ってはいた。しかし実際聴かされると驚きだった。

モーツァルトの話はまだまだ止まらない。

「カントのように、人間の本性が悪であるとまでは言わないよ。だけど人間って、そんなに立派じゃないよな。君のような聖人もいるが、ほとんどはいいかげんだ。それにやはり動物だし。その証拠に、歴史上立派な考え方をした人が一杯いたが、ちっとも理想に近づけない。何千年たっても、この人間社会、あまり変わってないじゃないか。相変わらず愚かなままだよ」

「だからって、どうでもいいとはならない。だからこそ強い意志が必要じゃないか。徳や自由や正義とかにはっきりとした識見を持つのは人間の義務だ。これはどの時代、現代にも通じる」

ベートーヴェンの顔がだんだん険しくなってきた。モーツァルトの話はまだ続く。

「だから、ほんの少しずつなんだって、あせったって。革命家が変えたって、また元の愚かさが恋しくなって逆戻りさ。改革の速さに国民がついていけない。フランス革命もそうだった。社会主義革命も同じだ。ばかな戦争にしたって、今日に至るまでどれだけ繰り返されていることか。背筋が寒くなる。ごめん、言い過ぎたかな」

「いいえ。モーツァルトさんの言われる通りです」

「そういう愚かさがわかればわかるほど、一方で美しいものを焦がれる気持ちが強くなるんだけどね。悲しみをよく知った人ほど喜びも感じやすくなるのと一緒さ。美しいものに携われる音楽家として僕は、つくづく幸せだったと思う。こんなことばかり言ってると、ベートーヴェン君に、美しいだけでいいのか、少しは人間社会全体のことも考えなさいって、また叱られるかもしれないが」

第六場　鬼才ダ・ポンテとボーマルシェ

「ベートーヴェン君。本当に背筋が寒くなってきたよ。ちょっとお腹もすいた。何か食べようじゃないか。この辺は昼食が二時から四時らしいから、ちょうどいい時間だ。エスカルゴっていうか、巻貝が有名らしいが、今日は浅蜊のワイン蒸しにしよう。それと名物の、かたくちいわしのフライ。パンはトマト風味のパンコントマテ」

「いいね。ホメロス流に飲食の欲を追い払って、言葉の翼に力を与えることにしますか。腹が減ると怒りっぽくなるそうだし。それでなくても怒りっぽい僕だから。それと是非ワインもお願いしたい。できればオーガニックの」

「飲食の欲とか言葉の翼なんて。ハイブローだなあ」

お互いに、まだまだ話したいことが山ほどあったのだった。

「君が来る前に、あのかわいいウェイトレスに聞いていてね。ここで一番おいしい料理は何かって」

「まめな方だ。もしかして彼女のために、もうアリアでも一曲したためたのでは」

「からかうんじゃないよ。アハハハハ」

「ここの浅蜊《あさり》は、もちろん地中海の浅蜊だが。淡いピンクとか、ブルーの。それはそれはカラフルな貝でね。甘美という言葉がぴったりだ」

早速モーツァルトは、気に入りのウェイトレスに注文を伝えた。

「ベートーヴェン君。僕だって少しは考えていたんだよ。晩年にはフランス革命があったし。燃え上がって何が何だか分からなくなったけどね。世の中が大きく変わりつつあった。自慢じゃないが、ダ・ポンテ君と組んで新しいオペラを作曲したんだ。『フィガロの結婚』『ドン・ジョヴァンニ』それに『コシ・ファン・トゥッテ』。『フィガロの結婚』なんか、二人で笑い転げながら作ったものさ」

「フランス革命の後押しにもなったんじゃないかなあ。よく上演にこぎつけたものだと思う」

「確かに貴族をこき下ろし過ぎてね。上演禁止にならないように毒のある台詞は削って、やっとこぎつけたんだが。苦労した割には、その時九回しか上演できなかった。神聖ローマ帝国皇帝ヨーゼフ二世が形式的に作曲の命令者だったんだが、彼の理解力のなさ、それが一番の原因だと思っている。いや、案外サリエリに邪魔されたのかもしれない。まあ張り切りすぎてね、そのあと宮廷の仕事を干されちまったんだ」

ヨーゼフ二世は、一七四一年生まれ。オーストリア君主かつ神聖ローマ皇帝妃であるマリア・テレジアの跡取り息子。マリー・アントワネットの兄。啓蒙思想を持ちながら絶対主義の君主たらんとしたが、あまりに改革が急進的だったため抵抗勢力に阻まれ、その多くが挫折した。一七九〇年、フランス革命が激化する中で死去。「第一歩より先に第二歩を踏み出す」と揶揄された。自分自身が選んだ墓碑銘は、「よき意志を持ちながら何事も果たさぬ人ここに眠る」という自虐的なものだった。ヨーゼフが参戦した墺土戦争（オーストリアとオスマン帝国の戦争）の影響で、ウィーン経済が疲弊しモーツァルト窮乏の一因となった。また同時期の葬儀簡素令が、モーツァルトの葬儀を惨めなものにしてしまった。戦争中でも鑑賞したいほどのオペラ愛好家で、「フィガロの結婚」の上演を許し、「ドン・ジョヴァンニ」に対して「音楽は歌手たちにとって難しすぎる」とコメントしたと伝えられる。「フィガロの結婚」の再演を聴いて、新しいオペラブッファ（イタリア語による滑稽風刺的なオペラ）の作曲を依頼した。「コシ・ファン・トゥッテ」である。モーツァルトについて「教養があり過ぎる」と評した。

「当時とすれば過激すぎますよ。モーツァルトさん。だけどプラハでは大ヒットしたんでしたね」

「プラハは一番好きな町だった。マンハイムと並んで。プラハの人たちはよく音楽を理解し、家族のように心から祝福し、また楽しんでくれたんだ。収入面でも大助かりだった。次の『ドン・ジョヴァンニ』の注文もしてくれたしね」

「ドン・ジョヴァンニ」は、スペインの伝説的な人物として多くの小説や劇になった、ドン・ファン・テノリオを主人公とするオペラ。劇作家としてのモーツァルトの天分を、余すところなく発揮した不朽の名作。厳粛な人間観察に冴えを見せる。序曲は、プラハ上演の前日から当日の朝にかけて作曲した。それでも天分豊かなモーツァルト。いくら急場しのぎの作品であっても駄作はない。しかし内容は、オペラ・ブッファとしてはあまりにもドラマチックで深刻なもの。当時の保守的な聴衆に受けいれられるか、気が気でならなかった。初演のプラハでは素晴らしい成功だったが、宮廷作曲家の地位を得ていたウィーンでは、予期に反して冷淡な扱いを受け、モーツァルトを失望させた。あらすじは次の通り。

主人公は、スペインの貴族ドン・ジョヴァンニ。理想の愛を求めての女性遍歴に飽きて、やがて女性を征服する使命感のもとに漁色。貴族という特権意識もあり、罪の意識は全くない。強姦未遂をとがめられ、娘の父親である騎士長を殺害。それでも懲りずに女を求め続ける。たまたま墓場で出会った騎士長の石像を夕食に招待。その席で石像が、ドン・ジョヴァンニの漁色に対し「悔い改めよ、生き方を変えろ」と迫るが、執拗に拒否。石像が遂にあきらめ、「もう時間がない」と言って握手を求める。その手は恐ろしく冷たい。石像が消えると地獄の戸が開き、断末魔の叫びとともにドン・ジョヴァンニが地獄の底に引きずり込まれる、という劇的なシーンで終わる。

ベートーヴェンはモーツァルトを師と仰いできたが、許せないことが一つだけあった。例えばその「ドン・ジョヴァンニ」だ。いくら音楽が美しいとはいえ、漁色放蕩男が主人公の不道徳な主題のオペラは、音楽を作るに値しないという考えだった。そのオペラの中で歌われる「カタログの歌」は、ものにした女の数を国別に数え上げるという悪意に満ちたもの。例えば、スペインでは一〇〇三人という具合。同じく「シャンパンの歌」は、開き直った快楽礼賛の歌。美徳と悪徳をごちゃまぜにして笑い飛ばし、悪徳にもミューズの神をつかわして道徳を弄んだ。面白ければ何でもいいというものではない。ことさら善を重んじた彼には到底許せるはずがなかった。しかもベートーヴェンの恋愛観は、禁欲的な清教徒的なもので、逸楽とはかけ離れたものだったたから余計である。肉欲は人間が動物に堕するものと思っていたくらいだ。しかしいくら強気のベートーヴェンといえども、師の師に面と向かって言えるものではない。

「ダ・ポンテ君は、もともとヴェネツィアでイエズス会司祭だったんだ。聖職にあったなんて想像もつかないよな。笑ってしまう。一番向かない人間だよ。詩人とプレイボーイが夢だったんだから。そこを放蕩生活で追放されウィーンに来たらしい。あのサリエリの紹介でね。運もいいし才能もあったから、サリエリにもヨーゼフ二世にも気に入られた。ウィーンで宮廷劇場詩人になり、オペラの台本作家としても有名になった。その時出会ったんだ。よく馬が合ってね。当時は貴族を敵に回すというより、市民の台頭で貴族が自信を失くしていてね。滑稽で憐れむべき存在になっていたんだ。君の言うように、力も才能もないのに、たまたまそこに生まれたというだけで貴族なんだからね。バカな話だ。そういえば、『フィガロの結婚』の原作者ボーマルシェも、主人公のフィガロにそう言わせていたよ」

「何か僕のお株をモーツァルトさんに奪われちゃったなあ」

フィガロの結婚のあらすじは次のようなものだ。主人公のフィガロは伯爵の召使。伯爵夫人の小間使いであるスザンナと恋に落ち結婚する。その結婚式を挙げる当日のこと。いったん初夜権を放棄した伯爵がスザンナに言いより、その復活を企む。一方夫の冷めゆく愛を嘆く伯爵夫人。その伯爵夫人とフィガロとスザンナの三人が結託して、伯爵を懲らしめようと計画。夫人とスザンナが、お互いの衣装を替える。それを知らない伯爵が、スザンナの衣装を着た夫人に求愛し浮気がばれてしまう。伯爵が夫人に平謝りし、二人の結婚を心から祝福しハッピーエンド。

ダ・ポンテも鬼才だが、『フィガロの結婚』の原作者であるボーマルシェ、彼もフランス革命前夜の混乱が産み落とした、それに輪をかけた鬼才だった。文学・音楽・政治・外交・事業の何でも屋。パリの時計屋に生まれたが、まず二十二歳で新式の時計を発明し王室御用職人になる。つぎに音楽の才能を生かし、ハープ奏者になって宮廷の音楽教師に。さらに入り込んだ宮廷で国王書記官になり、当時の財政家と組んで財産を築き、貴族の地位を金で買う。そして政治家として外交に手腕を発揮。一攫千金を狙ってアメリカの独立戦争に武器を調達して援助するが、莫大な損失を被る。一方国内では劇作者の権利擁護のため尽力。莫大な自腹を切って出版者として「ヴォルテール全集」を上梓。そのかたわら、蒸気ポンプでセーヌ川の水をパリ市内に供給する公益事業に奔走。だがフランス革命で私財を没収、一時投獄される。それでも革命政府の商務官としてオランダに赴任。亡命者にされて放浪。まさに波瀾という言葉も逃げ出すような人生だった。その片手間に作ったのが、名作といわれる「セヴィリアの理髪師」と「フィガロの結婚」と「罪の母」の脚本三部作だったというから、さらに驚く。その過激な「フィガロの結婚」の上演許可をめぐって、フランス当局と十年以上戦った。水面下での上演が長かったが、いったんコメディ・フランセーズの舞台にのると大成功を収めた。フランス革命を誘発したというのは、ナポレオンのセント・ヘレナ島での言葉を待つまでもなく、決して誇張ではない。

「ベートーヴェン君。僕のオペラでは貴族も庶民もみんな同じ、喜劇の主人公なんだ。伯爵夫人も小間使いも平等だよ。友達さ。口幅ったいが、愛がすべて。貴族も庶民も変わりない。むしろ庶民の方が魅力的で誠意にあふれているくらいだ」

「よくわかります。そのダ・ポンテさんの一生は確かに面白い。あなたが亡くなった後、陰謀でウィーンを追われ、渡ったロンドンでもまた陰謀か何かで台本作家の職を失った。最後は米国に渡り、食糧雑貨商をしたあと、コロンビア大学でイタリア文学の教授になっている」

「へえー。あいつ、まあうまくやったんだな」

「陰謀が絡むのは、きっと妬まれるほどの才能の持ち主だったのと、性格的に敵が多かったせいだと思う。まるで逃避行のような人生だった。同時代の台本作家や作曲家をバカにしたコメントを数多く残した自信家だが、モーツァルトさんだけは尊敬していたと聞いている」

「それはうれしい。さっき話したボーマルシェもそうだが、彼は型破りの異才。激動の時代にしか生まれないスケールの大きな人間だ」

「モーツァルトさん。あなたは十分劇作家にもなれたんじゃないですか」

「確かにそれも幸福な選択だったかもしれないね」

「フランス革命のあと、僕の時代はもっと鮮烈でね。戦火が続いて、特にあの交響曲第五番『運命』、ダダダダーンと運命が扉を叩くというのは誰が言ったか、腹が立つほど安っぽい作り話だ。それを作曲した翌年一八〇九年は、四月にナポレオン軍がオーストリアに侵攻して、五月にはウィーンが占領されてしまう。その頃は砲撃を避けるため地下室で作曲していたよ。貴族も海外へ逃げ回っていたしね」

「君も激動の時代が作った異才だな。話は変わるが。腹が立つことがある。僕が薄っぺらな音楽を作った、おめでたい人のように思われていることだ」

「そんなことはないと思うよ」

「そういう人が多いということ。実は違う。だって、悲しい時でも楽しく演じるのがプロだろう。お母さんが亡くなった時でも、楽しい曲の注文が入れば楽しく作ったさ。当然だろう。食っていかないといけないからね。私小説的な作曲を許す時代じゃなかったし。しかし楽しい曲にも、涙のあとが少しは残っているんだね。ぬぐったつもりだけど。わかる人にはわかるらしい」

「まるわかりだ。モーツァルトさんの音楽は、笑っているけど眼には涙をいっぱいためているというものだもの」

「そして人間の理想も考えたよ。秘密結社のフリーメイソンにも入ったしね。君の好きな、みんなが幸せな社会はどうしたらできるとかね。僕のオペラ『魔笛』を聞いてくれたらよくわかるはずだ」

フリーメイソンは、会員同士の親睦を図る友愛団体であり秘密結社。「自由」「平等」「友愛」「寛容」「人道」の五つの基本理念のもとに、会員相互の特性と人格の向上を図り、よき人々をさらによくすることを目的とし設立された。十六世紀から十七世紀頃に始まり、現在でも全世界に六百万人の会員がいる。

「『魔笛』は、あなたのオペラのなかで今でも一番人気がある。楽しいだけではなくて、深い感動もあるし実に多彩だ。気高い人間性の理想に燃えて高邁な努力を重ね、どんな試練にも耐え徳の道を追求する主人公タミーノ、彼はモーツァルトさん、あなたでしょう。酒とご馳走が好きで、かわいい女の子にあこがれる気の良い陽気な鳥刺しの若者パパゲーノ、これもきっとあなたに違いない。タミーノの愛を失うことは死を意味すると思い、ためらわずタミーノとともに試練をくぐるパミーナ、彼女はあなたの理想の女性ではないでしょうか。そして魔笛は、モーツァルトさんの遺書だったのではありませんか」

「どきっ。そこまで見破られていたのか。参ったよ。『魔笛』もそうなんだが、遊び心こそ人間の生きる喜びだと思っていてね。君の交響曲第八番やディアベリ変奏曲なんかも、この遊び心に溢れている音楽だ。君には珍しくボタンを外してるじゃないか。アハハハハ。君の好きなカントが言っている。もともと技術は勤労のために生まれ、芸術は気晴らしのために生まれた、これが文化だと。そしてなんだかんだ言ったって、聞いて心地よくない曲を誰が聞きたいと思う。いくら高邁でもナンセンスだよ」

第七場　踊るベートーヴェン

モーツァルトの途切れない話に、この人は基本的にあけすけで気が置けない人だと、ベートーヴェンは理解した。しかしその天衣無縫の明るさの陰で深遠な悲しみを抱いていたことや、成人してから憂鬱症に悩まされていたこと、そしてその憂鬱から素晴らしい音楽を絞り出していたことを決して忘れてはいなかった。恐るべき感受性を持った人にとって、その病気が避けられないものであることも。実はベートーヴェンも若い頃からこの憂鬱症に悩まされ、持病のようなものだったからだ。

そこにタイミングよく、甘美な浅蜊のワイン蒸しをはじめ、料理とワインが運ばれてきた。モーツァルトが大きな目をさらに大きくして、そのウェイトレスに堂々とウィンクしている。ベートーヴェンはそれを目撃した。

「とりあえず乾杯だ。二人の才能と、その開花を可能にしてくれたこと、そして二人の作品がこんなにみんなに愛されていることに乾杯」

モーツァルトの音頭で乾杯したあと、二人ともエネルギッシュに食べた。その旺盛な食欲はエネルギッシュに生きた証《あかし》だ。

「あなたは噂通り愉快な人だ。なんだか楽しくなってきたよ」

さっき注文した好物のワインも効いてきたようだ。モーツァルトはベートーヴェンの飲みっぷりに驚いた。彼がアルコール中毒気味ではないかと心配したくらいだ。

「よく飲むね。父親ゆずりだな。そんなペースじゃ体に良くないぞ」

「タッタータ　タッターラ　タッタララララ　ラーラ」と口ずさみ踊りながら、ベートーヴェンがカフェに備えつけのピアノに向かった。弾いたのは、『魔笛の主題による七つの変奏曲』。モーツァルトのオペラ『魔笛』の第一幕で歌われる、主人公のフィアンセであるパミーナと鳥刺しパパゲーノの二重唱、それをテーマに、ベートーヴェンがまだ若い頃作曲したもの。十分程度の明るい優雅な曲だ。師の作品のテーマに変奏をつけるのは、師に対する尊敬の、最高の表現だった。

「ブラボー」

モーツァルトは手をひっきりなしに叩きながら、やんやの喝采。ほかのお客も釣られて拍手した。演奏があまりにも素晴らしかった上に、二人の格好も格好であり、プロの演奏家として疑っていないようだ。従業員も卓越した演奏に文句をつけることもなかった。

ベートーヴェンは、モーツァルトの今までの振る舞いそのものが、さも彼がオペラを演じているように錯覚した。そして一つの話のテーマを、音楽のように、自在に変奏しているようにも思えてきたのだった。二人とも変奏の名手だった。

「ところで、ベートーヴェン君。僕が作曲で一番楽しかったのは何だと思う？」

「わかりますよ、オペラでしょう」

「あたり。歌劇での成功が一番尊敬を勝ち得る王道だったからね。しかしどうしてわかった？」

「どうしてって、ミューズの神がオペラの登場人物になって、みな飛び跳ねてるじゃないですか。しかも人間技でない跳躍。神童と言われる所以だ。ぼくにはできない芸当だ。そして、知的な詩人といってよい台本作家と協力できる知性を持った作曲家って、そうはいないから」

ベートーヴェンは、オペラが自分の才能に向いてないことをよく自覚していたので、おとなしかった。実際何回も挑戦したが、失敗続きだったのだ。

「確かに、オペラで僕の才能が十分に花開いたと思っている。自分でいうのもなんだが、芝居が好きだし、台詞というか言葉そのものにも自信があった。眼も利いたよ。当たればたんまり入るしね。ただ残念なことに、オペラはお金がかかり過ぎる。台本作家や指揮者やオーケストラや歌手や舞台装置。だからやりたいほどにはできなかったんだ」

「あなたほどの人でも」

「パリでは腹が立ったなあ。フランス人はドイツのオペラをバカにしていてね。いいオペラを作曲しても、フランス人の気に入らなければ上演されないんだ」

「そのむずかしさは身に染みてわかっています」

「ところでそんなに誉められると困っちまうよ。君こそ耳が聞こえない過酷すぎる環境で、よくそんなに素晴らしい作品を残せたものだ。それこそ神業じゃないか。ぼくの曲には演奏中にオナラをしてもどうってことないものもあるが、君のは違う。正座しないと聞けないものばかりだからね」

モーツァルトは、膝をそろえて両手を行儀よく置く仕草をした。ベートーヴェンは、ウンチに続くオナラ攻撃に軽いショック状態だった。

「実際ベートーヴェン君。君の死後の話だが。パリ音楽院の練習の休憩時間、シモンの描いた君の肖像画が掲げられ、「脱帽」という掛け声とともに、楽員たちは跪《ひざまず》いて礼拝したそうじゃないか。君の音楽は聴く人自身の生き方を問うものだ。作家のスイフトとか画家のゴヤとか、全聾の秀でた芸術家は他にも知っているが、君の場合は音楽家だからね。音を聞くことができない音楽家だった。感性が人一倍繊細で豊かな音楽家にして、かくも悲惨な病苦をよく克服できたものだ。楽聖といわれるはずだよ」

「そういう神格化は大嫌いだ」

「確かに礼拝はちょっと行き過ぎだろうけれども。そうそう、オペラの話だったね。僕のオペラで後世の人は、性格描写や人間観察が素晴らしいと言ってくれた。自分でもうまく表現できたと思う。しかし特別勉強したわけでも何でもないんだよ。それなりに人生経験を積んできただけだ。僕自身は庶民だが、君と同じように貴族との交際も親密だった。だから、両面からよく見られたかもしれないね。父親が政治や社会の動向に冷徹な鋭い観察眼を持った人だった。その影響も大きい。それに結構過酷だったが、幼い頃から旅ばかりでね。色んな国で音楽家はもちろん、様々な人々をよく知ることができた。印象深いのはイギリスで大バッハの弟ヨハン・クリスチャン・バッハと出会ったことだね。彼はイングランド王妃専属の音楽家だった。パリでもまた会ったんだった。彼の音楽は軽やかで澱《よど》みない、素敵だったなあ。僕は言わばコスモポリタンだ。広くみてきたよ。つまりこうだ。聖人じゃなくて俗人だっただけのことさ」

第八場　ベートーヴェンはドンゴロスの袋

モーツァルトは十年以上、人生の三分の一を旅に費やした。旅の人生だった。一七六三年六月から六六年十一月まで三年半のドイツ・オランダ・ベルギー・フランス・イギリス・スイス旅行と、一七六九年七一年七二年の三度のイタリア旅行が主なもの。宮廷や貴族のパトロンを探す、リクルート活動としての旅だった。だが結果は期待するようなものは得られなかった。同業者にとっては、彼の驚くべき才能は恐怖を抱かせるものだったろうし、あらゆる術を使って邪魔しようとした者が多かったとしても、想像に難くない。そして、みんなの眼は節穴だったのだ。まあその失意もモーツァルトの偉大さにつながったのだから、良しとしよう。当時のヨーロッパは国家の統一も道半ばであり、例えば当時の神聖ローマ帝国といっても、十八世紀を代表する思想家ヴォルテールが、「神聖でもなければ、ローマ的でもなく、そもそも帝国ですらない」と評したほどである。多くの半独立の貴族領や教会領の、緩やかな集合体に近いもので、「パッチワーク」と称された。しかし、そのため人の行き来も比較的自由で、音楽家の国際交流は特に盛んだった。

「またご謙遜を。その過酷な旅の経験がないと、あなたの天才の飛躍も望めなかったわけだ。寿命を縮めたとしても仕方がなかったのだろうか。難しいね」

「しかし馬車旅行なんだが。道が悪くて大変だったよ。フランスと比べて特にドイツがね」

モーツァルトがおしりを持ち上げたので、ベートーヴェンは悪い予感に襲われたが、時に倒れそうになりながら、小刻みに揺れる様を演じただけだったので安堵した。

「川沿いの道では、何度川に落ちかけたことか。だから船と駅馬車での移動だったが、どちらかというと船のほうが楽だった。ノミやごきぶり。それと天然痘とかの疫病が流行っていてね。恐ろしかった。あわててその町から退避したり。ナンネル姉さんなんか命を落としかけたこともある。だけど家族が一体になれたし。子供の頃はナンネル姉さんとふざけ合いながら、楽しい旅だった」

モーツァルトの顔は喜色満面、きらきらと輝いて見えた。旅がよほど好きだったのだろう。

「ベートーヴェン君。君には悪いが、音楽家が孤高に理想を追い求めるというのは好きじゃない。音楽を通じてあらゆる人々の人生を豊かにする。できれば動物もね。生き物全部」

「まさにあなたのオペラ『魔笛』の世界だ。孤高と言われているが、しかし、僕も他人の幸福を目指していたのは同じだよ」

「そうか。言葉が足りなかった。申し訳ない。『魔笛』は身体が弱ってきていたが、心底楽しく作らせてもらったよ」


『魔笛』は一七九一年、モーツァルトがなくなった年に作曲された。オペラ好きの神聖ローマ皇帝ヨーゼフ二世が一七九〇年に逝去し、その跡を継いだレオポルト二世からの作曲依頼がなくなり、モーツァルトは経済的に苦境にあった。一般大衆向けの劇場支配人だったシカネーダーから注文を受けたオペラで、モーツァルトが普段付き合っている人たちとは全く異なる客層だったが、これも時代の流れ、そんなことは言っておれない、お金が必要だった。しかしただ受けただけではなくて、これを高尚なものにしようとした。プライドだ。そのシカネーダーもフリーメイソン会員であり、モーツァルトの意図を十分理解した。

『魔笛』のあらすじは次の通り。

主人公の王子タミーノは、王女パミーナの絵姿を見て心を奪われ、僧ザラストロの手からパミーナを救いにゆくが、実はそのザラストロが悪者ではなく高徳の僧で、心のけがれた夜の女王からパミーナを護っていることを知る。そしてタミーノとパミーナは、ザラストロの与える幾多の試練を超えて結ばれる。


「平民も貴族も、その地位に関わりなく人間としての尊厳を持っており、高貴な自制心を持つべきという主張。『魔笛』は私の第九シンフォニー『合唱』以上の、人間賛歌の傑作です。シェークスピアがお好きだったのも、女性キャストの活躍をみればよくわかりますよ」

「ベートーヴェン君。音楽が得意とするのは調和だ。荒々しい戦いを鎮め調和させる力だ。それは人間に神のような安らぎをもたらす。まあ怒らないで聞いてくれたまえ。君の音楽は、もちろんすべてじゃないが。むしろ敢えて調和を乱す。不安を掻き立て平和をかき乱すものだ。安らかに寝かしつけてくれるのではなく、逆に眠っている魂を覚醒させるものだと思う。それも大切なものだけれども」

「闘争は時代の欲求でもあったんでね。あなたの強調する調和、まさにあなたの作ったピアノ協奏曲のピアノとオーケストラの関係だね。お互いパートナーというより、まるでフィアンセのようだ」

「オペラと言えば、君の唯一の歌劇『フィデリオ』だけど。僕のとは全く違う政治劇だったね。フランス革命という社会的激動の中で成長する女性の自覚と、その中での夫婦愛の成長がテーマだった。女性であって男性的な革命精神を発揮する。恐れいったよ。時代の違いを痛感するなあ」

「モーツァルトさんも目を丸くすると思う。女性の闘士や政治家も珍しくない時代だったからね。断頭台の露と消えた新思想の女性もいたんだ。ただその歌劇『フィデリオ』は、観客の反応が今ひとつで、試行錯誤だった。序曲を四回も作り変えたんだ。苦労したなあ」

「ベートーヴェン君。君の音楽は文学のように何か言葉で訴えてくる。君は文学が大層好きだったらしいね」

「学問そのものがね」

「ぼくも文学は結構好きだったんだよ。暇を見つけては読んでいた。そうでないと大好きなオペラにも取り組めないからね。君はシェークスピアやゲーテ、そしてホメロスを愛読していたんだって？　そしてボン大学ではギリシャ文学と倫理学の講義を受講したと聞いているが。真面目な勉強家だったんだな」

「一年間聴講生でした。僕は十三歳までしか学校教育が受けられなかった。音楽だけは個人教授で学んだけれども」

「それにしてはすごいじゃないか。その教養の高さは」

「ボンの屈指の名家だったブロイニング家とね、家庭教師になって親しくしてもらったのが大きい。亡き夫は宮廷顧問官を務めた貴族で、その未亡人がまるでわが子のようにかわいがってくれたんだ。教養の大切さだけではなく、暖かい家庭生活というものも初めて知ったし」

「ところで君の生まれたボンって、人口はどれくらいだった」

「三万人くらいだったと思う」

「僕のザルツブルクの倍くらいか」

「封建的な町だった」

「一緒だよ」

「そのブロイニング家と親交を結べたのも、ベートーヴェン君。君の力だ」

「モーツァルトさん。ぼくは人間の貴さは芸術と学問にあると思っている。芸術と学問だけが人間を神様のように尊いものに高めるんだ。ホメロスの『オデュッセイア』は愛読書だった。如何なる運命にも挫けず、乱れず自分を律する姿は美しい」

「主人公の凜とした姿。君の生き方そのものだね。その文学性というか。人間的な劇、戯曲性を持ち込むことで、君は音楽を教会や宮廷や貴族から解放したんだ。ブラボー」

「モーツァルトさんこそ静かに」

「その拘束は僕も大嫌いだったからさ。ところで、劇や戯曲で色んな登場人物の台詞や表情や仕草が重畳っていうか、幾重にも重なるだろう。管弦楽での色んな楽器の重畳と、よく似たところがあると思はないかね」

「わかります。芸術の最も幸せな場所という気がします」

「とにかく生の人間がはじめて登場したわけだ。ベートーヴェン君のあふれる情熱がその知性と一緒になった。君の音楽が言葉で説明されやすいと言われるはずだ。しかし、同時に君はだね。僕以前の数学的といってもよいほど整然と編まれた精緻な音楽、それを感情や気分を表現する文学的なものへ大きく変えた。例えが悪いが、気高く編まれた絹織の袋に親しんできた人が、突然大雑把に麻で編まれたドンゴロスの袋をプレゼントされた感じかな。強くて丈夫だけどね。ゲーテじゃなくても戸惑うだろうて」

「育ちの良さからくる上品さは無理だけど、ドンゴロスはひどいよ。モーツァルトさん。勘弁してください」

「アハハハハ。まあいいじゃないか。僕はそういう理屈を音楽にしたんじゃない。僕の音楽を言葉で説明するのは無理だ。ますます遠ざかるだけだ。もともと音楽は言葉では到底追っかけられないぐらいはるか遠く、見えないくらい遠くにあるものだから。君も知ってのとおり」

第九場　ベートーヴェンが失ったバトン

「モーツァルトさん。やはり大先輩のあなたにあって僕にないものがある。それはうらやむべき「洗練」です。宮廷にあるのと同じレベルの「洗練」」

「しかしだよ。君に言わせれば、いくらレベルが高くても、あの忌むべき貴族階級だけにしか許されない「洗練」に過ぎないのじゃないかね」

「そこまで石頭じゃないですよ。誰が主体だったかと関係なく、いいものはいいですから。そしてバッハが舞曲の花束ともいうべき組曲を残したのをはじめ、音楽はいつも踊りの喜びとともにありました」

「しかし君はセレナードなど、貴族的なものとして侮蔑するだろうが」

「何か心配になってきた。モーツァルトさんが大バッハやその兄弟、ヘンデル、ハイドン兄弟、その他の音楽家から受け取られた大切なバトン。優雅なバトン。僕はそれをどこかに失くしてしまったんじゃないだろうか。僕は無作法に育った野人だ」

「そんな心配は無用だよ。君は確かに失くしたかもしれない」

「やっぱり」

ベートーヴェンには珍しく肩を落とす。

「でも新しい素晴らしいバトンをまた用意したじゃないか。確かにその洗練を補って余りあるものを君は生み出した。むしろ野人だから聖人になれたのだよ。僕にはない『強さ』だ」

「その言葉にほっとした。ずっと気になっていました」

「へえ。そんなことを気にしていたのかね」

「はい。ところでモーツァルトさんの手紙には、ハイドン先生が無愛想で無遠慮とあります。やはりそうでしたか」

「パパハイドンと呼ばれた割にはね。本当に誠実な人だったけどね」

「僕もハイドン先生から、楽譜に「ハイドンの教え子」と書くように言われましてね。これには切れました。「私は確かにあなたの生徒だったが、教えられたことは何もない」と突っぱねたんだ」

「何だと。彼と終生親友だったから肩を持つんじゃないが。しかしハイドン先生の推薦で、選帝侯の許しが得られ再度ウィーンに出られたんだから、君の恩人じゃないか。それを命じた先生も先生だが。確かに尊大だった。でも忙しかったんだよ。君もちょっと大人気ないんじゃないか」

「あの大時代的な振る舞いが嫌でした。時代にどっぷりつかって何の疑問も持たない人間は尊敬できない。結局僕の音楽人生は、ハイドン先生の重んじた形式そのものを壊すことだったし、先生から精神で受け継いだものは何もないんですから」

「そうはっきりというものじゃない。最後の協奏曲のトランペット協奏曲なんか、パパハイドンと言われただけあって、かわいさが雀躍《じゃくやく》してる」

「そういう問題じゃありません」

「それも君らしいといえばそうなんだが。それはそうと君は、ウィーンに出てから作曲した曲を作品第一番として、ボン時代の多くの作品を廃棄しているね。自分に甘い人が多いんだが。君の厳しい自己批判には恐れ入るよ。たいしたものだ」


ハイドンは『交響曲の父』と言われる音楽家。特に交響曲と弦楽四重奏曲のジャンルでは、モーツァルトをはじめ後世に多大な影響を与えた。ロンドン旅行で大成功を収め、富と名声を得て有終の美を飾り、比較的順風満帆だった人生。これがむしろ災いしたか、その音楽はモーツァルトのような豊潤さや深みに欠けると言われる。しかしモーツァルトの非凡な才能に対する恐怖や妬みから、足を引っ張る者が多かった中、誠実な人柄だったのだろう、ハイドンは兄弟のような親交を結んだ。父親に対しては息子のモーツァルトの才能に正直に太鼓判を押したし、プラハからのオペラ作曲依頼に自分の代わりにモーツァルトを推薦している。ハイドンはモーツァルトの作品に深い感銘を受け、モーツァルトの得意とするジャンルであるオペラや協奏曲の作曲をやめてしまったほどだ。さらにモーツァルトの遺児に音楽留学の機会を与え援助した。ベートーヴェンが一七九二年にウィーンに出たのは、ハイドンから弟子にしてあげるとの誘いがあったからだが、多忙のせいであろう、その教授は粗雑で期待外れに終わった。モーツァルトが亡くなった翌年のことだ。

第十章　モーツァルトの結婚

屁理屈ではないが、さすがに理屈理屈の連続で疲れてきた二人だった。

「君。さっき食べた浅蜊だが。きれいな衣装を着た貴婦人に見えなかったかい。アハハハハ」

こういう話の振りは、さすがにモーツァルトだ。しかしベートーヴェンも負けてはいない。

「すごい飛躍だね。普通の女子高生でしたよ」

「まだまだ修行が足りないね」

「人間性の問題。いや精子の数の問題じゃないですか」

「君もなかなか言うね。じゃあそろそろ本題の一つに入ろうか」

「何でしょう」

「その女性関係だよ」

「女性は好きだけど、女性を話題にするのは好きじゃないね」

「そうでもないだろう。証拠があるんだよ。君の筆談帳。酒場の雑談が残っている。「素敵な娘が横の方にいるな」というのが。アハハハハ」

「いやだなあ。処分しとくんだった。まあモーツァルトさんに何を言われても平気だけれど」

「だから格好つけなくてもいいんだよ。僕から言うからさ。僕は遊び人のイメージを持たれているらしいが。口ほどじゃないんだよ。病気も恐ろしかったが、意中の人がいたのさ。アロイジア・ウェーバーっていう」

「ウェーバーと言えば、『魔弾の射手』で有名なウェーバー。初めて指揮棒というものを使った人らしいね。彼の親戚なの」

「従姉にあたるんだ。才能豊かなソプラノ歌手だった。かわいい娘でね。残念ながらうまくいかなかった。だけど正解だったよ」

「正解って」

「後でわかったんだが。うそつきで節操がない男たらしだった」

「振られたからって、いやに厳しいね。それにしては失恋後も、あなたの作品を歌ってもらい大切にしていたんじゃないの？」

「よく知っているなあ。最終的に彼女の妹のコンスタンツェと結婚してね。アロイジアとは義姉としてのつきあいだよ」

「ほんとかな。それだけじゃなさそうだ」

「まあいいじゃないか」

「そして結婚には、母娘二人がかりでうまくしてやられたといわれているが」

「どうだろう。写譜家ウェーバーの一家は、我がモーツァルト家に似ていて、子供は父親に厳しく躾けられていたようだ。その父親が亡くなって経済的に窮地に陥った。しかもその四人姉妹の中で一番冷遇されていたらしい。僕は、持参金が全くない家庭の、殉教者のように気の毒な娘を幸せにしたかったんだよ」

「同情結婚か。真面目過ぎるな。モーツァルトさんらしくない」

「何か偏見を持ってるんじゃないか。アハハハハ」

「だけどふられた彼女の実家に、なぜまた下宿する気になったの。自分で嵌められに行ったというのは。よくわからないなあ」

「痛いところをつかれちゃったな。アハハハハ。姉のアロイジアに少しは未練があったのかもしれないね」

モーツァルトは動揺を隠すためか、肩こりをほぐすように首を左右に振って見せた。それでも話のステップは相変わらず軽い。

「父親も姉も大反対でね。説得には苦労したよ。大切な息子をウェーバー家に取られると思ったんだろう。父親は貴族かあるいは金持の娘と結婚させたかったようだ。だけど君、考えてごらんよ。貴族は愛情以外の理由で結婚している。政略結婚がいい例だ。しかし僕たち庶民は、自分が愛しまた愛される相手と結婚できる。ありがたいことだと思わないかい」

「そうか。庶民もいいことがあるんだ」

「きれいごとを言うようだが。僕は妻を幸福にしたいが、妻の財産で金持ちにはなりたくなかった。金は大切でたくさん欲しかったが、それで汚れたくはなかった。僕たちの財産は頭の中にこそある。死ぬと同時になくなるし、他人が奪おうとしても、頭をちょん切らなくては取れない」

「そのへんはお父さんの影響なの。それとも信仰？」

「まあ、両方だろうね。そして、金持ちを口説く才能だが、神様は僕には授けてくれなかった。意外に苦手でね。今ここでウェイトレスを口説いているわりにはね」

モーツァルトは、大きな舌をペロッと出して笑った。

「それは真っ赤なウソだ。だまされないよ。あなたのオペラを聴けばすぐわかる。女性心理を掴むのに長《た》けたあなたが、よくぬけぬけと。ドン・ジョヴァンニに誘惑されたツェルリーナの心の揺らぎなんか、舌を巻くんだから」

「実生活はまた別だよ。ワハハハハ」

「自分で選んだ結婚にこそ意味があったんだね」

「しかしコンスタンツェは可哀そうに、悪妻と言われているんだよ。世界の三大悪妻の一人とね。そうじゃない。姉のアロイジアに未練があった僕が悪いんだ。コンスタンツェは僕を愛してくれたし。決して美人じゃないが、前向きで明るくやさしかった。少しうるさかったけれど、女性はみなそういうものさ。仕事柄集中する時間が必要だが、僕は日常生活の雑音は平気だった」

「雑音の中で作曲って。僕にはとてもそんな芸当はできないな」

「その集中という才能を与えてくださった神様には感謝している。彼女が僕の音楽をどれだけ理解してくれていたかわからないが、よしんば無理解であったとしても、逆説的な言い方をさせてもらえれば、むしろ僕の作曲家としての苦悩を何も知らないことが、僕のマイホームパパの幸せを保証してくれたんだ。夫婦ってさ、他人にはわからないものだよ」

ベートーヴェンは、モーツァルトが笑ってごまかし、本心を表に出さない人だと聞いていたので、この率直な話がうれしかった。

「僕もそういう家庭が欲しかったんだ」

「そうそう。結婚の半年前に婚約を解消したことがあったのを思い出したよ。コンスタンツェが室内ゲームで負けた罰に、男にふくらはぎを測らせたことがあってさ」

「おのろけは聞きたくないな」

「自分で言うのもなんだが、僕は女性にやさしい。でもマザコンじゃないんだよ。小さい頃から母や姉や従妹、周りに大切な女性がいたことが大きいかな。いつも女性に囲まれているのが自然だったからね」

「全くうらやましい」

「女性的なものや母性的なものがもともと好きだね。やわらかな、ゆるやかなものがね。ピアノでも、速く弾くより緩やかに弾く方がずっと難しいだろう。緩やかな方が貴いと思うんだよ」

彼の死後再婚したコンスタンツェは、モーツァルトのプロモーターとして、したたかに儲けた。彼女の不評は、そこに起因するのかもしれない。しかし、モーツァルトの名を後世に残すことに尽力したことも事実である。

第十一章　ベートーヴェンが固まっていた理由

モーツァルトが人懐っこく愛情のこまやかな子供だったこと。それを示すエピソードが残っている。わずか六歳だった。一七六二年十月ウィーンのシェーンブルン宮殿。オーストリア大公マリア・テレジアの御前で演奏したときのことだ。女帝の膝に飛び乗って腕を首に回し熱烈にキスをした。そして宮殿の床ですべって転んだ。その時手を取ったのが七歳のマリア・アントーニア（マリー・アントワネット。マリア・テレジアの娘）。彼女にプロポーズしたという。そのウィーン生まれのマリー・アントワネットは、のちフランス国王ルイ十六世の王妃となったが、フランス革命で断頭台の露と消えた。絵になる人にふさわしい劇的な生涯だった。

「それにしてもモーツァルトさんの音楽は、天上の神が作って、それをあなたに書き取らせたというふうだ」

「何か僕のことで、よく神様が出てくるんだよなあ。アハハハハハ」

「神童だからね」

「その曲の音符一つでも狂えば全体が崩れてしまう、そんな完璧な音楽を一気に書き上げる。しかもあなたの凄いところは、いくら若い時の作品でも、どうしょうもないほど完成されていることだ。勉強や経験を積んでから、後年これを直そうとしても直すところがない。凡人なら若い頃の未熟さを恥じるのが常で、後年推敲し改良できるものだが、あなたにはあてはまらない。幼い頃からその年齢にふさわしい完璧なものを作ってこられた。これが神の仕業でなくて何だろう」

「冗談じゃなくて、完璧な作品しか作れなかったんだ。だんだん神の仕業だったかもしれないと思ってきたよ。アハハハハ。君があんまり神、神って言うもんだから」

「僕はあなたほど才能に恵まれてはいない。どんな小品でも何十回と手を加えることがしばしばだった。あなたなんか、あの三大交響曲を六週間、交響曲三十六番『リンツ』はたったの三日間で仕上げたと聞いていますよ。全く信じられない。やっぱり「下書きをしない天才」と言われただけある」

「君のは表現したい思想を音符に変えるという作業だからだよ。」

「しかし、モーツァルトさんの天才には努力する才としての意味合いもある。知っていますよ。なにしろ先人の音楽家の業績をすべてマスターしようという意気込みで、大変な努力を積み重ねられたのだから」

「神から授けられた才能で、世界で一番美しい音楽を作りたかった。そのためには、時間を一瞬たりとも無駄にできないと考えていたのでね。少しばかり格好つけすぎたかな」

「いえいえ。何という美しい心だろう。「神童も成人すればただの人」ということわざがあります。だがあなたの才能は決して色あせることがない。そして今は天才の相場がめっぽう安い。「天才の中の天才」とでも言わないことには効き目がないが、あなたは音楽史上無二の天才だ」

「でも君のようにフリーランスで生きることは無理だった。宮廷音楽家になるか、有力な貴族のパトロンがいないと生活できない、つまり自活できない時代だった」

「わたしよりはるかに難しい、窮屈な時代でしたね」

「聴衆の嗜好に配慮せよと父親から言われていてね。ずっと長調の曲ばかり作っていたんだが。父親がなくなってからは、注文とは関係なく、自分の表現したいものや作りたい気持ちを大切にするようになってね」

「赤裸々な感情の表現もためらわず、またより深い作風に変わりましたよね。パトロンに気に入られる音楽ではなく、純粋に音楽を追求する。突拍子もない例ですが。それはまるで、人類が初めて月面着陸に成功した、アポロの宇宙飛行士のようだ。あなたが踏み出した記念碑的な一歩。音楽史上初めて芸術家が生まれた瞬間なのです。例えばあなたのピアノ幻想曲ハ短調（K475）。一八世紀の音楽とは到底思えない深い精神性を持っています。いわば『精神の孤独』。それは現代人と切っても切れないもの。あなたは十九世紀の私たちに音楽の可能性を示してくれた恩人です。実は禁断の木の実を最初に食べたのは、私ではない。モーツァルトさん、あなただった。そして私にも、あなたというかけがえのない目標ができたんです」

「そんなことを言ってくれるのは君が初めてだよ」

モーツァルトは顔を紅潮させたばかりではなく、感激のあまり全身を震わせ、男泣きに泣いた。それだけモーツァルトのその第一歩は、生活苦を覚悟で挑んだ過酷な挑戦だったからだ。

ベートーヴェンのモーツァルトに対する畏敬。それは他でもない、ここに根差している。実は自分の音楽の先駆者であり、かつ音楽人生の恩人だったのだ。このバルセロナでモーツァルトに出会った時、ベートーヴェンが、あの王侯貴族にも強気の彼が、緊張のあまりコチコチに固まっていたはずである。

「モーツァルトさん。あなたの偉大さは早熟だとか、耳が良いとか、音の組合せがうまいとか、美しい響きだとかにあるのではないのです。封建的なものから解放され自由な天地に躍り出る、人間らしい姿勢にあるのです。だからオペラでも、あなたが好んで作ったのは第三身分の庶民的英雄だった。そして絶対音楽の枠ともいえる交響曲にも、多様な内容を盛られた。僕なんか、ただそれを引き継いだだけですから」

「君らしい史的な評価はありがたい。僕の苦労が報われた気がするよ」

モーツァルトには生前、自分の作曲術というか技術面で賞讃してくれる人は多かったが、芸術性まで理解してもらえる人はいなかった。そのことに非常に寂しい思いをしていたのである。しかしここに、ベートーヴェンという良き理解者を発見できたのだ。そのことが何よりうれしかった。

「ベートーヴェン君。少し脱線するが、ゆるやか、おだやかということで思い出したよ。このバルセロナはカタルーニア州の首都だが、もともとスペイン本国からの独立意識が強いと聞いている」

「この辺りはスペインというよりフランス的だよね」

「ここにサルダーナという民族舞踊があってね。起源は君の好きな古代ギリシャに遡るらしい。さっき言った散歩の途中、このほん近くの公園で見かけたんだ。だれでも参加できるという話だ。こんな恰好だから遠慮したんだが。老若男女みんな輪になって、手をつなぎながら踊る。しかし悲しいことに、スペイン内戦に敗れたあと三十六年間にわたってフランコ独裁政権の厳しい弾圧を受け続けたらしくてね。その間カタルーニアの民族意識を煽るものとして、カタルーニア語とともにこのサルダーナの踊りも禁止されたと聞く。そのなかでも絶えることなく踊り続けられてきたという。この踊りが実におだやかでゆるやかな、いい感じでね。こんな静かな団結や抵抗ってあるのか、不思議に思うくらいだ。そういう意味で感動したよ。民族のアイデンティティといえるこの踊り。いっぺんに好きになってしまったんだ」

「大変苦難の時代を経験しているんだね、この町は。そして、あのゴヤの育ったような岩肌のスペイン台地とは全く異質だよね」

「あの踊りのテンポ。民族の誇りというか。何とも言えない落ち着きがある」

第十二章　モーツァルトの千回のキス

「モーツァルトさん。あなたは生まれつき愛嬌があり、少女のようにやさしかったのでしょう。華やかな愛らしい曲を次々作曲されていましたから」

「自分で言うのもなんだが。ずっと売れっ子だったね」

「いまで言うアイドルみたいなものかもしれませんね」

「父は宮廷付き音楽家で貴族じゃないが、貴族に近い振る舞いができるように、また貴族に好かれるように育てられたからね。そして、父親の音楽教育にもまして、母の深い愛情。これに包まれ丁寧に育てられたのは、何より幸運だった。赤ちゃんが母親の豊かな胸に抱かれて安らいでいる幸福感。これは快活さと並んで、ぼくが音楽で表現したかった一番大切なものだったからね。そして家族みんなで仲良く暮らすのが一番の幸せだった」

「愛情いっぱいに育ったんですね」

「音楽家として一本立ちしてからも、家族一人一人が愛しくてね。厳格だった父親も、ずっと頭から離れることはなかったんだ」

「モーツァルトさんの家族あての膨大な手紙。見ましたよ。少年のように快活だ。一つの文の中で、イタリア語からドイツ語・英語・フランス語・ラテン語とくるくる変わる。一行毎に逆さまに書いたり、語呂合せや造語をしたり、尾籠な言葉でふざけたり。音楽のように楽しい」

「旅先から留守番の姉に宛てた手紙に、『千回のキスを贈ります』という言葉を欠かさなかったんだ。母親や妻宛てにも数えきれない数のゼロを付けてキスを贈ったよ。家族のやさしい暖かいぬくもりを手放したくなかったのでね」

「あなたの生い立ちがつくづくうらやましい。僕はそんな鳥の巣のような、和やかな愛に満ちた家庭環境には恵まれていなかった。母親だけは敬愛していたし、自分にもし良い所があれば母のお蔭だと思っていたが。甥の親権争いとかろくなことがなかった。口にするのも嫌だ。性格の悪さの一因だと思う位だ」

「それは気の毒だったが、その逆境が飛躍のバネになったのかもしれないじゃないか。お父さんがお父さんだから、君がお母さんをどれだけ愛していたか、よくわかるよ」

ベートーヴェンは二十二歳の時父親の死には帰郷しなかったが、十七歳の時母親の重篤を知るや、夢にまで見たあこがれのウィーン生活を振り切ってまでも帰り、死ぬまで看病した。そしてそのショックがあまりに大きく、立ち直るために長い時間を必要としたのだった。

「そして経済的な理由から外国旅行も許されなかった。本来なら当時の音楽家としては致命的なハンディだよね」

「それは厳しいね」

「ただ僕がボンから出てきてからのウィーンは、パリと並んで国際文化都市になりつつあったんだ。各国の音楽家や貴族とも交流できたし、外国旅行ができないハンディを十分補ってくれた。これは幸いだった」

「君は一度だけ演奏旅行しているよね」

「一七九六年にプラハ・ドレスデン・ベルリンへ」

「その時だな。あの話は。チェロの名手だったフェルディナンド大公を主賓とするベルリンでの歓迎の宴席で、王侯と演奏家たちのテーブルが別々だったのに立腹して、帽子と外套を取って引き上げたという」

「ご存じでしたか」

「だいたい君はそういう話が多いね。アハハハハ。大変だ。女性関係に話を戻さなくっちゃ。しかしベートーヴェン君。君もウィーンに出てからは『鍵盤の花』と呼ばれたヴィルトーゾ。また、即興演奏の名手として有名だったんだろう。貴族のサロンの寵児だったと聞いているぞ」

「有頂天になっていたかもしれない」

「結構美男子だったとも聞いてるぞ。ピアノレッスンを希望する令嬢たちに囲まれていたのだろうが。この色男。アハハハハ。『月光ソナタ』や『エリーゼのために』を聴くと、君がどれだけその女性に恋焦がれ、やさしい気持ちを持っていたかがよくわかるよ」

「そのプライベートのやさしさの顔は見せたくなかったんだけどね」

「別に隠す必要はないと思うよ。強いイメージを壊したくなかったのかね。君にしては考えが古いじゃないか。その『エリーゼ』が実際誰かという論争だが、君も知っているだろう。今も続いているらしいぞ。君の書き残した「不滅の恋人」が誰かというのもあるし。お騒がせだね。実際は誰だったの。白状したらどうだ。誰にも言わないからさ」

「永遠の謎にしておきます。全部わからない方が良いものもあるでしょう」

「もったいぶるなよ。まあいいか。後世の人々が騒ぎ過ぎというのもあるからな。だけど君も存外多情じゃないか。貴族の娘を何人も好きになったと聞いたぞ。アハハハハ」

「モーツァルトさんに言われたくないなあ。結婚相手じゃないとしても、何百人と友達だったあなたと一緒にされたくはない」

「そう怒るなよ。それと誤解されたら困るから言っておくが、ぼくは生活のためやむなく家庭教師をしていたんだよ。生徒に天分があり勉強の熱意があればともかく、その時間の拘束がいやだった。自分はピアニストではなく作曲家ないしは音楽監督になるべき人間だと自負していたし、多くの弟子をとることは自分の才能を埋めることになると思っていたんだ。まあ確かに家庭教師をしていたら、いくらでも好きになるよな。それが普通だ。僕なんかあまり可愛くない子に惚れられて困ったことがある。しかし当時僕達平民にとって、いくら音楽家として超一流の君でも、貴族の娘は高嶺の花だったと思うよ」

「その通りです。ハードルは高かった」

「悲しい事実だよな。僕なんか最初からあきらめていたよ。僕のナンネル姉さんは、父親の計らいで年寄りのばついちの男爵と結婚したけどね」

ナンネルはモーツァルトの五歳上の姉で、やはり子どもの頃は神童といわれたほどの才能に恵まれた。優れた音楽理論家であった父親が英才教育を施し、そのテキストとして作ったのが有名な「ナンネルの楽譜帳」だ。モーツァルトも四歳からこのテキストを使用して教育された。作曲にも演奏にも才能豊かな姉であったが、父の教育方針で弟の伴奏に回ることが多く、やがて弟の名声の陰で忘れ去られてしまう。そういう時代だった。幼い頃から演奏旅行は二人一緒が多かった。モーツァルトは姉と二人で連弾するための曲を数多く作っている。モーツァルトは自分の強引な結婚を境に、姉が父親寄りになり、結果二人に確執が生じたのを悲しんだ。

「ああナンネル姉さん」

モーツァルトは、はるか遠くを見るようにひとりごちた。

「姉と二人で過ごした日々。練習でつらいことも多かったけれど。今思えば至福のときだった。いつも飛び跳ねていたんだ」

モーツァルトは毎年、この姉の霊名の祝日に、心をこめて自分の作品を贈った。当時霊名の祝日、つまり名前をもらった聖人・聖女の祝日は、誕生日よりはるかに重要だった。

第十三章　ベートーヴェンの命綱

「それはそうとベートーヴェン君。君の人生に取り組むスタイルだけどさ。まさにアンチ女性的だよなあ」

「どうしてですか」

「どうしてって。ストイック過ぎるじゃないか。相容《い》れないと思う。君の指導よろしくパートナーを、そういう人間に陶治《とうや》できればいいのかもしれないが。まあしんどい作業だろうなあ。

女性の価値観というか幸福感、最大の関心事は違う所にあるからね。結果的には一生独り身で正解だったんじゃないか」

「そうでしょうか。短い間だけど、確かにあなたの言われる通りもてた時代もあった。しかしだから余計に、後の聴力を奪われてしまう病は、二度と這い上がれない深い谷底に突き落とされるような恐怖で。音楽家としての望みをすべて絶たれてしまったから、生きていても仕方がないと。死ぬつもりでした」

「知ってるよ。あのハイリゲンシュタットで書いた遺書。しかし自殺は思いとどまったんだね」

「はい。運命に耐えきれずに運命を恨みながら自死、という受け身の人生は絶対いやだった。運命にはこちらから打って出ようと」

「よく乗り越えられたものだ。僕じゃ無理だ。その強さはどこから来たんだい。持って生まれたものなのかね」

「強気と言ったって超人じゃありません。同じ人間ですから。命綱が見つかったんです」

「何だね。それは」

「難聴に襲われた丁度そのころだったんです。自分の音楽の独創に自信を持ったのは。これだと。これが僕の追い求めていた音楽なんだ。従来の音楽の延長でない新しい世界。このバルセロナの町の空気のように、明るい世界。前に開けたこの新世界を構築するまでは死ぬわけにゆかないと」

　ベートーヴェンの顔は新しい遊びを見つけた子どものように、屈託のない喜びに満ちていた。

「その時の自信作が『英雄』交響曲なんだね。君の一番気に入りの。たまたま絶望と希望が同時に来たってわけかね」

「だから遺書といっても、世間一般の幸福からの決別という悲しい現実、これをしっかり受け止めると同時に、死とは真逆の新しい創作の決意に魂が燃え滾《たぎ》っていました。吹っ切れたというか。以後は一心不乱に作曲に打ち込むことができました」

「それは良かった。それからの四・五年は君の絶頂期だものなあ。しかしそれで君が仙人にでもなったかと思ったら、大違いだ。アハハハハ。そのあと結構何人にも恋してるじゃないか。ジュリエッタ・グィッチアルディ、ヨゼフィーネ・フォン・ダイム、テレーゼ・フォン・ブルンスウィック、テレーゼ・マルファッティとか。貴族も多いな。別に悪いと言ってるんじゃないんだよ。その情熱が素晴らしい作品を生み出したんだから」

「どうしようもない男の性でしょうか。エネルギーの源かもしれない」

「それと、ベートーヴェン君は難聴だったから、自然が友達だったんだね。有名な交響曲第六番『田園』の第二楽章の澄み切った鳥の鳴き声。そういえば鳥の鳴き声で思い出した」

「何でしょうか」

「いや、このバルセロナという場所を選ぶについては、色々勉強もしたんだよ。カタルーニア出身の世界的に有名なチェリストに、パブロ・カザルスがいる。自由と平和が何よりも大切という信念のもと亡命し、例のフランコ独裁政権が倒れるまで祖国の土を踏むことがなかった人だ。そのカザルスの母親の、実にいい話があってね。あのスペイン内戦でカザルスの弟が徴兵されようとした時のことだ。その母親が何と言ったと思う？「人は殺したり殺されたりするために生まれるのではありません――。行きなさい。この国を離れなさい」と言って海外に逃亡させたらしいんだ」

「それは立派な母親だね。まるで僕の歌劇フィデリオの主人公、レオノーレみたいだ」

「カザルスはバッハ先生の、『無伴奏チェロソナタ』を発掘したことでも知られている。晩年の国連コンサートでは、カタルーニア民謡『鳥の歌』を演奏した。その時「カタルーニアの鳥はピース（平和）ピース（平和）と鳴く」という話をして、世界の人々に静かな感銘を与えたそうだ」

「胸が熱くなりました。その鳴き声が聞こえる気がします。いい話を聞かせてもらって感謝します」

第十四章　毒を盛られたモーツァルト

「モーツァルトさん。あまり明るい話題じゃなくて恐縮です。興味津々の。ロシアの作家プーシキンが小説にしている話」

「サリエリの話だろう」

「はい。僕らと同時代の作曲家サリエリに、あなたが毒を盛られたという説。実際はどうだったの。殺されたかもしれない被害者に、容疑者のことを尋ねるのはおかしいけれど」

「僕のオペラ上演で足を引っ張られたりしたから、確かにライバルだった。もともと君も知っての通り、イタリアは歴史的に音楽の先進地域だ。その証拠に、音楽用語は皆イタリア語だよな。だからイタリア人の彼もプライドが高かったはずだ。僕を生意気だと思っていたかもしれない。けれど彼はウィーンの宮廷作曲家を経て、三十代後半からずっと、押しも押されぬ宮廷楽長だったからね」

「ヨーロッパ楽壇のトップだよね。モーツァルトさんこそ、その地位に相応しい方なのに。いまいましい」

「その悠々たる地位にあったからね、彼は。現状に不満があったとは到底思えない。むしろ僕自身がそんな地位にも就けず、ピアノコンチェルト主体の予約音楽会にも飽きられて、かつての人気を失っていたし。だから僕が恨みや嫉みを買われることはなかったと思う」

「しかし、あなたのあふれる才能に妬みを持っていたんじゃないの」

「いや。それだけでは人を殺す動機としては弱いと思うよ。興味本位の作り話だろうね。色々仕事上で邪魔された僕が、サリエリに毒を盛ったというのならまだしも。アハハハハ」

「また。冗談を。僕もサリエリさんには歌曲の教えを受けたし、そのあとも仕事上意地悪されたことがあったからよく知っているが。確かにそうだよね」

「彼は音楽教育家としては立派だった。君だけじゃない。シューベルトやリストも教えたそうだ。一度僕の最後のオペラ、『魔笛』鑑賞に、僕のボックス席へ招待したことがあってね。彼がいつになく興奮していたのを思い出したよ。気のいいところもあったんだ」


どうやら毒殺説は、モーツァルトの急死が引き起こした邪推のようだ。瀉血《しゃけつ》といって、患者の身体から血を抜くという非近代的な当時の医療、その殺人に近い処方がモーツァルトの死を早めたことは否めないが。

第十五章　ベートーヴェンの告白

「ところでモーツァルトさん。あなたの父親は、すごい教育パパだったらしいね」

「パパと聞いただけで、この僕でも緊張するんだよ。ほらこんなふうに。アハハハハ」

モーツァルトはおどけて背筋を伸ばし、気を付けの姿勢をとった。小柄な彼のしぐさは、少年のようにチャーミングだ。

「音楽教育家、知識人、教養人。父親は神様の次に偉いと思ってきたんだ。そのきめ細かな教育には感謝しきれない。音楽だけじゃない。英語やフランス語やイタリア語なども教わったんだ」

「それは大きいね。オペラの勉強にイタリア語は欠かせないから」

「それに一般教養。幅広いものだった。パパは僕と違って礼儀正しいしね」

「きっとあなたの父親は、あまりに幼児教育がうまくいったものだから、世界中の人に見てもらいたかったんじゃないだろうか。五歳から作曲を始めたあなたの、信じられないような才能に父親もたまげたんだと思う。そして音楽家として大成させるためには旅が必須のキャリアだと考えたのは実に大正解だ」
　モーツァルトはいつのまにか、ザルツブルグの方角を向き、静かに胸の前で十字を切ってい
たのだった。父親のレオポルトが亡くなったとき、ザルツブルクへ駆けつけることはかなわな
かった。追放された町だったからだ。
「ベートーヴェン君。君の家も代々音楽家だったと聞いているが」
「はい。その通りです。僕の名付け親だった祖父はボンのケルン選帝侯の宮廷付きバス歌手か
ら楽長になったし、父は同じ宮廷付きのテノール歌手だったんですよ。しかしそのあとが随分
あなたと違っていてね。英才教育といえば格好いいが、実際は僕に早く稼がせるための、いじ
めに近いスパルタ教育だった」
「そうかね。でも僕の父親だって五十歩百歩だ。僕を金のなる木と思っていただろうし。年
取ったら食べさせてもらおうと考えていたと思うよ。それに父親は優れた興行主だったからね。
高い志を持たせてくれたことは今でも感謝している。しかし同時に、世界的な音楽家になるた
めにひたすら刻苦勉励せよ、という父親の呪文。そのプレッシャーは一生重くのしかかったん
だ」
「いやいや。雲泥の差ですよ」
　そう言いながら、ベートーヴェンが突然神妙な顔つきになった。そしてモーツァルトに訴え

かけたのだった。

「モーツァルトさん、あなたの少年のように純粋で快活でオープンな心に触れて、僕はもうずっと息苦しくてね。僕も解放されたい、鬱積《うっせき》した思いをぶちまけたいという気持ちがあふれてきたんだ。どうか聞いてほしい。誰にも話したことがないんだが。本当の自分だ。あなたは豊富な人生経験から、人間のけがれにも数多く接してこられたと思う。けれどもあなた自身はけがれていない。美しい心の持ち主だ」

「それぱっかしでもないけどね」

「僕は違う。けがれ多き自分がいやでいやでしょうがなかったんだ。同じ庶民といっても、子供の時から体を洗ってもらい、髪を梳かしてもらい、素敵な服を着せてもらったあなたとは大違い。屋根裏部屋がスタートだった。そこで生まれ、がさつに育った。十七歳のとき最愛の母親を失くしたんだが、父親の飲酒癖がその母の死のショックで進んでね。ひどいものだった。一家の扶養の全責任が、突然僕の肩にかぶさってきたんだ」

「早くから自分で食っていかなくてはならなかったのか。それは大変だったね。僕も大司教と喧嘩して、ウィーンでは腕一本で大変だったから。よくわかるよ。しかし君はあまりにも若いし、僕は父親のサポートもあったからね」

「だから貴族にも狡猾に立ち振る舞ったし。わがままでケチで傲慢な暴君で、冷たい穢れの塊だった。つんぼの梅毒患者と呼ばれたこともある。いつも怒っていた。写し間違いの多い写譜屋には今でも腹が立つ。思うように働かない召使を罵倒し、陰口し、軽蔑したんだ」

「実際一人で生きてゆくのは生易しいものじゃない。人生、きれいごとで済まないからな」

「だから自分が穢れの塊なのに『楽聖』と言われるのが、いやでしようがなかった。穢れが多いから余計に聖人になろうと努力してきたのは確かだ。穢れ多き人間であっても、そういう努力をしたことに対する呼称であれば受けるけれど。精一杯努力したのは確かだから」

「ベートーヴェン君。よくそこまで話してくれたね。うれしいよ。ただ君は自分を卑下しすぎだ。そう耳が悪くては人を避けるのは仕方がない。それで誤解されたり、誹謗中傷の材料にされたのは、むしろ気の毒なくらいだ」

　話終わったベートーヴェンは憔悴しきっていたが、それでも、母親に心の内を打ち明けた子供のように、安堵の表情もみせた。

第十六章　シラーとカント

「ところでベートーヴェン君。君のピアノソナタ『熱情』の楽譜に残っている大きなシミだが」

「あれですか。一八〇六年に、グレッツにあるリヒノフスキー侯の城で、フランス軍将校に演奏するよう迫られた時ですよ。それがいやで雨の中、楽譜をつかんで逃げ出しウィーンへ帰った。その時の雨のシミなんだ。それが原因で侯爵と仲違いしたんだった」

「それで、シミも一緒に人類の遺産になったんだね。面白い」

フランス革命の後、ヨーロッパ各地で自由と進歩を求めて狼火が上がった。だがブルジョア革命が続いて成功するまでには至らなかった。その最たるものが旧体制のまま取り残されたオーストリア社会。そこで一八〇九年以来あのメッテルニヒがのさばったのだった。言論を弾圧、監視は私人の家庭にまで及び、結婚式の祝辞や葬式の弔辞まで検閲を受けなければならなかった。

「モーツァルトさん。あなたも結構言いたい放題だけど、僕も思想の自由は大切だと思っていたから、自分の考えをアケスケにしゃべったんだ。だから敵も多かった。オーストリアの保守性は唾棄《だき》すべきと言ったし、統治者やその臣下に対して悪口雑言を吐いてやった」

「よく捕まらなかったことだね。芸術家には無理解の反動政治。加えて腐敗堕落。そこで君は進歩と自由のために一人で戦ったのか。その重みによく耐えたものだ。理想と現実の狭間での苛立ち。よくわかるよ。生活の乱れや奇行、君は半狂乱だったのだろう。その葛藤の中で、よく光輝な力強い音楽を鍛造《たんぞう》できたものだ」

「若い頃も大変だったが、人生の後半はそれ以上に過酷だった。ナポレオンの戦争で、親しい貴族がウィーンを逃げ出したり、没落してしまったからね。ルードルフ、ワルトシュタイン、キンスキー、ロブコーウィッツ、ラズモフスキーは僕より早く亡くなった。戦争によるインフレーションもあって、衣食に事欠くくらいだったんだ」

「お互いお金では苦労が絶えなかったよな」

「モーツァルトさんと一緒にされたくないなあ。あなたは贅沢し過ぎたんじゃないですか、貴族的な生活で。その張りは作曲の糧でもあったのでしょうけれど。ずいぶんギャンブル好きだったと聞いていますよ。部屋にビリアード・テーブルがあったとか」

「お父さんみたいに手厳しいなあ。アハハハハ。確かに経済観念があったとは思えない。欲しいものは何でも買った。特注のピアノ、旅行用の高級鞄、上等の衣服、馬車。だけど成り上がり者根性じゃないんだよ。音楽家として、その愛好家の貴族への体面もあったしね。対等に付き合い評価され尊敬を受けるための必要なコストだったんだ」
「そんな生活じゃ、いくら稼いでも追いつかないね」

実際は笑いごとではなく、哀れな借金を請う友人への手紙が何通も残されている。お金の欠乏による切迫が、彼の精神をも蝕むことになった。そして耳を傾けてくれ、場合によっては抗議する相手だった父親を失い、姉との姉弟愛も破たんしたことは、愛情たっぷりに育った彼には大きな痛手だった。かかる環境のもとで孤立感を深め、作曲への没頭が自己破壊的なものになっていったのは悲劇だった。

「ベートーヴェン君。僕も晩年はほとんどの友人や貴族たちから見放されたから、よくわかるよ。だけど、お金のために音楽を穢したことはなかったじゃないか。聖人じゃなかったが、だからこそ、聖人に近づくべく忍耐し努力した善人だよ、君は。世界に自己の最善のものを与えるために深く傷つき、自己の幸福を犠牲にした悲劇の人だ。そういう君を偉大だと思い、また尊敬しているんだよ、みんなが」

「ありがとうございます。自分でいうのもおかしいが、精神的に異常をきたしていたと思う。物質的に追い込まれたこともあるが、むしろ精神的な挫折が大きくてね」

「精神的な挫折か。話が難しくなりそうだな。まあいいとしよう。聞かせてくれたまえ」

「ナポレオン云々じゃない。フランス革命が血で血を洗う、とんでもなく醜いものになってしまった。革命のためには暴力、殺人も厭わない、狂気としか思えない人間同士の殺し合い。人間の愚かさに愕然としたんだ。どうすべきかわからなくなってしまった」

「で、どのように解決したんだね」

「僕は二十歳になる前、随分若い時だが、ボン大学の聴講生だった。そこの教授に、あのゲーテと並ぶドイツの国民的詩人、シラーの友人がいてね。さきほど芸術家の偉大・平凡・劣等の三つのパターンで話したシラーだ。そのシラーの思想をその時学ぶことができたんだ。『歓喜に寄せて』の詩と出会った。まさに僕が追い求めていたものだった」

「君が最後の交響曲『合唱』で使った詩だね」

「そうです」

「その第四楽章の合唱のメロディの一部だがね、僕の作曲したオッフェルトリウム『ミゼリコルディアス・ドミニ』という曲とよく似ているんだが。アハハハハ」

「いやーっ。モーツァルトさんの宗教曲を吸収したくて猛勉強したので、もしかしたら頭に残っていたのかもしれない。申し訳ありません」
「いいんだよ。こんな立派な音楽になったんだから」
「ありがとうございます」

シラーは一七五九年生まれ一八〇五年没。ドイツの詩人・劇作家。ドイツ古典劇を確立。代表作は伝説の英雄を描いた「ウイリアム・テル」。生地のヴュルテンベルグ公国は暴君オイゲンが支配する専制国家で、革命を鼓舞する戯曲を書いたため禁固刑に処されるなど迫害を受けた。二十三歳で祖国から亡命し、圧政からの解放と自由を熱望する作品を次々発表した。詩はドイツ詩の手本として、今もドイツの学校教科書に載り生徒に愛唱されている。なかでも「自由の賛歌」はフランス革命の直後、ラ・マルセイエーズのメロディでドイツの学生に歌われた。また同じく「歓喜に寄せて」は、ベートーヴェンの第九交響曲「合唱付き」で有名だが、ＥＵのテーマ曲にも採用されている。

「そしてシラーも僕と同じように、フランス革命の惨状に心を痛めていて、そのシラーが共鳴したのがカントだった。僕も二十五歳くらいの時カントの勉強会をしたことがあるし、惚れ込んでいたんだ」

「カントは名前だけは知っていたが。勉強してないよ。で、そのカントの何に共鳴したんだね」

「人間にはいかなる場合でも、自分の目的のために他人を抹殺する自由は許されない。そういう行為をしかねない弱い自分を律することが大切で、彼はそれを『真の自由』と名付けたんだ。戦争に民衆を利用することを戒め、政治解決の手段としての戦争を否定し、『常備軍の撤廃』と『国際連合の樹立』を提唱した。一人一人が人間の尊厳を守る『内なる自由』を確立することで、『永遠平和』を目指すべきだというもの。何と高邁な。そう思われませんか、モーツァルトさん」

「人間や世界のあるべき姿だね。君の十八番の。随分スケールが大きいなあ。でも理不尽な相手が暴力を振るってきたらどうするんだね。理想をあきらめるのか」

「難しいですね」

「とにかく時代に満足せず、未来を見据える洞察力と不羈の精神。君の心は真っ直ぐだよ。卑下することとなんか何もない」

「モーツァルトさん、あなたはたとえ人間がどんなに愚かであっても許すという、神様のような広い気持ちで音楽を作られた方だ。僕は自分も含め人間の愚かさに怒り、その愚かな人間に人間の理想、あるべき姿を指し示すべく一生を捧げたつもりだ。人間が持つべき偉大さを、音楽という芸術で表現したかったんだ」

「それが君のりっぱなところだ。自分の幸せだけを求める、ちっぽけな人間じゃなかった」

第十七場　ヘンデルとバッハ

「僕は完成に向かって前進する、永遠にその途中にある、その未完成に意味があると思っているくらいだ。そういう意味で僕はあなたと並べられるような大家じゃない」

「じゅうぶん大家だと思うよ。ところで、メッテルニヒの反動政治に嫌気がさして、ドイツを離れようと思ったのだって」

「はい。ケチな狡賢い乞食根性を持った、当時の人々にも嫌気がさしてね。自由と民主主義の理想国家、イギリスへね」

「あのヘンデルがそこで成功し、ウェストミンスターに葬られている。またハイドンも、数次のイギリス旅行で大成功をおさめ、優れた作品を残しているよね」

「ウィーンの貴族たちに引き止められて、結局実現しなかったんだけど。モーツァルトさん。あなたも渡る計画があったと聞いていますよ」

「そういえばそういうことがあったな。金に困っているときだった。そうそう、ヘンデルと言えば。君は晩年にプレゼントされたヘンデルの全集を大変喜んで、大切に手元に置いていたそうだね」

「ヘンデルはイギリス国王のお抱えだったが、妙に媚《こ》びたりこせついたところがない。王室のための音楽を堂々と奏でていたんだ。そこが好きでね」

「ぼくなんか結構媚びていたからなあ」

「そういう意味じゃないです。その全集を頂戴したときは病気で気弱になっていた時だから、本当に感激しました」


ヘンデルは一六八五年ドイツに生まれ、一七五九年イギリスロンドンに没した。享年七四歳。日本では「音楽の母」と呼ばれ、あの同じく「音楽の父」と呼ばれるバッハと対等の音楽家として位置づけられている。バッハとは奇しくも同年の生まれ。バッハが先祖代々の音楽家に生まれた一方、ヘンデルは音楽家志望だったが、初めは法律家になるように育てられた。当時の音楽家は地位が低く収入も不安定な職業であったため、父親が猛反対だったからである。またバッハは終生ドイツ国内で音楽活動をした地味な音楽家だったが、ヘンデルは二十代後半にロンドンに移住し帰化、音楽活動は専らイギリスだった。作風は、バッハが教会音楽という、どちらかというと内向的なものだったが、ヘンデルはオペラやオラトリオなどの劇場用の音楽を得意とし、外向的だった。オラトリオ「メサイア」のハレルヤコーラスは、つとに有名。オペラ「クセルクセス」の中の「オンブラ・マイ・フ」は、「ヘンデルのラルゴ」として親しまれている。色んな点で対照的な二人だった。当時はるかに格上だったヘンデルに、バッハが面会を申し入れたが断られている。生涯二人は会うことがなかった。ベートーヴェンはバッハがまだ歴史に埋もれていたこともあるが、そのバッハよりも、作風が堂々としている上に同じく終生独身だったヘンデルに、親近感を覚えたのだろう。


「ヘンデルの強靭かつ堂々と伸びやかな精神だね。君の好きなタイプだからよくわかる。しかし、ベートーヴェン君。バッハも恩人だろう」

「偉大過ぎて近寄りがたいです」

「偉大な君でもか。確かに。あの膨大な作品群。しかもよき家族人だったから恐れ入るよな。子供の音楽教育も。しかし、偉大なバッハの平均律クラヴィア曲集が旧約聖書で、君のピアノソナタは新約聖書と呼ばれている。ピアノソナタは、弦楽四重奏曲もそうだが、君の心の原風景が見られて、シンフォニーよりも僕は好きなくらいだ。そのバッハに近寄り難いどころか、君は並んだじゃないか。アハハハハ」

「冷やかさないでくださいよ。そういうモーツァルトさんの交響曲ジュピター。その最終楽章で堂々たるフーガを残された。ポリフォニーとホモフォニーの壮麗な融合。万物が心地よく溶け合う、混沌という名の調和、幸せな宇宙がある。古典派の金字塔どころではない。人類の財産として交響曲を一つしか残すことが許されないならば、躊躇なくこのジュピターを選ぶべきだと思います。先輩音楽家への深い感謝の気持ちと、モーツァルトさんのこころざしの高さ」と言いながらベートーヴェンは言葉に詰まってしまった。ジュピターの曲を思い出して圧倒されたかのようだった。

「僕の当時最高の理解者だった貴族。オーストリアの外交官で帝国図書館の館長だった、スヴィーテン男爵。彼がその両雄、バッハ・ヘンデルの古典音楽に心酔していてね、その時勉強したんだったよ。それとポリフォニーは、ごく若い頃イタリア旅行で学ぶ機会があったんだ」

第十八章　ベートーヴェンの涙

「ところでベートーヴェン君。死に際しての君は、もうフルオーケストラの自作の曲も聴こえなくなっていたのだろうに。雷鳴とどろく天に向かって最後のこぶしを振り回し、運命に抗い息絶えたそうだね。最後の言葉が、『喜劇は終わった。諸君喝采したまえ』と聞いている。直情の君には珍しくシニカルじゃないか」

「冷やかさないでください」

「神に生前の生きざまを懺悔し、許しを請いながら死ぬのが普通なのだから。ヘンデルやバッハに負けぬ強い精神を持って横紙破りに生きた君らしい。騒々しいまでの精神の猛りは僕にはないものだ。君と比べれば僕の音楽は、『乙女の祈り』みたいなものかもしれないね。アハハハハ。さすがに過去の因習や伝統を破壊してきた革命的音楽家だ」

「身に余るお言葉です。僕の負けないのは音量だけですよ。モーツァルトさん」

ベートーヴェンの葬儀には、国王のそれより多い二万人の人々が棺に従った。シューベルトも棺側に炬火《かがりび》をかかげて進む一人だった。ピアノソナタ『葬送』が奏せられた。棺に土がかけられるとき、月桂冠がフンメルの手によってその上に置かれた。一方モーツァルトは実に粗末なものだったという。最下級から一つ上という葬儀で、共同墓地に葬られた。今ではその所在さえ不明である。華美な葬式が極力控えられた時代背景や、フリーメイソン会員として彼自身が望んだであろう葬式の簡略化を考慮すれば、彼の死の悲哀にドラマチックなものを求めるあまり、葬儀の不当な粗末さが強調され過ぎたきらいがある。しかしである。人類の歴史で一等天才の名に値する音楽家と言われる人の死である。やはりふさわしくない葬儀であった。

一七九七年生まれのシューベルトは、ウィーンで生涯を送ったが、敬愛するベートーヴェンに会ったのは一回きりである。一八二二年に作品を献呈すべく訪問したが、あいにく留守で会えず、再度訪問しなかった。実際に会えたのは、ベートーヴェンがなくなる一週間前の死の床であった。

「モーツァルトさん。あなたの音楽の美しさは身の毛がよだつくらいだ。悲しくなるくらいに美しい。ピアノ協奏曲が一番あなたらしいと思うが、僕はニ短調ピアノ協奏曲が一番好きだ。たびたび演奏させてもらった。ハイドン先生なんか短調のコンチェルトは一つもない。勇気の短調だ。当時の観客は衝撃を受けたと思う。ぼくの時代と違って、オクターブが少なく音量も小さいサロン用のピアノしかない時代だから、なおさら脱帽です。僕よりベートーヴェン的な作品だ」

「ベートーヴェンよりベートーヴェン的とは、面白いことを言うじゃないか。君は僕のこの曲の第一と第二楽章に、カデンツァを作ってくれたんだったね」

「あなたのカデンツァが残っていないし。それよりなにより大好きだった。僕は他人の作曲した協奏曲にカデンツァを作ったのは、生涯であなたのこの曲だけだ」

「このカデンツァを聞けば、君がどれだけこの曲を愛してくれていたかよくわかるよ」

カデンツァは、協奏曲の楽章の終結部直前に、独奏者が技巧を発揮できるように挿入される楽句。はじめは演奏者による即興だったが、次第に作曲者自身が予め作るようになった。モーツァルトの時代をピークに、以後急速に廃れた。

「そしてモーツァルトさん。僕はハ短調だが、ニ短調はあなたの宿命の調性だ。ピアノ協奏曲のほかに、ドン・ジョヴァンニの地獄落ちの場面もそうだし、絶筆になった『レクイエム』も。作曲の途中『ラクリモサ』でお亡くなりになった。あなたが息を引き取る直前うわごとで、弟子のジェスマイヤーに、そのレクイエムのティンパニー部分の指図をされた――」

突然、ベートーヴェンの男らしい頬に、大粒の熱い涙がとめどもなくあふれ出た。もう話をこれ以上続けることができなかった。

それからどれぐらい時間がたったのだろう。

「その『レクイエム』は、あなたのいっぱいある傑作の中でも最高の傑作です。僕の好きな熱情、闘い、叫びか、いやそんなものじゃない。鬼気迫り、かつ崇高なものです。実は僕の音楽家としての開眼、こころざしはこの曲に触れて芽生えたものです。追いつくのは到底無理な高すぎる目標でしたが」

ベートーヴェンは、このレクイエムがモーツァルトの自作を否定するような不当な扱いを受けたとき、猛然と抗議の声を上げ擁護した。

「それは何よりうれしい。僕自身も気に入っていて、さっき申し込んだ携帯電話の暗証番号にも、この作品番号『K626』を使ったぐらいだ。この作品に今までの人生で積りに積った怒りや感謝をぶつけた。心の悩みというか、屈折した感情は年々増していったが、音楽に怒りをぶつけたのは最初で最後だった。移ろうものに執着する人間の愚かさや狂気、人間社会の不条理に対する怒りさ」

「普段あまり怒ったことのない人だから。内に秘めたものほど余計に鮮烈だ。僕みたいにしょっちゅう怒っているものと違って」

「君も段々話がうまくなってきたじゃないか。アハハハハ。ピアノの予約演奏会も流行らなくなっていてね。当時僕も栄光の陰りを感じていたんだ。栄光はいつまでも続かない。必ず色褪せるとわかってはいても、やはり寂しかったし、お金も入らないしね。逆説的だけど、身体的にも精神的にも参っていたから余計に精力的に活動していたんだ。作曲は憂鬱や空虚の鎮痛剤だったから。鼠色の服を着た痩せた背の高い見知らぬ男が来て。僕も精神的に相当まいっていたのだろう。てっきり神様の使いと思い違いをしてね。依頼主をひたすら隠して、『レクイエムの作曲をお願いしたい』と唐突に言われたものだから。実際は、知人の貴族が自作と偽って楽しむためのゴーストライター探しだったらしい。いたずらだ。僕の独り相撲だったわけだ」

独り相撲だったとはいえ、このレクイエムは死者を記念する典礼の曲にしてはあまりにも過酷。魂をえぐられるような、叫びに近いものだ。地獄で業火に焼かれる塗炭の苦しみがあり、また一方で天上にいざなわれる無辺際の許しがある。これは死者に対してではなく、死が近いがまだ命あるモーツァルト自身への鎮魂だった。人生の決算ともいうべきこの絶筆。完成には至らず息絶えたこの作品には、「白鳥の歌」からは果てしなくかけ離れた人間臭さがあった。あのオペラの人間臭さだ。宗教曲にしてはギラギラし過ぎという批判を受けた。しかしそんなことはどうでもよい。本当の気持ちだった。人は彼の才能に対し神の使わされた天使という。しかし違う。父親との一生絶えなかった確執をはじめ、生臭い悩める人間だった。それをこの曲は、はっきりと示している。そしてこの悩みの一番大きなものは、売文ならぬ売スコア人生からの解放という、望んだが果たせなかったものだった。


「メーリケが著書『旅の日のモーツァルト』で、あなたの天才を形容して言っている。本当の天才とは、己自身がその炎で焼かれてしまうような情熱を持った人のことだって」

「まるで君のことじゃないか。アハハハハ」

「またそんなことを。そういえばあのダンテが『神曲』の『地獄篇』に、「おまえは自分の怒りで自分を内から焼き尽くすがいい」と言っていたのを思い出したよ」

「脅かすんじゃない。くわばら。くわばら」

「そんなに臆病なあなたが、よく『レクイエム』を作ったもんだ。地獄で炎に焼かれる音楽を」

モーツァルトは手で頭を覆うように身をかがめた。

第十八章　モーツァルトのなぞなぞ

「ベートーヴェン君。ちょっと息苦しくなってきたよ。ない頭を使い過ぎたかな。アハハハハ。頭の柔軟体操をしないか？」

「なぞなぞなんて久しぶりだ。面白い。お願いします」

「スペインの古いなぞなぞを一つ言うよ。いいかね」

「はい」

「『最初は緑で次は黒、つぶすと黄金』。さて何だ」

「最後に黄金になるものか。何だろう。難しいね。ヒントが欲しい」

「ヒントは地中海料理」

「うん。わかった。オリーブ油だ」

「正解。さすがベートーヴェン君だ。僕はこの穏やかな地中海の黄金と言われる、オリーブ油が好きでね。スペインはオリーブ生産が世界一らしい。ここのカタルーニアの人も大好きらしいよ」

「何千年も製法が変わらないって聞いている。ギリシャ・ローマ時代の書物には、人々が肌の汚れを落とし潤すために風呂上りなんかに使っていた記述が出てくるよ。確か、僕の好きな『オデュッセイア』にも、これを使う戦士がでていたと思う。ギリシャ語での語源が『喜び』と共通するらしくて、教会の儀式にも使われている」

「さすがに博識だね。君は」

第十九章　チャイコフスキーとメック夫人

「モーツァルトさん。私達よりあとの音楽家が私達の音楽を愛してくれるのは、格別で何よりうれしい。チャイコフスキーはあなたの熱狂的なファンだった。あなたのことを『音楽のキリスト』と呼んでいる。そして管弦組曲第四番は、あなたの小品を編曲したもので、『モーツァルティアーナ』と副題がつけられている」

実際チャイコフスキーは、モーツァルトの音楽について、「彼の音楽を聴くことは晴れやかな喜びで、自分の中のあたたかさの感覚を解放し、まるで自分が良いことをしたというような感情を呼び起こす」と率直に表現している。

「本当にありがたいと思ってる。ただ神童で閉口しているのに、キリストだと、もうギブアップだ。アハハハハ。確かに僕も彼の音楽には自分に近いものを感じていてね。彼の音楽はいくら感情が高まっても、むろん喜び悲しみ両サイドだが、決して美しさが損なわれることがない。心地よいメロディが次から次へとあふれ出る感じだ」

チャイコフスキーが書簡の中で、「心が平常の状態であれば、いつでもどこでも作曲できる。対話の最中であっても、誰がそばにいようとも、私の頭脳の一部は作曲に集中していて流れるように動いている」と赤裸々に語っている。

「一旦魂が震えだすとすべてを忘れ、まさに狂ったようになり、下書きが間に合わないほどメロディが次々あふれ出ると言っている。霊感が舞い降りるというあたり、モーツァルトさん、あなたとそっくりだ」

「チャイコフスキーが頭に溢れるメロディに耐えられず、母親に助けを求めたというやつかね」

「それは作り話のようだが。管弦楽への作譜というか、オーケストレーションは簡単で大変楽しい仕事だと言っている。霊感が降りさえすれば、出来上がった模様をカンヴァスに縫い付けるようなものだと」

「確かに似ているなあ」

「チャイコフスキーは子供の頃、家にオルケストリオンがあったらしい。多分大きなオルゴールみたいなものだと思う。この自動演奏装置の曲目にあなたの『ドン・ジョヴァンニ』の曲が入っていて、これがきっかけで好きになったようですよ」

「へー。そんな小さい時からか。感激だねえ」

「成功してからのパリ滞在中の話だが。ある歌手の家を訪問したとき、その『ドン・ジョヴァンニ』のあなたの自筆のスコアを見て驚喜したらしいですよ。日記に！を十個並べて」

「確か、彼には恩人がいたと聞くが」

「そのとおりです。メック夫人という大富豪のパトロン」

「そんなパトロンがいたって？　女性の。幸運な人だねえ。それがいないんで僕なんか、どれだけ苦労したか」

「それは私も同じだけれども。この二人の友情は随分変わっていたらしい」

「どこがだね」

「資金援助の条件は二人が絶対に会わないこと、というから驚いた。そしてこの、世にも不思議な交際が一八七七年から十三年間続いたらしいから、さらに驚く」

「プラトニックか。妙な条件だね。しかも、よく続いたことだ」

「彼はメック夫人を母親のように思っていたんじゃないかと思う。マザコン風だから。あなたに似ているね」

「男はみんなそうなんだよ」

「それと、かれは同性愛者だったといわれている」

「プラトニックな関係は、彼にとっても好都合だったわけだ」

「だから手紙のやり取りだけだった。かなり頻繁になされたらしい。プラトニックだけが可能にする、気高い書簡集が残っている」

「一度読んでみたいなあ」

「一度ニアミスがあったようだ。馬車ですれ違ったとか。彼もそうだが、メック夫人も随分シャイだったらしい。しかもストイックな清廉潔白な夫人だったようだ。純粋に彼の芸術を愛していたからこそ、芸術家に無用な気遣いをさせないという心遣い。りっぱな高潔な人だった」

「パトロンの鏡だね。チャイコフスキーも下級貴族。貴族が生み出した文化にも豊饒なものを感じるなあ。君には甘いと言われそうだが」

「豊饒な面はあるが、ことさら取り上げていうほどのものじゃない。面白いのは、その書簡にある第四交響曲の話。メック夫人に彼が献呈した曲だ。作曲の動機や曲の意味を彼が質問されたらしい」

「それは困っただろうな」

「パトロンだから何かは言わないといけない。しかしそもそも言葉で表現できないものを表現するのが、音楽だから。随分苦労して言葉に置き換えているのが、気の毒なくらいだ」

「よくわかるね」

「それと、チャイコフスキーも金銭面で問題があったようだ」

「チャイコフスキーも、の「も」って何か引っかかるんだよなあ。ベートーヴェン君。アハハハハ」

「あると全部使ってしまったようだ」

「やっぱり他人事じゃない」

「だから、年金みたいに少しずつ決まって支給されるような形でないと、すぐ金欠になってしまう」

「何かまた頭が痛くなってきたよ」

「かけだしの頃から世界的に名声が上がりだした時まで、一番大事な期間に援助が受けられた。これがなかったら彼の作曲活動が成立しなかったわけだから、真の恩人だ。しかし、結末は悲劇的だった」

「どうしたんだい」

「夫人が晩年に精神を病んでね。自分が破産したと思い込んで、突然チャイコフスキーへの援助を中止したんだ。だから悪意はなかったんだが」

「いつ頃」

「チャイコフスキーが五十一歳のとき」

「それで」

「それだけではない。送金の中止とともに、筆まめと言えるほどあった、夫人からの手紙がぷっつり途絶えたんだ。金の切れ目が縁の切れ目みたいに。チャイコフスキーは夫人の精神の病を知らないから、裏切られたと思って落ち込んだ」

「金持ちの夫人が精神の病か。豊かなのになぜだろう」

「夫人の持病の肺の病が悪化していた上に、援助を取りやめた年に、最愛の長男が不治の病に倒れている。それが関係しているのかもしれない。どちらにしても、この終生の友と期待していた夫人との絶縁の痛手。これは終生癒されることがなかったようだ」

「その終わり方は残念だなあ」

「この援助中止から四年後に、夫人が静養先のウィースバーデンで亡くなったんだが、それはチャイコフスキーがペテルブルグで急死した三か月後のことだった」

「ほとんど同じくして亡くなったわけだ。何か運命的なものを感じるなあ」


少し長くなるが、もう少しメック夫人について記したい。当時のロシアの指折りの貴族が、一体どれほどの経済力だったかがよくわかる。

メック夫人、正確にはナデイダ・フィラレトウナ・フォン・メックは、判事を職業とする地主の父のもとに、一八三一年スモレンスク州に生まれた。父はヴァイオリンを趣味とした。彼女の音楽好きは父から受け継いだものである。一八四七年一七歳の時、リガのフォン・メック家に嫁いだ。フォン・メック家はドイツ血統の貴族で、騎士の称号を持つ名門だった。夫はモスクワ在住の官庁の技師だったが、鉄道建設の夢を抱き鉄道王といわれた。しかし技術者であり、事業家ではなかった。道半ばで一八七六年他界。未亡人になった彼女は多額の財産を相続した。そして遺志を継いだ長男は手腕があり、ヨーロッパ屈指の財閥ロスチャイルド家の資金援助を得て、カザン鉄道を完成させ大富豪となった。モスクワで初めて電燈を灯した家は、このフォン・メック家だった。邸内に発電機を備え、技師を雇うことができたのである。また各地に多くの邸宅や別荘を持ち、おびただしい数の雇人がいた。執事・馬丁をはじめ、専属の家庭教師・語学教師・音楽教師がいた。あのドビュッシーが十八歳の頃、専属の音楽教師として招かれている。夫人の長男と次男とドビュッシーがピアノ三重奏曲を演奏したり、ドビュッシーがピアノ連弾用に編曲したチャイコフスキーの『白鳥の湖』を演奏したりしている。しかしドビュッシーが夫人の娘と恋愛関係に陥ったため、夫人が激怒して彼を解雇した。夫人は肺を病んでいたため、季節ごとに保養としてイタリアやフランスなどの気候の良い南ヨーロッパ各地を転々とした。何十人もの召使いや音楽教師などを引き連れてであった。病気のことは、チャイコフスキーには一切知らされることはなかった。はっきりとした美学を持った、つつましい精神がみてとれる。自分がチャイコフスキーの音楽を当時のヨーロッパで有名な指揮・演奏で聴きたいと思えば、いつでもセッティングできるほどの経済力の持ち主であった。一八九四年、静養先のニースで死去。

「ベートーヴェン君。今度は君だ。君の後継者を自負していたブラームス。彼の熱意も半端じゃないね。君の第九交響曲を次ぐ第十交響曲を作曲しようと精力を注いだ。取りかかってから二十年の歳月。推敲に推敲を重ねたという。気が遠くなる。この忍耐はどうだろう。執念は。

尊敬の気持ちがどれだけ強かったか。しかし、ちょっと肩に力が入り過ぎだな」

「僕の精神を引き継ごうとしてくれたのは感謝している」

「精神か。ドイツ人は好きだねえ。勤勉はいいが。ほどほどでないと。ブラームスは何かねちねちまとわりつくようなところがある。それと何かはっきりしないんだよなあ。僕なんかもう背中がかゆくなってくる」

と言いながら、モーツァルトは実際窮屈そうに背中に手をまわし掻きはじめた。

「チャイコフスキーが嫌ったわけだ」

「バッハと君とブラームスがドイツ三大Bと呼ばれている。繰り返すがブラームスもいかにもドイツ的だね。生真面目さは尊敬に値するが、遊び心がないとちょっと不気味だな。目的のためには手段を選ばない。それが外に向かうと全体主義になりそうだし、うちに向かうと病的なものになりそうだ。ベートーヴェン君。これはまさに男子の弱点と思はないかい。この幼稚さは、よく言えば純粋なんだが。男子の得意とする理念は、結局人間を幸福にすることができなかったじゃないかね。大切なのは心地よさ。精神的にも肉体的にも。この心地よさにプライオリティを置く。女子の視点だ。これが欠けていたのが今までの歴史だ。あまりにも不幸が多かった」

ベートーヴェンは、モーツァルトの考えを興味深く聞いた。人間が幸せに生きるためにどうあるべきか、これはベートーヴェンが生涯取り組んだ大切なテーマだったからだ。

「大分どころか、とんでもなく脱線しちゃったねえ。ブラームスだった。ブラームスを君の後継者として世に送り出したのはシューマンだったね」

「そうです。シューマンがブラームスのことを、私の後の楽界の救世主として現れた、と言ったようだ」

「チャイコフスキーはブラームスに会った時の印象を、ドイツ人というよりロシア人の牧師のようだったと回想している。ブラームスを誠実な音楽家として尊敬し好意を持っていたが、彼の音楽は好きになれなかったようだ。彼の様式は崇高だが、一番大切なものが欠けている、それは美だとまで言っている。愛らしい感情を湛えたしっとりしたメロディが好きなチャイコフスキーは、ブラームスに何か冷たい乾いたものを感じ取っていたのかもしれないね」

第二十章　弾む大きな雲

あのウェイトレスがやってきた。

「わたくしパート勤務で、時間が来たから失礼しますが。何か追加のオーダーございますでしょうか」

「ベートーヴェン君。わざわざ来てくれたんだ。忖度《そんたく》という言葉があるだろう。好意を無駄にしちゃ駄目だ。どうだね。追加いいかい」

「いいです」

「ありがとう。いろいろくだらないこと言ってごめん。あなたがあまりに素敵だから。また来るからね」

モーツァルトはウェイトレスに向かって、珍しくまじめにこう言ったのだった。

「ベートーヴェン君。次に会う時はフランス料理にでもしょうか。だけどフランス料理は今でこそ一流だが、パリなんかむしろヨーロッパの片田舎だったんだよ。手づかみで食べていたらしい。びっくりだろう。ルネサンス期の華やかなイタリア料理が伝わったのは一六世紀前半。

カトリーヌがイタリアのメディチ家から田舎のフランス王に嫁いだとき、お抱えのシェフや給仕人が随行して、その時道具や食器も持ち込まれたらしい。そしてフォークやアイスクリームをフランスに伝えたのは、そのカトリーヌだと聞く」

「随分くわしいね。モーツァルトさん」

「自慢じゃないが、これでも宮廷や貴族の館で、一杯ご馳走になってきたからね」

「そうか。舌が肥えてるんだ」


「モーツァルトさん。世俗的な名声ほどくだらないものはない、と痛切に思う。その証拠に僕なんか、名声が絶頂のとき、作品は芸術的に最低だった。一八一三年のナポレオンの敗北を記念して、『戦争交響曲』を作ってしまったんだ。ウィーン中の音楽家を集めてのバカ騒ぎ。浮かれていたんだね。穴があったら入りたい」

「人間失敗もあるさ。いくら聖人でも」

「全くみっともないことをしたもんだ。政治に利用され翻弄された自分が、つくづくいやになったよ。一八一四年はそれが最高潮だった。ウィーン会議で、僕は全ヨーロッパから賞賛された。会議に列席する皇帝や王に囲まれて公開演奏もやったし。しかし、これがたちまち色あせた。音楽の流行が、明るくてロマンティックなイタリア歌劇に向かった。手の平を返したように。「ベートーヴェンとモーツァルトは老いぼれの理屈屋」と言われるまでになってしまった。僕はいいがモーツァルトさんまで侮辱したのは許せない」

「いいんだよ。気にしなくても。人気と真価はあまり関係がない。というより背反するくらいだ。僕にも君の作品で一番好きなものを言わせてほしい」

「光栄です。何でしょうか」

「ピアノ三重奏曲『大公』の第三楽章とか一杯あるんだが、弦楽四重奏曲イ短調の第三楽章アンダンテ。『病癒えて神に対する感謝の歌、リディア旋法による』と書かれた曲だ。若い頃の雄弁や装飾を投げ捨てた、生の裸の君がいる。いや、自己も捨ててしまっているのかもしれないな。多彩な人生経験ではなく単彩の思索・深い精神性によって、君がついに聖人になれたこと、それをはっきり証明しているよ。戦いの糸を巻き終えて、偉大な魂が己自身を慰撫する、あの高みと深み。これほど美しいものが世にあろうか。かつて青春の情熱にあふれた君の、労しいほどの静けさ。君を見ていると、一体人間性の豊かさというのは、その人の持つ剛毅さと繊細さの振幅の大きさの謂いではないかと思えてくるんだよ」

こう言いながらもモーツァルトは、さもこの曲を聴いているかのように恍惚《こうこつ》とした表情をみせた。

「これを聴いてわかったんだ。君の青年期の情熱に満ちた音楽の中にもある、このゆるぎない落ち着き。から騒ぎやバカ騒ぎと対極の、嵐や雷鳴のごとく猛り狂う、喧騒という名の静寂。ちょっとうまく言い過ぎたかな。それは、君の歴史観や社会性からくる冷静さなのかもしれない。知性と感性の両立と言い換えてもよい」

「やはりその曲を選ばれましたか。作曲の途中で腸疾患が悪化して、作曲を中断した時の作品です」

モーツァルトはその曲を、また思い出し涙ぐんだ。ベートーヴェンは感動に満ちたモーツァルトの涙をみて、満足げに涙を浮かべた。


「君の音楽は、人間の悪徳と戦って倦み疲れ苦悩している我々に、更に戦い努力すれば歓喜に満ちた幸福が得られることを約束してくれる。時代時代の世界苦を表現することよりも、人類にとって普遍的なものを目指すことを大切にしていたんだね。ところで、一八二四年のあの『合唱』の初演の時だが。演奏が終わった後、喝采に気付かなかった君を、アルト・ソロのウンガーが聴衆の方へ向けてやったという話。君の弟子のシントラーの逸話として残っている」

「映画のシーンにもなって恥ずかしい」

「君がその合唱で示した近代社会のテーマ、自由・平等・友愛。ちょっと話が大きくなるが。ヨーロッパ人の傲慢をベースにした、ヨーロッパ人だけのためのケチなヒューマニズムでない。

すべての人々に分け隔てない人類愛。人類はいまだに民族や宗教の違いを乗り越えられないらしいよ。だらしないと思はないかい」

「人間も理想はそう高くないようだ。意外だ。寂しいね」

「あと数百年あるいは数千年かかるのか。永遠に無理なことなのか。どちらにしても君の偉大さは、音楽という器には到底盛れるものではないような壮大なテーマに取り組んだことだよ」

「ありがとうございます。幸いなことに、僕の生きた十九世紀は、人間主義《ヒューマニズム》の豊かな世紀だった。あとの二十世紀や今踏み出したばかりの二十一世紀には、喪われ衰弱し退廃してしまったもの、それが確かにあった。冷淡で消極的とは対極にある、積極的で生産的な世紀だった」

「特に芸術全般で素晴らしい世紀だったよな」

ベートーヴェンのくそまじめモードに、すっかりはまってしまったことに気がついたモーツァルトであった。しかし同時に、生き方も考え方も大きく違うと見えて、根っこの部分の意外な近さに驚いたのだった。それは寝食を忘れるほど音楽に傾けた真摯な情熱、いや執着。更に現実社会の凝視だ。もし自分がベートーヴェンと同時代に生きたとすれば、よく似た生き様だったような気がしてきたのだった。奇しくもこれと同じ感慨をベートーヴェンも抱いた。もしベートーヴェンがモーツァルトの時代に生まれていたら、やっぱり伯爵にお尻を蹴られてザルツブルグとおさらばしたに違いないと。二人の話の焦点が、決してぶれることがなかったからだ。ベートーヴェンは、モーツァルトの音楽の美しさの中にある高邁さ、またモーツァルトが決して鬘《かつら》をかぶり髪に粉を振りかけていた旧体制の生き残りではなく、新しい時代を切り開く意欲に満ちた知的な開明の人であったこと、そして自分自身もそうなのだが、封建社会から近代への大転換期・過渡期にめぐり合わせた稀有な音楽家として時代に翻弄されたこと、それらを理解する数少ないシンパの一人として自負している。当時の音楽愛好者には理解が困難な、現代の音楽なのだ。同じく先端を走ってきた自分には痛いほどよくわかる。そして、一つの疑問が解けたのが何よりうれしかった。モーツァルトの音楽が告げ知らせる魂の高貴な深遠と、日常生活の営みや会話や手紙にみられる子供っぽさとの埋めがたい大きなギャップ、実はそれが、『魔笛』の登場人物タミーノとパパゲーノのギャップそのものであること、しかも両者が同じコインの裏表だと気付いたことだ。

「僕もなんだが、お互い引っ越しが多かったよなあ。まるで風来坊のような多さだ。僕の場合は収入のアップダウンという単純な原因も多かったんだが。ベートーヴェン君、君はもっと高尚な理由かね」

「僕は気分転換ももちろんあるが、戦火を避けるためのほか、作品に新機軸を出したい時だったね。夏になれば終日郊外に出て大自然の中で暮らしたから、郊外への引っ越しも多かった」

「そういえば、君は散歩しながら作曲したんだったね。それと、変わった引っ越しもあっただろうが。アハハハハ」

モーツァルトの笑いは、何度聞いても、彼の作品の中にたびたび聞こえてくる、あの管楽器のように軽快な心地よいものだった。

「何ですか。それ」

「もう忘れてしまったのかい。留置場だよ。散歩に出かけて作曲に夢中だったんだろう。時間と場所に気付かず夢遊病者のようにフラフラしていて、ルンペンとして入れられたと聞いてるぞ」

「からかわないでください」

「僕の曽祖父が、その妻、つまり僕の曾祖母に言い、今度はその曾祖母が、娘、つまり僕の母親に言い、僕の母親が、娘、つまり僕の姉ナンネルに繰り返し言った次の言葉を思い出したよ。「達者にしゃべることは一つの偉大な芸術だが、またそれを止めるべき正しい瞬間を心得ることも同様に偉大な芸術である」と。名残は尽きないが。今度は君好みの場所でまた会いたいものだ。楽しみにしているよ」

ベートーヴェンは生前、和気あいあいの会話というものを滅多に楽しむことがなかったが、今日は恐らく、モーツァルトが奏でた魔笛に踊らされたのだろう。モーツァルトは、何でもないメロディの欠片から深遠なものを紡ぐマジシャンなのだから。そのマジックにかかったことが、むしろうれしかった。そして、自分の積年の思いを受けとめてくれたモーツァルトの顔に、やさしいアテナの神を思い浮かべたのだった。モーツァルト自身が、その音楽同様、遊び心と真剣さの絶妙なハーモニーだし、また二人の間の論議は、戦さと並んで男の仕事と言われる通り、張合いのある時間だったからだ。

「本当に楽しい会話ができて幸せでした。あなたの話の受け答えはまるで、ある楽器と別の楽器の幸福な受け答えのように優雅でした。是非またお会いしたい。帰りに大聖堂へ寄ってみます。補聴器ありがとうございました」

「今日は僕のおごりにしておいてくれたまえ。次はご馳走になるから」

二人とも、お互いの笑顔を大切に心にしまっておこうという思いを強く抱いた。二人が外へでると、日没にはまだ時間があり、相変わらず太陽の光は細かい微粒子となってキラキラと輝いていた。その澄み切った青空に目をやると、気球のような形の大きな雲が、あちこちにいくつかボカリポカリと浮かんでいた。その大きな雲は、よく弾むゴムまりのように元気があり、木管楽器のオーボエの調べのように愛らしく、それぞれがいかにも歓喜にあふれ満足気だったことを付け加えておこう。

（完）

〈参考文献〉

ボオマルシェエ「フィガロの結婚」岩波文庫
メーリケ「旅の日のモーツァルト」同
ベートーヴェン「音楽ノート」同
ロマン・ロラン「ベートーヴェンの生涯」同
ベートーヴェン「ベートーヴェン書簡集」同
オクターヴ・オブリ編「ナポレオン言行録」同
服部龍太郎訳編「モーツァルトの生涯」角川文庫
同「チャイコフスキー愛の書簡」音楽新書
ピーター・ゲイ「モーツァルト」岩波書店
「音楽の手帖　モーツァルト」青土社
「音楽の手帖　ベートーヴェン」同
井上頼豊「カザルスの心」岩波ブックレット
シラー「美と芸術の理論」岩波文庫

あとがき

松尾芭蕉（以下芭蕉）の生地伊賀市（旧上野市）では、毎年命日に「芭蕉祭」が開かれ、その時小学生が次の歌をうたいます。

「芭蕉さん」

野の草に　谷間の花に
杖とめて　自然をさぐり
詩に生きる　ああ芭蕉さん

（一番）続く

芭蕉は、この歌のように地元では親しみを込めて「芭蕉さん」と呼ばれています。
芭蕉と同郷の作家による芭蕉の小説としては、過去には故岸宏子氏（小生の母と女学校の同級生でした）が『若き日の芭蕉』を上梓しておられます。今回小生が同じ生まれとしてそれに取り組める喜びはひとしおでしたが、一方芭蕉の小説は今まで数多く出版され、書き尽された感がありますから、どれだけ新味を出せるかに腐心いたしました。

まず芭蕉が世に出るまで苦楽を共にし、言わば「糟糠の妻」ともいえる一番弟子の其角の目を通して、新しい芭蕉像を描きました。二人は、師弟とか同志とか友という言葉が白々しいほどの強い結びつきで、兄弟のように仲睦まじく、本音で語り合える唯一の門人だったと思われます。其角が芭蕉を「兄ィ」、そして芭蕉も其角を「角」と、互いに呼び合ったと想定した所以です。次に、没後行き過ぎた美化で神格化された芭蕉の虚像を改めたいという思いがあります。実際はもっと気さくで庶民的な人物だったと思われます。茶羽織を脱いだ普段着の芭蕉を描きました。その偉大さは、生まれつきの聖人ではなく、普通の栄達を望む煩悩多き野心家だった芭蕉が、いかに煩悩を捨て聖人と言われるまで自己陶冶したかにあります。さらに師匠の芭蕉が神様に祭り上げられる反作用で、不当に幇間（男芸者・太鼓持ち）俳人と貶められてきた其角の復権を意図しました。師匠が神様で一番弟子が男芸者は余りにもひどい。其角は俳句界の革新を目指す同志として芭蕉を慕ったが、決してイエスマンではなく、芭蕉の生き方や俳句のあり方についても諫めることがあったとも想定しました。

さて、わが「団塊の世代」も今や古希を迎え始めました。しかし何か釈然としない。尾籠な表現を許していただけるなら、「残尿感」というようなものに囚われています。何故でしょうか。

思い返せば、その青春時代は、ベトナム戦争真っ最中。さらに沖縄や水俣病などの社会問題が一気に噴出し、現代社会そのものの存在が問われる激動の時代でした。その中にあってわが世代は、私事に終始するエゴイズムを嫌悪し、学生運動という社会運動にそのエネルギーをぶつけたのでした。「世直し」と言えば格好つけすぎかもしれませんが、社会を良くしようという純粋な思いからでした。不幸にもそれは挫折しました。その運動が何もなかったかのように、現実社会に組み込まれ埋没してしまったのでした。まことに不甲斐ない。しかし、その理想さえも捨てて忘れ去れるものではありません。物事の本質を問わない現象化した社会。惨状と言ってよい、この現状を見せつけられてはなおさらです。これが「残尿感」の正体なのでしょう。

小生もその例外ではありません。わが世代を熱くしたものは何だったのか。自分へのこの問いを通して、「熱くしたものの正体」、これを次世代に伝えたいという思いが強くなりました。音楽・俳諧、それぞれの分野で、旧体制を打ち破り新体制を築くために生涯を捧げた革命児たち。この二組四人を描いた二本の小説に取り組んだ所以です。この度風媒社の劉永昇編集長がこの思いを汲み取って下さり、そのお骨折りによって、この度出版が叶うことになりました。氏の尽力がなかったならば、これらの我が子のような作品も、日の目を見ることがなかったかもしれません。心より感謝申し上げる次第です。

［著者略歴］
北村 純一（きたむら　じゅんいち）
作家。日本ペンクラブ会員。
1948年三重県上野市（現伊賀市）生まれ。名張市在住。
1967年三重県立上野高校卒業。1971年大阪市立大学経済学部卒業。都市銀行勤務の傍ら文筆活動に従事。朝日・毎日新聞ほか各紙にコラムや新聞小説を連載。
著書に、『貿易金融海外投資金融の実務』（ダイヤモンド社・共著）、詩文集『団塊世代へのシュプレヒコール』（文芸社）、『侏儒の俳句—芥川龍之介に捧げる箴言集』（朝日新聞出版）

装幀◎澤口　環

芭蕉《ばしょう》と其角《きかく》　四人の革命児たち

2018年10月5日　第1刷発行　（定価はカバーに表示してあります）

著　者　　北村 純一

発行者　　山口　章

発行所　名古屋市中区大須 1-16-29
振替 00880-5-5616 電話 052-218-7808
http://www.fubaisha.com/
風媒社

＊印刷・製本／モリモト印刷
乱丁本・落丁本はお取り替えいたします。

ISBN978-4-8331-5354-6